헤밍웨이 단편선 1

Ernest Hemingway

세계문학전집 312

헤밍웨이 단편선 1

Ernest Hemingway

어니스트 헤밍웨이

김욱동 옮김

민음사

차례

일러두기

1. 프랑스어나 스페인어, 이탈리아어 등 외국어 단어와 문장은 외래어 표기법에 따라
한글로 표기하고 각주로 그 뜻을 설명하였다.
2. 작품 속에서 인용되는 성경 텍스트는 『성경전서 표준새번역 개정판』(대한성서공회,
2003)을 토대로 하여 옮겼다.
3. 작품 해설은 1권과 2권을 아우르는 내용으로 2권 뒷부분에 실었다.

인디언 부락

호수 기슭에는 조그마한 쪽배가 또 한 척 끌어 올려져 있었다. 인디언 두 사람이 서서 기다리고 있었다.

닉과 그의 아버지가 고물에 올라타자 인디언들이 배를 밀었고, 그중 한 사람이 올라타 노를 젓기 시작했다. 조지 삼촌은 부락에서 온 배의 고물 쪽에 앉아 있었다. 젊은 인디언이 그 배를 밀다가 올라타서 조지 삼촌 대신 노를 잡았다.

쪽배 두 척은 어둠을 가르며 앞으로 나아갔다. 닉의 귓가에 꽤 앞쪽 안개 속에서 다른 배가 내는 노걸이 소리가 들렸다. 인디언들은 탁탁 끊어 내듯 잽싸게 노를 저었다. 닉은 아버지의 팔에 안겨 누워 있었다. 물 위는 추웠다. 닉과 그의 아버지가 탄 배의 인디언도 열심히 노를 저었지만, 다른 쪽의 배가 줄곧 더 앞쪽에서 안개를 헤치고 나아갔다.

"아빠, 지금 어디 가는 거예요?" 닉이 물었다.

"저 건너 인디언 부락에 가는 거야. 인디언 여자 하나가 몹시 아프거든."

"아, 그렇군요." 닉이 대꾸했다.

다른 배는 벌써 건너편 호수 기슭에 끌어 올려져 있었다. 조지 삼촌이 어둠 속에서 시가를 피우고 있었다. 젊은 인디언이 닉이 탔던 배를 호숫가 위쪽으로 끌어 올렸다. 조지 삼촌은 인디언 두 사람에게 시가를 주었다.

그들은 호롱불을 든 인디언의 뒤를 따라 호숫가를 출발하여 밤이슬에 촉촉이 젖은 풀밭을 지나 위쪽으로 걸어갔다. 그러고 나서 숲으로 들어가 오솔길을 따라갔는데, 그 길은 언덕 깊숙이 뻗은 목재 운반용 도로로 이어져 있었다. 길 양쪽으로 나무를 벌목해 놓았기 때문에 목재 운반용 도로는 훨씬 훤했다. 젊은 인디언이 걸음을 멈추더니 입김을 불어 호롱불을 껐고, 그들은 모두 그 길을 따라 계속 걸었다.

길이 구부러진 데를 돌아가자 개 한 마리가 뛰어나와 컹컹 짖어 댔다. 앞쪽에는 나무껍질을 벗기며 사는 인디언들의 오두막 불빛이 보였다. 개가 몇 마리 더 그들을 향해 달려 나왔다. 인디언 두 사람은 개들을 오두막으로 쫓아 보냈다. 길가에서 가장 가까운 오두막의 창문에 불빛이 비쳤다. 그 집 문간에 노파 한 사람이 호롱불을 들고 서 있었다.

오두막 안에 들어가자 나무 침대 위에 젊은 인디언 여자가 누워 있었다. 여자는 아기를 낳으려고 이틀째 진통을 하고 있었다. 부락의 늙은 아낙네들이 모두 나서서 그녀를 돕는 중이었다. 남자들은 산모가 지르는 비명을 듣지 않으려고 길 위쪽

어둠 속에 앉아 담배를 피우고 있었다. 닉이 아버지와 조지 삼촌을 따라 오두막에 막 들어서자 여자가 째지는 듯한 비명을 질러 댔다. 2층 침대의 아래 칸에 누워 있었는데 이불 밑이 몹시 불룩했다. 여자는 얼굴을 옆쪽으로 돌리고 있었다. 침대 위 칸에는 그녀의 남편이 누워 있었다. 사흘 전 도끼로 다리를 크게 다쳤던 것이다. 그는 파이프 담배를 피우고 있었다. 방 안에서는 악취가 코를 찔렀다.

닉의 아버지는 난로 위에 물을 올려놓으라고 이르고 물이 끓는 동안 닉에게 말을 걸었다.

"이 여자는 지금 아기를 낳으려고 하는 거야, 닉."

"알아요." 닉이 말했다.

"네가 알긴 뭘 알아. 내 말 잘 들어 봐. 이 여자가 지금 겪고 있는 걸 진통이라고 하는 거야. 아기는 세상에 나오고 싶어 하고, 또 엄마도 아기를 낳고 싶어 해. 이 여자의 온몸 근육이 지금 아기를 내보내려고 안간힘을 쓰고 있지. 그럴 때마다 이 여자는 소리를 지르는 거고." 그의 아버지가 말했다.

"알겠어요." 닉이 대답했다.

바로 그때 여자가 큰 소리로 울부짖었다.

"오, 아빠, 뭐라도 줘서 비명을 멈추게 할 순 없어요?" 닉이 물었다.

"그건 안 돼. 마취제를 가져오지 않았거든. 하지만 이 정도 비명은 큰 문제도 아니란다. 문제가 아니니 아빠 귀에는 들어오지도 않아." 그의 아버지가 대답했다.

침대 위 칸에 있는 남편이 벽을 향해 돌아누웠다.

부엌에 있던 여자가 의사에게 물이 다 끓었다고 손짓을 했다. 닉의 아버지는 부엌에 들어가 큰 주전자의 물을 반쯤 대야에 따랐다. 그는 주전자에 남아 있는 물에다 손수건에 싸 온 물건 몇 개를 풀어 넣었다.

"이걸 끓여야 해요." 아버지는 이렇게 말하고 더운물이 담긴 대야에 두 손을 집어넣고 부락에서 가져온 비누로 박박 문질러 씻기 시작했다. 닉은 아버지가 비누로 두 손을 문지르는 모습을 지켜보았다. 아버지가 무척 정성스럽게 구석구석 씻으면서 하던 말을 이어 나갔다.

"그런데 말이다, 닉. 아이는 머리부터 나오게 돼 있지만 그렇지 않을 때도 있어. 만약 머리부터 나오지 않으면 모두에게 큰 골칫거리가 되지. 어쩌면 이 여자는 수술을 해야 할지도 몰라. 조금 지나면 곧 알게 될 거다."

아버지는 만족할 때까지 손을 다 씻고 나더니 방에 들어가 일을 시작했다.

"이불을 치워 줘, 조지. 나는 그걸 만지지 않는 게 좋을 것 같군." 그가 말했다.

이윽고 아버지가 수술을 시작했고, 조지 삼촌과 인디언 세 사람은 여자가 움직이지 못하도록 꼭 붙잡았다. 여자가 조지 삼촌의 팔을 물자 삼촌은 "이 빌어먹을 인디언 계집이!"라고 내뱉었고, 조지 삼촌을 배에 싣고 온 젊은 인디언이 삼촌을 보고 씩 웃었다. 닉은 아버지 옆에서 대야를 들고 있었다. 수술은 아주 오래 걸렸다.

아버지는 아이를 쳐들어 숨을 쉬도록 찰싹 때리고는 노파에게 건네주었다.

"봤지, 사내아이야, 닉. 인턴 노릇을 한 기분이 어떠냐?" 아버지가 물었다.

"괜찮았어요." 닉이 대답했다. 그는 아버지가 하는 것을 보지 않으려고 얼굴을 옆으로 돌리고 있었다.

"자, 이제 모두 끝났어." 아버지가 이렇게 말하고는 뭔가를 대야에 집어넣었다.

닉은 그것을 보지 않았다.

"자, 이제부터 몇 바늘 꿰매야 해. 너는 봐도 좋고 안 봐도 좋아. 난 이제부터 내가 쩬 상처를 꿰맬 테니까." 그의 아버지가 말했다.

닉은 보지 않았다. 호기심이 사라진 지 이미 오래였다.

다 꿰매고 나자 아버지가 일어섰다. 조지 삼촌과 인디언 세 사람도 일어섰다. 닉은 부엌으로 대야를 갖고 갔다.

조지 삼촌은 자기 팔을 바라보았다. 젊은 인디언은 아까 그 일이 기억난 듯 픽 웃었다.

"과산화수소수[1]를 발라 주지, 조지." 의사가 말했다.

닉의 아버지는 허리를 굽혀 인디언 여자를 들여다보았다. 여자는 이제 조용했고 두 눈을 감고 있었다. 얼굴에는 핏기가 전혀 없어 백지장처럼 창백했다. 여자는 아이든 뭐든 상황이 어떻게 돌아가고 있는지 아무것도 모르고 있었다.

"아침에 다시 오지요." 의사가 일어서면서 말했다. "한낮까

---

1) 흔히 쓰이는 소독약.

지는 세인트이그너스[2]에서 우리에게 필요한 것을 모두 가지고 간호사가 올 거요."

그는 마치 시합을 끝내고 탈의실에 들어선 풋볼 선수처럼 의기양양하여 마구 지껄이고 싶은 생각이 들었다.

"이건 의학 잡지에 기고할 만한 일이야, 조지. 잭나이프로 제왕절개 수술을 하고, 2미터 반이 넘는 가느다란 명주 낚싯줄로 꿰맸으니 말이야." 그가 말했다.

조지 삼촌은 벽에 기대어 팔을 쳐다보고 있었다.

"아, 정말 대단하십니다." 그가 대꾸했다.

"자랑스러운 아이 아빠의 얼굴이나 한번 보고 가야지. 이런 큰일을 당했을 때 가장 고통을 겪는 건 아버지 쪽이거든. 하지만 그 사람은 꽤 침착하게 잘 참아 내더군." 의사가 말했다.

닉의 아버지는 인디언 남편의 머리에서 담요를 걷었다. 그러자 손에 축축한 것이 묻어 나왔다. 그는 한 손에 호롱불을 들고 아래 칸 침대 모서리에 올라서서 안을 들여다보았다. 인디언은 얼굴을 벽 쪽으로 돌린 채 누워 있었다. 목이 한쪽 귀에서 다른 쪽 귀까지 잘려 있었다. 몸무게 때문에 침대가 푹 꺼진 곳에 피가 흘러나와 고여 있었다. 머리는 왼쪽 팔 위에 얹혀 있었다. 열린 면도칼이 날을 위로 한 채 담요 속에 들어 있었다.

"어서 닉을 데리고 나가게, 조지." 의사가 말했다.

그러나 이미 소용없는 일이었다. 부엌 입구에 서 있던 닉은

---

2) 미국 미시간 주 북부 미시간 호와 휴런 호 사이에 있는 소도시.

아버지가 한 손에 호롱불을 들고 인디언의 머리를 도로 기울일 때 위쪽 침대를 똑똑히 보았기 때문이다.

그들이 목재 운반용 도로를 따라 호수를 향해 걸어올 때 막 동이 트기 시작했다.

"닉, 널 이곳에 데려온 게 몹시 후회되는구나." 수술 뒤의 의기양양한 기분이 말끔히 가신 그의 아버지가 말했다. "얼마나 많이 놀랐니!"

"여자들이 아이를 낳는 건 언제나 저렇게 힘든가요?" 닉이 물었다.

"아냐, 저런 경우는 아주 드물어."

"그 사람은 뭣 때문에 자살했을까요, 아빠?"

"모르겠구나, 닉. 아마 참을 수 없었던 모양이야."

"자살하는 남자가 많아요, 아빠?"

"그다지 많지 않아, 닉."

"그럼 여자는 많나요?"

"좀처럼 없지."

"전혀 없나요?"

"오, 그렇지 않아. 더러 있단다."

"아빠?"

"응."

"삼촌은 어디 갔어요?"

"틀림없이 곧 돌아오실 거야."

"아빠, 죽는 건 어려운 일이에요?"

"아니, 꽤 쉬운 일인 것 같구나, 닉. 물론 경우에 따라 다르겠지만."

두 사람은 배에 올라, 닉은 고물에 앉고 그의 아버지는 이물에 앉아 노를 젓기 시작했다. 해가 언덕 위로 막 솟아오르고 있었다. 농어 한 마리가 뛰어올라 수면에 둥그런 파문을 그렸다. 닉은 물속에 손을 담근 채로 갔다. 새벽의 매서운 한기 속에서도 물은 따스했다.

이른 아침 호수에서 아버지가 노를 젓는 배의 고물에 앉아 닉은 자기는 결코 죽지 않을 거라고 확신했다.

열 명의 인디언

어느 7월 4일[3]의 행사가 끝난 뒤, 조 가너 그리고 그의 가족과 함께 커다란 짐마차를 타고 늦은 시각 시내에서 집으로 돌아가던 닉은 길가에서 술에 취한 인디언을 아홉 명 지나쳤다. 그들이 아홉 명이었던 걸 기억하는 건 황혼 녘에 짐마차를 몰던 조 가너가 말들을 세우고 길가에 뛰어내려 인디언을 마차 바퀴 자국에서 끌어냈기 때문이다. 인디언은 모래에 얼굴을 처박고 자고 있었다. 조는 그를 덤불 속으로 끌어다 놓은 뒤 다시 마차에 올라탔다.

"읍내 끝에서 여기까지 아홉 명째야." 조가 말했다.

"인디언들이란!" 가너 부인이 내뱉었다.

닉은 이 집 아이들과 함께 짐마차 뒷자리에 타고 있었다. 그

---

3) 미국의 독립 기념일로 운동경기나 폭죽을 터뜨리는 등 행사를 많이 한다.

는 뒷자리에서 고개를 내밀고 조가 길가로 끌어낸 인디언을 쳐다보았다.

"빌리 테이브쇼였어요?" 칼이 물었다.

"아니."

"바지를 보면 꼭 빌리 같았는데."

"인디언들은 죄다 똑같은 바지를 입잖아."

"난 하나도 못 봤어. 내가 보기도 전에 아빠가 뛰어내렸다가 곧바로 다시 마차에 올라탔잖아. 난 그 사람이 뱀을 잡고 있다고 생각했는데." 프랭크가 말했다.

"오늘 밤 인디언 녀석들이 뱀깨나 잡는 모양이야." 조 가너가 대꾸했다.

"인디언들이란!" 가너 부인이 내뱉었다.

그들은 계속해서 마차를 몰았다. 길은 중심 도로를 벗어나 이제 언덕으로 이어졌다. 말들에게는 힘이 드는 오르막길이라 사내아이들은 마차에서 내려 걸어갔다. 모랫길이었다. 닉은 학교 옆 언덕 꼭대기에서 뒤를 돌아다보았다. 페토스키[4]의 불빛이 보이고 리틀트래버스베이[5] 건너편으로는 하버스프링스[6]의 불빛이 보였다.

"저쪽 길에는 자갈을 좀 깔아야 하는데." 조 가너가 말했다. 마차는 도로를 따라 숲 속으로 들어갔다. 조와 가너 부인은 앞자리에 서로 바짝 붙어 앉아 있었다. 닉은 사내아이 둘 사이에

---

4) 미시간 북부에 있는 소도시.
5) 미시간 호 북동부에 위치한 작은 만.
6) 페토스키 맞은편에 있는 소도시.

앉아 있었다. 이제 도로는 개간지로 이어졌다.

"바로 이곳에서 아빠가 스컹크를 깔아뭉갰어."

"거긴 좀 더 가야 해."

"그게 무슨 상관이야. 스컹크를 깔아뭉개는 데 여기면 어떻고 저기면 또 어때." 조가 고개도 돌리지 않고 말했다.

"엊저녁에 스컹크 두 마리를 봤어." 닉이 말했다.

"어디서 봤는데?"

"호수 아래쪽에서. 호숫가를 따라 죽은 물고기를 찾고 있었어."

"아마 너구리였을 거야." 칼이 말했다.

"스컹크였어. 난 스컹크를 알거든."

"물론 알아야겠지. 인디언 계집애를 손에 넣었으니까." 칼이 대꾸했다.

"칼, 그런 식으로 말하면 못써." 가너 부인이 나무랐다.

"어쨌든 냄새 나는 건 비슷하잖아요."

그러자 조 가너가 웃었다.

"여보, 웃지 마요. 난 칼이 저런 식으로 말하는 거 용납 못해요." 가너 부인이 말했다.

"니키[7], 너 인디언 계집애를 손에 넣은 거야?" 조가 물었다.

"아뇨."

"맞아요, 아빠. 프루던스 미첼이 얘 여자 친구예요." 프랭크가 말했다.

---

7) '닉' 또는 '니컬러스'의 애칭. 닉의 정식 이름은 니컬러스 애덤스이다.

"걔 아냐."

"날마다 그 계집애를 만나러 가는걸요."

"아냐." 어둠 속에서 두 사내아이 사이에 앉아 프루던스 미첼에 대해 놀림을 받자니 닉은 한편으로는 공허하면서도 다른 한편으로는 가슴 뿌듯했다. "걔는 내 여자 친구 아냐."

"쟤 말하는 것 좀 봐. 둘이 같이 있는 걸 날마다 보는데." 칼이 말했다.

"칼, 넌 여자 친구도 없잖니. 인디언 계집애든 누구든." 그의 어머니가 말했다.

칼이 입을 다물었다.

"칼은 계집애들한테는 영 젬병이거든요." 프랭크가 말했다.

"입 닥쳐."

"괜찮아, 칼. 계집애들은 원래 그럴듯한 사나이는 다 놓치는 법이란다. 이 아빠를 봐라." 조 가너가 말했다.

"그렇지, 또 그 소리죠." 마차가 흔들리자 가너 부인의 몸이 조한테 바짝 쏠렸다. "왜 그래요, 한창때는 당신 주변에도 계집애들이 들끓었잖아요."

"아빠는 절대 인디언 계집애하곤 안 사귀었을 것 같아요."

"그런 것만도 아냐. 한데 말이다, 닉, 프루디[8]를 잘 지키는 게 좋을 거야." 조가 말했다.

아내가 뭐라고 속삭이자 조가 웃음을 터뜨렸다.

"왜 웃는 거예요?" 프랭크가 물었다.

---

8) '프루던스'의 애칭.

"말하지 마요, 여보." 그의 아내가 말했다. 조는 또다시 웃었다.

"니키, 프루던스를 차지해도 좋다. 나한테는 좋은 여자가 있으니까." 조가 말했다.

"이제야 말을 제대로 하는군요." 가너 부인이 대꾸했다.

말들은 모랫길을 힘겹게 올라가고 있었다. 조는 어둠 속에서 채찍 든 손을 뻗었다.

"자, 힘내. 내일은 이보다 더 세게 끌어야 할 거야."

말들은 마차를 덜거덕거리며 빠른 걸음으로 긴 언덕 아래로 내려갔다. 농가에 닿자 모두들 마차에서 내렸다. 가너 부인은 자물쇠로 문을 열고 안으로 들어가 호롱불을 들고 나왔다. 칼과 닉은 마차 뒤에서 짐을 내렸다. 프랭크는 앞자리에 앉아 마차를 헛간으로 몰고 가 말들을 풀었다. 닉은 계단을 올라가 부엌문을 열었다. 가너 부인이 난로에 불을 지피고 있었다. 그녀는 장작에 등유를 붙이다가 몸을 돌렸다.

"안녕히 계세요, 가너 아주머니. 데려다 주셔서 고맙습니다." 닉이 말했다.

"아, 뭐 그런 걸 가지고."

"정말 재미있었어요."

"우리도 네가 있어서 즐거웠단다. 저녁 먹고 가지 않으련?"

"가 봐야 해요. 아빠가 기다리고 계실 거예요."

"그럼, 가 봐라. 칼더러 집 안으로 들어오라고 해 줄래?"

"그러죠."

"잘 가, 니키."

"안녕히 계세요, 가너 아주머니."

닉은 농가를 나와 헛간 아래쪽으로 내려갔다. 조와 프랭크
가 우유를 짜고 있었다.

"안녕히 계세요. 오늘 정말 즐거웠어요." 닉이 말했다.

"잘 가거라, 닉. 저녁 먹고 가지 않을래?" 조 가너가 물었다.

"아뇨, 그럴 수 없어요. 칼한테 아주머니가 찾는다고 말해
주시겠어요?"

"오냐, 그러마. 그럼 잘 가, 니키."

닉은 맨발로 헛간 아래쪽 들판을 지나 오솔길을 따라 걸었
다. 오솔길은 부드러웠고, 맨발 아래로는 밤이슬이 차가웠다.
들판 끝에서 울타리를 올라가 늪 진흙에 젖은 발로 계곡 아래
쪽으로 내려간 뒤 메마른 너도밤나무 숲을 지나 올라가니 마
침내 오두막집 불빛이 보였다. 창 사이로 아버지가 테이블에
앉아 큼직한 호롱불 밑에서 책 읽는 모습이 보였다. 닉은 문을
열고 안으로 들어갔다.

"그래, 재미있었니, 니키?" 아버지가 물었다.

"아주 멋진 시간을 보냈어요, 아빠. 즐거운 독립 기념일이
었어요."

"배는 고프지 않고?"

"몹시 고파요."

"신발은 어떻게 했니?"

"가너 아저씨네 짐마차에 놓고 왔어요."

"부엌으로 오너라."

닉의 아버지는 호롱불을 들고 앞장섰다. 그리고 걸음을 멈

추더니 아이스박스의 뚜껑을 열었다. 닉은 부엌으로 들어갔다. 그의 아버지는 차디차게 식은 치킨 조각 하나를 접시에 담아 우유 주전자와 같이 들고 와 닉 앞의 테이블에 올려놓았다. 그는 호롱불을 내려놓았다.

"파이도 좀 있어. 그거면 충분하겠니?"

"훌륭해요."

그의 아버지는 유포(油布)를 덮은 테이블 옆 의자에 앉았다. 부엌 벽에 큼직한 그림자가 드리워졌다.

"볼 게임에선 어느 편이 이겼니?"

"페토스키가 이겼어요. 5 대 3으로요."

닉의 아버지는 앉아서 그가 음식 먹는 것을 지켜보고는 주전자 속의 우유를 잔에 가득 따라 주었다. 닉은 우유를 마시고 냅킨으로 입을 닦았다. 그의 아버지가 파이를 집으려고 선반 위로 손을 뻗었다. 그러고는 닉에게 파이 한 조각을 큼직하게 잘라 주었다. 허클베리 파이였다.

"아빠는 뭐 하셨어요?"

"아침에 낚시하러 갔다."

"뭘 잡았는데요?"

"농어밖에 못 잡았어."

그의 아버지는 의자에 앉아서 닉이 파이 먹는 모습을 계속 지켜보았다.

"오후에는 뭐 하셨어요?" 닉이 물었다.

"인디언 부락 위쪽으로 산책 갔어."

"누구 만난 사람은 없어요?"

"인디언들은 모두 술을 마시러 읍내에 나갔더구나."

"아무도 못 봤어요?"

"네 친구 프루디를 봤지."

"어디서요?"

"프랭크 워시번이랑 숲 속에 있더구나. 나도 우연히 마주쳤어. 재미있는 시간을 보내던데."

아버지는 닉을 보고 있지 않았다.

"뭘 하고 있었는데요?"

"오래 있지 않아서 뭘 하는지는 나도 못 봤어."

"그 애들이 뭘 하고 있었는지 말해 줘요."

"잘 몰라. 그저 뒹구는 소리를 들었을 뿐이야." 아버지가 대답했다.

"그럼 그 애들인지 어떻게 알았죠?"

"봤으니까."

"그 애들을 못 봤다고 하신 것 같은데요"

"아, 그렇지. 봤어."

"그 여자애와 함께 있던 게 누구였다고요?" 닉이 물었다.

"프랭크 워시번이었어."

"그 애들이…… 그 애들이……."

"그 애들이 뭐?"

"기분 좋아 보이던가요?"

"아마 그랬던 것 같구나."

아버지는 테이블에서 일어나 부엌 방충문 밖으로 나갔다. 닉은 음식 접시를 쳐다보았다. 그는 울고 있었다.

"더 먹지그래." 아버지가 칼을 들어 파이를 잘랐다.

"싫어요." 닉이 대답했다.

"한 조각 더 먹는 게 좋을걸."

"아뇨. 먹기 싫어요."

아버지는 식탁을 치웠다.

"그 애들이 숲 어디에 있던가요?" 닉이 물었다.

"부락 뒤쪽에 있더라." 닉이 접시를 바라보았다. 아버지가 말했다. "이제 잠자리에 드는 게 좋겠어, 닉."

"알았어요."

닉은 자기 방으로 들어가 옷을 벗고 침대 안으로 기어 들어갔다. 아버지가 거실에서 움직이는 소리가 들렸다. 닉은 베개에 얼굴을 묻고 침대에 누웠다.

'가슴이 미어지는 것 같아. 이런 기분이라면 정말 가슴이 미어지고 말 거야.' 그가 생각했다.

얼마 뒤 아버지가 호롱불을 끄고 자기 방으로 들어가는 소리가 들렸다. 바깥에 있는 나무 위로 바람 부는 소리가 들리고 방충문을 통해 시원한 바람이 들어오는 게 느껴졌다. 그는 오랫동안 베개에 얼굴을 묻고 누워 있었다. 그러다가 얼마 뒤 프루던스에 관한 일을 모두 잊어버리고 마침내 잠이 들었다. 한밤중에 잠에서 깨었을 때 오두막집 바깥 솔송나무에 바람이 부는 소리와 호숫가로 파도가 밀려오는 소리가 들렸다. 그는 다시 잠이 들었다. 아침에는 폭풍이 불어 호숫가에 파도가 높이 일었다. 그는 오랫동안 눈을 뜬 채 누워 있다가 비로소 자신의 가슴이 미어졌다는 사실을 기억해 냈다.

의사와 의사의 아내

딕 볼턴이 인디언 부락에서 닉의 아버지를 찾아온 것은 통나무를 잘라 주기 위해서였다. 그의 아들 에디와, 빌리 테이브쇼라는 다른 인디언도 함께였다. 그들은 숲에서 나와 뒷문으로 들어왔다. 길쭉한 동가리톱이 에디의 어깨 위에 걸쳐져 있어 그가 걸을 때마다 음악 소리 같은 게 났다. 빌리 테이브쇼는 갈고리 달린 장대를 들고 있었다. 딕은 겨드랑이에 도끼 세 자루를 끼고 있었다.

딕이 몸을 돌려 문을 닫았다. 다른 사람들은 그보다 앞서 모래 속에 통나무들이 박혀 있는 호숫가로 가는 중이었다.

이 통나무들은 증기선 '매직호(號)'가 호수 아래쪽 목재소로 운반하던 도중 큼직한 뗏목에서 유실된 것들이었다. 통나무들은 호숫가로 떠내려왔고, 만약 그대로 두면 얼마 안 있어 '매직호'의 선원들이 보트를 타고 호숫가를 따라와 그것들을 발견하고는 고리 달린 쇠못을 양 끝에 박은 뒤 호수 안쪽으로 끌어내어 다시 뗏목을 만들 것이다. 그러나 통나무 몇 개로는 품삯도 나오지 않아 벌목꾼들이 통나무들을 가지러 오지 않을 수도 있었다. 만약 아무도 오지 않는다면 통나무들은 물에 잠겨 호숫가에서 그대로 썩고 말 것이다.

당연히 그렇게 되리라고 생각한 닉의 아버지는 부락에서 내려와 동가리톱으로 자르고 쐐기로 쪼개어 장작과 토막나무를 만들도록 인디언들을 고용했다. 딕 볼턴은 오두막집을 돌아 호수로 걸어 내려갔다. 너도밤나무 통나무 네 개가 모래 속에 파묻혀 있었다. 에디는 손잡이 하나로 톱을 나무 가랑이에 걸었다. 딕은 도끼 세 자루를 조그마한 선거(船渠)에 내려놓았다. 딕은 혼혈이었지만 호수 주위에 사는 농부들은 대부분 그가 진짜 백인이라고 믿고 있었다. 게을렀지만 일단 일을 시작하면 열심히 하는 사람이었다. 그는 주머니에서 씹는담배 한덩어리를 꺼내 한입 베어 문 뒤 오지브웨이[9] 말로 에디와 빌리 테이브쇼에게 뭐라고 했다.

그들은 갈고리 달린 장대 끝을 통나무 하나에 박고 흔들어 모래 속에 파묻힌 그것을 헐겁게 움직였다. 그런 뒤 장대 손잡이에다 온 힘을 실었다. 그러자 통나무가 모래 속에서 움직였다. 딕 볼턴은 닉의 아버지 쪽으로 몸을 돌렸다.

"한데, 의사 양반, 좋은 목재를 훔치셨네요." 그가 말했다.

---

[9] '치페와'라고도 일컫는 인디언 부족. 주로 미네소타, 위스콘신, 미시간 같은 미국 북부 지방과 온타리오와 매니토바 같은 캐나다 남부 지방에서 살았다.

"그런 식으로 말하지 말게, 딕. 그건 그냥 유목(流木)일 뿐이야." 의사가 받아쳤다.

에디와 빌리 테이브쇼는 젖은 모래 속에 묻힌 통나무를 흔들어 끄집어내서는 물가 쪽으로 굴렸다.

"그대로 집어넣어." 딕 볼턴이 소리쳤다.

"뭣 때문에 그러는 거지?" 의사가 물었다.

"닦아 내려고요. 톱니가 상하지 않도록 모래를 씻어 내는 거죠. 또 통나무 주인이 누군지도 알고 싶고요." 딕이 말했다.

그들은 통나무를 호수에서 씻어 냈다. 에디와 빌리 테이브쇼는 햇볕 아래에서 땀을 뻘뻘 흘리며 갈고리 달린 장대에 기대 섰다. 딕은 모래 속에 무릎을 꿇고 통나무 끝 목질에 찍어 놓은 목재 심사원의 망치 자국을 살펴보았다.

"화이트 앤드 맥널리 사(社) 것이군." 그가 일어서서 바지 무릎에서 모래를 털어 내며 말했다.

의사는 몹시 기분이 언짢았다.

"그렇다면 통나무를 자르지 말게, 딕." 그가 무뚝뚝하게 말했다.

"화내지 마십시오, 의사 양반. 화낼 필요 없어요. 누구한테서 훔쳤건 난 상관 안 해요. 내 알 바 아니거든요." 딕이 말했다.

"훔쳐 온 통나무라고 생각한다면 그냥 내버려 두고 연장이나 챙겨 부락으로 돌아가게." 의사가 말했다. 그의 얼굴은 화가 나서 벌게졌다.

"그렇게 화부터 내지 마십시오, 의사 양반." 딕이 말했다. 그는 씹는담배에서 나온 액체를 통나무에 뱉었다. 액체는 흘러내려 물속에서 서서히 사라져 버렸다. "이게 훔쳐 온 통나무라는 건 나만큼 의사 양반도 잘 알 텐데요. 하지만 나하고는 아무 상관 없는 일이죠."

"좋아. 이 통나무를 훔쳤다고 생각한다면 연장을 갖고 그만 가 보란 말이야."

"아니, 의사 양반……."

"연장을 갖고 어서 가."

"내 말 좀 들어 보십시오, 의사 양반."

"앞으로 한 번만 더 나한테 '의사 양반'이라고 하면 송곳니를 부러뜨려 목구멍 속으로 처박아 버리겠어."

"아, 그러면 안 되죠, 의사 양반."

딕 볼턴은 의사를 쳐다보았다. 딕은 몸집이 큰 사내였다. 그도 자기가 크다는 걸 잘 알았다. 그래서 싸움 걸기를 좋아했다. 기분이 좋아서였다. 에디와 빌리 테이브쇼는 갈고리 달린 장대에 기대서서 의사를 바라보았다. 의사는 아랫입술 밑 턱수염을 씹으며 볼턴을 쳐다보았다 그러고 나서 몸을 휙 돌려 언덕 위쪽 오두막집을 향해 걸어갔다. 등만 보아도 그가 얼마나 화가 났는지 알 수 있었다. 그들은 모두 그가 언덕을 걸어 올라가 오두막집으로 들어가는 것을 지켜보았다.

딕이 오지브웨이 말로 뭐라고 지껄였다. 그러자 에디는 웃었지만 빌리 테이브쇼는 아주 심각한 얼굴이 됐다. 영어를 알아듣지 못하면서도 빌리는 노를 젓는 내내 땀을 뻘뻘 흘렸다. 몸이 뚱뚱한 그는 중국 사람처럼 콧수염이 몇 가닥 나 있었다. 그는 갈고리 달린 장대 두 개를 집어 들었다. 딕은 도끼들을 들었고, 에디는 나무에서 톱을 내렸다. 몸을 움직이기 시작한 그들은 오두막집 위쪽을 지나 뒷문을 빠져나가 숲 속으로 걸어 들어갔다. 딕은 문을 열어 두었다. 빌리 테이브쇼가 다시 돌아가 문을 닫았다. 그들은 숲을 지나 자취를 감추었다.

오두막집에서 의사는 자기 방 침대에 걸터앉아 서랍 옆 마룻바닥에 쌓인 의학 잡지들을 바라보았다. 아직 포장도 뜯지 않은 그대로였다. 그 광경을 보자 그는 화가 치밀었다.

"일하러 안 가요, 여보?" 블라인드를 내리고 누워 있던 방에서 의사의 아내가 물었다.

"안 가!"

"무슨 일 있어요?"

"딕 볼턴하고 실랑이를 했어."

"아, 설마 화를 내진 않았겠죠, 헨리." 그의 아내가 말했다.

"아무렴!" 의사가 대답했다.

"영혼을 다스리는 자가 도시를 차지하는 자보다 위대하다잖아요.[10]" 그의 아내가 말했다. 그녀는 크리스천 사이언스[11] 신도였다. 그녀의 성경과 《과학과 건강》 한 부, 《쿼털리》 잡지가 어두운 방 침대 옆 테이블에 놓여 있었다.

그녀의 남편은 아무런 대꾸도 하지 않았다. 지금 그는 침대 위에 앉아 엽총을 닦는 중이었다. 무겁고 누런 탄환이 가득 찬

---

10) "자기의 마음을 다스리는 자는 성(城)을 빼앗는 자보다 낫다."(「잠언」 16장 32절)

11) 1866년 미국 여성 메리 베이커 에디(Mary Baker Eddy, 1821~1910)가 창시한 종교. 그리스도의 가르침을 체득함으로써 만병을 고칠 수 있다고 설파했다.

탄창을 밀어 넣었다가 노리쇠를 펌프질해 다시 튀어나오게 했다. 탄환이 침대 위에 흩어졌다.

"여보!" 그의 아내가 불렀다. 그러고 나서 잠시 쉬었다가 다시 "헨리!" 하고 불렀다.

"왜 그래." 의사가 말했다.

"설마 볼턴을 화나게 할 말은 하지 않았죠?

"안 했어." 의사가 대답했다.

"무엇 때문에 다퉜어요, 여보?"

"별일 아니야."

"어디 말해 봐요, 헨리. 나한테 아무것도 숨기려 하지 말고. 도대체 뭣 때문에 다툰 거예요?"

"그 작자의 아내가 폐렴에 걸렸을 때 내가 치료해 줬거든. 그래서 나한테 갚아야 할 돈이 많아. 그런데 일하면서 일부러 시비를 걸어 돈을 안 갚으려고 하는 것 같아."

그의 아내는 아무 말도 하지 않았다. 의사는 헝겊으로 조심 스럽게 엽총을 닦았다. 그리고 탄창의 용수철에 대고 탄환을 도로 밀어 넣었다. 그는 엽총을 무릎에 얹어 놓고 앉아 있었 다. 그는 이 총이 무척 좋았다. 그때 어두컴컴한 방에서 아내 의 목소리가 들려왔다.

"여보, 정말이지, 어느 누구도 그런 짓을 할 거라곤 생각이 되지 않아요."

"생각이 되지 않는다고?" 의사가 물었다.

"그래요. 어떤 사람도 의도적으로 그런 짓을 하진 않을 거 예요."

의사는 자리에서 일어나 엽총을 옷장 뒤 귀퉁이에 세워 놓
았다.

"여보, 밖에 나가는 거예요?" 그의 아내가 물었다.

"산책이나 좀 할까 해서." 의사가 대답했다.

"여보, 닉을 보거든 내가 찾는다고 말해 줄래요?" 그의 아
내가 말했다.

의사는 현관 밖으로 나갔다. 그러고는 방충문을 세게 닫았
다. 문이 쾅 소리를 내며 닫히자 깜짝 놀란 아내가 숨을 들이
마시는 소리가 들렸다.

"미안해." 블라인드가 내려진 창문 밖에서 의사가 말했다.

"괜찮아요, 여보." 그녀가 대답했다.

그는 더위 속에서 정문 밖으로 걸어 나가 오솔길을 따라 솔
송나무 숲으로 들어갔다. 이렇게 날이 무더운데도 숲 속은 시
원했다. 닉이 나무에 기대앉아 책을 읽고 있었다.

"엄마가 너를 찾고 있어." 의사가 말했다.

"아빠하고 같이 갈래요." 닉이 말했다.

아버지가 아들을 내려다보았다.

"좋아. 자, 그럼 나한테 책을 다오. 주머니에 집어넣을 테
니." 아버지가 말했다.

"검은 다람쥐들이 있는 곳을 알아냈어요, 아빠." 닉이 말했다.

"좋아. 그럼 그곳에 가자꾸나." 아버지가 말했다.

권투 선수

닉은 몸을 일으켰다. 별다른 이상은 없었다. 그는 철로 위쪽으로 승무원실의 불빛이 커브를 돌아 사라지는 모습을 지켜보았다. 철로 양쪽에는 물이 고여 있었고, 그 뒤로는 낙엽송의 늪지가 있었다.

무릎을 만져 보았다. 바지도 찢어지고 살갗도 벗겨졌다. 긁힌 두 손엔 상처가 나 있었고, 손톱 밑에도 모래와 석탄재가 끼어 있었다. 철로 가장자리를 넘어 작은 비탈을 따라 내려간 닉은 물가에 이르러 손을 씻었다. 찬물로 손을 정성 들여 씻으면서 손톱의 먼지도 말끔히 닦아 냈다. 그러고 난 뒤 쪼그리고 앉아 무릎을 물에 담갔다.

그 빌어먹을 차장 보조 자식. 언젠가는 반드시 혼내 줄 것이다. 다시 만나면 바로 알아볼 자신이 있다. 그런데 참 솜씨가 좋긴 했다.

"이리 와 봐, 꼬마. 너한테 줄 게 있어." 그 사람이 말했다.

닉은 그 말에 그만 속아 넘어가고 말았다. 그런 인간한테 속아 넘어가다니 참으로 어리석은 풋내기였다. 두 번 다시 그런 일은 없을 것이다.

"이리 와 봐, 꼬마. 줄 게 있다니까." 그러고 나서 한 대 쾅, 닉은 그렇게 철로 옆 땅바닥에 두 손과 무릎을 짚고 쓰러졌던 것이다.

닉은 눈을 비볐다. 큰 혹이 솟아오르고 있었다. 틀림없이 눈에 멍이 들 것이다. 벌써 쑤시기 시작했다. 그 빌어먹을 차장 보조 자식.

그는 손가락으로 눈 위의 혹을 만져 보았다. 아, 다행히 멍은 한쪽 눈에만 들었다. 무임승차의 대가는 이게 전부다. 이 정도면 값을 싸게 치른 셈이다. 그는 혹이 보고 싶었다. 하지만 물에 비춰 보아도 보이지 않았다. 주위는 어두웠고 마을로부터도 멀리 떨어져 있었다. 그는 바지에 두 손을 닦고 일어선 뒤 제방을 기어올라 철로 쪽으로 향했다.

그는 철로 위를 걷기 시작했다. 철로엔 자갈이 많이 깔려 있어 걷기가 수월했으며, 침목과 침목 사이에 모래와 자갈이 빽빽이 채워져 있어 바닥이 단단했다. 마치 둑길과도 같은 평탄한 철로는 늪을 뚫고 앞으로 뻗어 있었다. 닉은 철로를 따라 계속 걸었다. 이렇게 걷다 보면 틀림없이 어딘가에 닿을 것이다.

닉은 화물열차가 월턴 간이역 바깥쪽에 이르러 속력을 늦췄을 때 뛰어 올라탔다. 닉을 태운 열차는 어두워지기 시작할 무렵 캘캐스카[12]를 통과했다. 그러니 지금 걷고 있는 곳은 맨셀로나[13] 부근이 틀림없었다. 늪지가 5, 6킬로미터쯤 펼쳐져 있었다. 침목과 침목 사이의 자갈길을 걸으면서 철로를 따라 걷는데, 늪지에 안개가 자욱하게 피어올라 으스스했다. 눈이 아프고 배도 고팠다. 몇 킬로미터 철로를 뒤로하고 그는 계속 걸었다. 늪지는 철로 양쪽이 모두 꼭 같았다.

앞쪽에 다리 하나가 있었다. 닉이 다리를 건너는 동안 구두가 쇠에 닿아 공허한 소리가 났다. 저 아래 침목 틈 사이로 물이 거무스레하게 보였다. 닉이 헐렁한 쇠못 하나를 발로 걸어차자 못이 물속으로 떨어졌다. 다리 건너편은 구릉지였다. 구릉지는 철로 양쪽으로 어둡고 높게 치솟아 있었다. 철로 위쪽으로 모닥불이 보였다.

그는 모닥불을 향해 철로를 조심스럽게 올라갔다. 모닥불은 철로 근처 제방 아래에서 피어오르고 있었다. 그의 눈에는 모닥불 불빛 말고는 아무것도 보이지 않았다. 철로는 횡단로에서 빠져나와 있었고, 모닥불이 타고 있는 곳은 사방이 탁 트여 먼 숲까지 이르고 있었다. 닉은 조심스럽게 제방 아래쪽으로 내려가 숲으로 들어간 뒤 나무 사이를 지나 모닥불이 있는 곳으로 다가갔다. 그곳은 너도밤나무 숲이었고, 나무 사이로 걸어가자 땅에 떨어진 열매가 구두에 밟혀 바삭거리는 소리를 냈다. 숲 바로 옆에서 모닥불이 밝게 빛났다. 그 옆에는 사

---

12) 미시간 주 북부에 위치한 마을.
13) 미시간 주 북부 캘캐스카 서쪽에 위치한 마을.

내 하나가 앉아 있었다. 닉은 나무 뒤에서 멈춰 서서 주위를 살폈다. 사내는 혼자 있는 것 같았다. 머리를 두 손으로 감싼 채 불을 들여다보며 앉아 있었다. 닉은 앞으로 걸음을 옮겨 불빛 있는 쪽으로 다가갔다.

사내는 불 속을 들여다보며 앉아 있었다. 닉이 바로 그 옆에서 걸음을 멈췄을 때도 그는 꼼짝하지 않았다.

"저기요!" 닉이 불렀다.

그러자 사내가 고개를 들었다.

"어쩌다 눈에 멍이 들었나?" 그가 물었다.

"차장 보조한테 한 대 얻어맞았어요."

"직행 화물열차에서 떨어졌나?"

"네."

"나도 아까 그놈을 봤어. 한 시간 반쯤 전에 이곳을 지나가더군. 팔을 툭툭 치고 노래를 부르면서 차량 꼭대기를 걸어가던데."

"빌어먹을 놈의 자식!"

"널 한 대 쳤으니 기분이 썩 좋았겠지." 사내가 심각한 표정을 지으며 말했다.

"반드시 혼내 줄 거예요."

"그자가 지나갈 때 돌이라도 던져 보지그래." 사내가 충고했다.

"꼭 앙갚음하고 말겠어요."

"너도 꽤 거친 놈인 것 같은데, 그렇지?"

"아니에요." 닉이 대답했다.

"너같이 젊은 애들은 다 거칠어."

"거칠지 않을 수 없죠." 닉이 대꾸했다.

"내 말이 바로 그 말이야."

사내는 닉을 쳐다보고 빙긋 웃었다. 불빛에서 보니 그 사내의 얼굴은 정상이 아니었다. 코는 납작하고 눈은 가느스름하게 찢어졌으며 입술은 괴상한 모양이었다. 닉이 한눈에 이 모든 것을 알아챈 것은 아니었다. 다만 사내의 얼굴이 보기 흉하게 일그러졌다는 사실을 알아차렸을 뿐이다. 마치 색칠해 놓은 가면 같았다. 불빛에 비친 그의 얼굴은 시체처럼 보였다.

"내 상판이 마음에 안 드나?" 사내가 물었다.

닉은 당황했다.

"네, 그건 그래요." 그가 대답했다.

"자, 여기 좀 봐!" 사내가 모자를 벗었다.

귀가 하나밖에 없었다. 두툼한 귀가 머리 한쪽 옆에 달라붙어 있었다. 다른 쪽 귀가 있어야 할 곳에는 귀뿌리만 남아 있었다.

"이런 꼴 본 적 있나?"

"아뇨." 닉이 대답했다. 조금 메스꺼운 기분이 들었다.

"난 아무렇지 않아. 꼬마, 내가 아무렇지 않게 여긴다고 생각하지 않아?" 사내가 물었다.

"물론이죠!"

"놈들이 죄다 달려들어 나를 때렸어. 하지만 나를 상하게 할 순 없었지." 몸집이 작은 사내가 말했다.

그는 닉을 쳐다보았다. "앉아! 뭘 좀 먹겠나?" 그가 물었다.

"신경 쓰지 마세요. 지금 마을로 가는 길이거든요." 닉이 대답했다.

"이봐! 이제부턴 날 애드라고 불러." 사내가 말했다.

"그러죠!"

"내 말 좀 들어 봐! 내 몸은 정상이 아냐." 조그마한 사내가 말을 이었다.

"어디가 문제인데요?"

"머리가 돌았거든."

그는 모자를 썼다. 닉은 큰 소리로 웃고 싶었다.

"아저씨는 말짱해요." 닉이 말했다.

"아냐, 그렇지 않아. 머리가 돌았어. 이봐, 머리가 돌아 본 적 있나?"

"없는데요. 어쩌다 그렇게 됐나요?" 닉이 물었다.

"나도 모르겠어. 한번 미치게 되면 어쩌다 그렇게 됐는지 알 수가 없는 법이야. 나 알지?"

"모르는데요."

"애드 프랜시스야."

"정말요?"

"믿지 않는 거야?"

"아뇨, 믿어요."

닉은 그의 말이 거짓말이 아니라는 것을 알았다.

"내가 그놈들을 어떻게 때려눕혔는지 아나?"

"몰라요." 닉이 대답했다.

"내 심장은 느리게 뛰지. 일 분에 마흔 번밖에 안 뛰어. 어디 한번 만져 봐."

닉은 망설였다.

"자, 어서. 내 손목을 잡아 봐. 손가락을 그곳에 대 봐." 사내
가 그의 손을 잡았다.

몸집이 조그마한 사내의 손목은 굵고 뼈 위에 근육이 부풀
어 올라 있었다. 닉의 손가락 아래에서 천천히 뛰는 맥박이 느
껴졌다.

"시계 갖고 있나?"

"없는데요."

"나도 없어. 시계가 없다면 어쩔 수 없군."

닉은 사내의 손목을 놓았다.

"아니, 이봐! 다시 잡아 봐. 내가 예순까지 셀 테니 맥을 헤
아려 보란 말이야." 애드 프랜시스가 말했다.

손가락 밑에서 느리고도 힘찬 맥박을 느끼면서 닉은 수를
헤아리기 시작했다. 사내가 하나, 둘, 셋, 넷, 다섯…… 하고 천
천히 소리 내어 세는 소리가 들렸다.

"예순! 이게 일 분이야. 얼마나 셌나?" 애드가 물었다.

"마흔요." 닉이 대답했다.

"그렇다니까. 절대로 빨라지는 법이 없지." 애드가 기쁜 듯
이 말했다.

그때 한 사내가 철도 제방을 내려와 개간지를 가로질러 모
닥불이 있는 곳으로 다가왔다.

"어이, 벅스!" 애드가 소리쳐 불렀다.

"어이!" 벅스가 대답했다. 흑인의 목소리였다. 닉은 사내의

걸음걸이를 보고 그가 흑인이라는 사실을 알아챘다. 그는 두 사람에게 등을 돌린 채 불 위로 몸을 구부리고 섰다. 그러더니 몸을 일으켜 똑바로 세웠다.

"이쪽은 내 친구 벅스야. 이놈도 미쳤어." 애드가 말했다.

"만나서 반가워요. 어디서 왔다고 했나요?" 벅스가 물었다.

"시카고에서 왔어요." 닉이 대답했다.

"좋은 곳이죠. 아직 이름을 못 들었는데." 흑인이 말했다.

"애덤스. 닉 애덤스라고 합니다."

"저 친구는 아직 한 번도 미쳐 본 적이 없대, 벅스." 애드가 말했다.

"기회야 얼마든지 있죠." 흑인이 말했다. 그는 모닥불 옆에서 꾸러미 하나를 풀었다.

"식사는 언제 하나, 벅스?" 권투 선수가 물었다.

"지금 바로 합니다."

"배고픈가, 닉?"

"배고파 죽을 지경이에요."

"들었나, 벅스?"

"다 들었어요."

"그걸 물은 게 아냐."

"네, 애덤스 씨가 하는 말을 들었다고요."

벅스는 냄비 위에 햄 몇 조각을 늘어놓았다. 냄비가 뜨거워지자 기름이 튀었고, 벅스는 흑인 특유의 길쭉한 다리로 불 앞에 쪼그려 앉아 햄을 뒤집고 달걀을 깨뜨려 냄비에 넣고 뜨거운 기름이 달걀에 스며들도록 냄비를 이리저리 기울였다.

"봉지에 든 빵을 좀 잘라 줄래요, 애덤스 씨?" 벅스가 불에서 얼굴을 돌리며 말했다.

"그러죠."

닉은 봉지 안에 손을 집어넣어 빵 덩어리를 꺼냈다. 그는 빵을 여섯 조각으로 잘랐다. 애드가 그 모습을 지켜보며 앞쪽으로 몸을 굽혔다.

"칼 좀 빌려 주게, 닉." 그가 말했다.

"안 돼요. 빌려 주면 안 돼. 칼을 꼭 잡고 있어요, 애덤스 씨." 흑인이 말했다.

권투 선수는 뒤로 물러나 앉았다.

"빵을 갖다 줄래요, 애덤스 씨?" 벅스가 부탁했다. 닉이 빵을 건네주었다.

"햄 기름에 빵을 적셔 줄까요?" 흑인이 물었다.

"두말하면 잔소리죠!"

"좀 더 기다리는 게 좋겠군요. 식사 끝에 햄 기름에 빵을 적시는 게 낫겠어요. 자, 여기요."

흑인은 햄 한 조각을 집어 빵 조각 위에 올려놓은 뒤 그 위에 달걀 하나를 얹었다.

"여기에 빵을 올리면 샌드위치가 돼요. 그렇게 해서 프랜시스 씨에게 드려요."

애드는 샌드위치를 받아 들자마자 곧 먹기 시작했다.

"달걀이 흐르지 않도록 조심해요." 흑인이 주의를 주었다. "애덤스 씨, 이건 당신 몫입니다. 나머지는 내 것이고요."

닉은 샌드위치를 한입 먹었다. 흑인은 맞은편에 애드와 나란히 않았다. 기름에 튀긴 뜨거운 햄과 달걀은 맛이 그만이었다.

"애덤스 씨는 배가 정말 많이 고팠던 모양입니다." 흑인이 말했다. 닉이 이름을 듣고서야 한때 선수권 보유자였다는 사실을 알게 된 조그마한 사내는 조용했다. 흑인이 칼에 대해 뭐라고 한 뒤부터는 한마디도 하지 않았다.

"햄 기름에 적신 빵 조각 하나 더 줄까요?" 벅스가 물었다.

"정말 고맙습니다." 닉이 말했다.

몸집이 조그마한 백인은 닉을 쳐다보았다.

"좀 더 드시겠습니까, 아돌프 프랜시스 씨?" 벅스가 냄비를 만지면서 물었다.

애드는 아무런 대꾸도 하지 않았다. 그는 닉을 쳐다보고 있었다.

"프랜시스 씨?" 흑인이 부드러운 목소로 다시 물었다.

애드는 그래도 대꾸하지 않았다. 그는 계속 닉만 쳐다보았다.

"지금 묻고 있어요, 프랜시스 씨." 흑인이 부드럽게 말했다.

애드는 계속해서 닉을 쳐다보았다. 그는 눈 위까지 모자를 깊숙이 눌러쓰고 있었다. 닉은 마음이 불안해졌다.

"도대체 왜 그따위로 구는 거지?" 모자 밑에서 날카로운 목소리가 흘러나와 닉에게로 흘러 들어왔다.

"도대체 네가 누구라고 생각하는 거야? 이 똥개처럼 더러운 자식아. 부른 사람도 없는데 여기 와서 남의 것을 처먹고, 칼 좀 빌리자고 하니 꼴같잖게 굴고."

그는 닉을 노려보았다. 그의 얼굴은 창백했고 두 눈은 모자에 가려 거의 보이지 않았다.

"아주 꼴불견이군. 너한테 이런 데 끼어들라고 부탁한 인간이 도대체 누구야?"

"그런 사람 없어요."

"빌어먹을, 말은 잘하네. 너한테 여기 와 달라고 부탁한 사람 아무도 없어. 또 여기 있어 달라고 부탁한 사람도 없고. 그런데 네놈은 제멋대로 여기 와서는 내 얼굴을 흉보지 않나, 내 시가를 피우지 않나, 내 술을 마시고 건방을 떨지 않나. 도대체 넌 어디로 가는 길이냐?"

닉은 아무 대답도 하지 않았다. 애드는 자리에서 일어섰다.

"이봐, 잘 들어, 이 시카고 겁쟁이 녀석아. 잘못하면 네놈의 엉덩이가 날아갈 줄 알아. 알아들었어?"

닉은 뒤로 물러섰다. 조그마한 사내는 왼쪽 평발을 먼저 내밀고 오른쪽 발을 그곳으로 끌며 천천히 닉에게로 다가왔다.

"어디 때려 봐. 자, 때려 보라고." 그가 머리를 움직였다.

"때리고 싶지 않아요."

"그런 식으로 빠져나갈 순 없을걸. 넌 한 대 맞아 봐야 해. 알겠어? 자, 어서 내게 덤벼."

"그만둬요." 닉이 말했다.

"좋아, 그럼 그만두지, 이 사생아 같은 놈."

몸집이 조그마한 사내는 닉의 발을 내려다보았다. 바로 그때 그가 모닥불 옆을 떠나자마자 뒤를 밟아 온 흑인이 몸을 가누어 그의 뒷목을 곤봉으로 탁 내리쳤다. 그러자 사내는 앞으로 고꾸라졌고, 벅스는 헝겊으로 싸맨 곤봉을 풀 위에 떨어뜨렸다. 사내는 풀 속에 얼굴을 파묻은 채 그대로 쓰러져 있었다. 흑인은 목이 축 늘어진 그를 들어 올려서는 모닥불이 있는 데로 데리고 갔다. 얼굴은 말이 아니었지만 그는 눈을 뜨고 있었다. 벅스는 가만히 그를 눕혔다.

"양동이의 물 좀 갖다 줘요, 애덤스 씨. 좀 세게 때렸나 봅니다." 그가 말했다.

흑인은 사내의 얼굴에 손으로 물을 뿌리고는 그의 귀를 부드럽게 잡아당겼다. 그러자 그의 눈이 감겼다.

벅스는 일어섰다.

"이젠 괜찮을 겁니다. 염려할 것 없어요. 미안합니다, 애덤스 씨." 그가 말했다.

"괜찮아요." 닉은 몸집이 조그마한 사내를 내려다보았다. 그리고 풀 위의 곤봉을 집어 들었다. 휘기 쉬운 손잡이가 달려 있었고, 잡아 보니 말랑말랑했다. 검은색 낡은 가죽에 묵직한 끝부분을 손수건으로 감아 만든 곤봉이었다.

"고래수염으로 만든 손잡이예요. 요즘에는 이런 거 안 만들죠." 흑인이 빙긋 웃었다. "당신이 얼마나 자신을 잘 보호할지는 모르겠습니다만, 어쨌든 난 당신이 이 사람을 더 다치게 하거나 상처 입히는 걸 원치 않았거든요."

흑인은 또다시 빙긋 웃었다.

"하지만 당신이 다치게 했잖아요."

"난 방법을 잘 압니다. 이 사람은 아무것도 기억하지 못할 거예요. 이 사람이 그런 상태가 될 땐 기분을 바꾸기 위해 이런 방법을 사용할 수밖에 없죠."

닉은 모닥불 불빛 너머로 몸집이 조그마한 사내가 두 눈을 감은 채 옆쪽으로 누운 모습을 계속 내려다보았다. 벅스는 모닥불에 장작을 지폈다.

"이 사람에 대해선 염려하지 않아도 돼요, 애덤스 씨. 전에도 여러 번 이랬으니까요."

"어쩌다가 머리가 돌았나요?" 닉이 물었다.

"아, 여러 가지 일이 있었죠." 흑인이 모닥불 있는 곳에서 대답했다. "커피 한잔할래요, 애덤스 씨?"

그는 닉에게 커피 잔을 건네주고 의식을 잃은 사내의 머리 아래에 깐 웃옷을 매만졌다.

"너무 많이 얻어맞은 것도 이유 중 하나죠." 흑인은 이렇게 말하면서 커피를 한 모금 마셨다. "하지만 그것뿐이라면 좀 바보가 되고 말았을 겁니다. 그 무렵 이 사람의 누이라는 사람이 매니저 노릇을 했는데, 그들 두 사람이 남매 사이니 뭐니 하는 얘기가 돌면서 누이가 오빠를 얼마나 사랑했느니 오빠도 누이를 얼마나 사랑했느니 하고 신문이 떠들썩했거든요. 그러다 두 사람이 뉴욕에서 결혼했는데, 그 결혼 때문에 온갖 불쾌한 일이 벌어졌죠."

"그 결혼 얘기는 나도 기억해요."

"그렇겠죠. 물론 두 사람은 남매도 뭣도 아니었어요. 하지만 그렇든 아니든 사람들 대다수는 그런 걸 좋아하지 않거든요. 두 사람은 점점 사이가 나빠졌고, 어느 날 여자가 훌쩍 집을 나가선 영영 돌아오지 않았답니다."

그는 커피를 마시고는 핑크 색 손바닥으로 입술을 닦았다.

"그때부터 미쳐 버린 거죠. 커피 더 마실래요, 애덤스 씨?"

"고맙습니다."

"나도 그 여자를 두서너 번 봤어요. 정말 깜짝 놀랄 만한 미인이었어요. 쌍둥이라고 할 만큼 이 사람과 닮았더군요. 이 사람도 얼굴이 망가지지만 않았다면 보기 흉한 얼굴은 아니에요." 흑인이 말을 이었다.

그는 말을 그쳤다. 이야기가 다 끝난 듯싶었다.

"어디서 이 사람을 만났나요?" 닉이 물었다.

"형무소에서 만났죠. 여자가 도망친 뒤부터 이 사람은 밤낮 사람들을 두들겨 패다가 결국 형무소에 가게 되었어요. 난 사람을 칼로 찔러서 들어갔고요." 흑인이 말했다.

그는 빙긋 웃고 나서 부드럽게 말을 이었다.

"난 곧바로 이 사람이 마음에 들었습니다. 그래서 감옥에서 나오자 이 사람을 찾았죠. 이 사람은 내가 미쳤다고 생각하겠지만 그런 건 조금도 상관없어요. 난 이 사람과 함께 있는 게 좋고, 시골을 구경하며 돌아다니는 게 좋아요. 이렇게 지내면 좀도둑질을 할 필요도 없죠. 난 신사처럼 훌륭하게 사는 게 좋거든요."

"아저씨들은 무슨 일을 하며 사나요?" 닉이 물었다.

"아, 아무것도 안 해요. 그냥 이렇게 떠돌아다닐 뿐이죠. 이 사람에게 돈이 있거든요."

"돈도 많이 벌었겠네요."

"그래요. 하지만 다 써 버렸어요. 아니면 사람들한테 빼앗겼든지. 돈은 그 여자가 보내 줘요."

그는 모닥불을 휘저었다.

"정말 착한 여자죠. 정말로 쌍둥이처럼 이 사람과 닮았어요." 그가 말했다.

흑인은 숨을 헐떡이며 누워 있는 몸집이 조그마한 사내 쪽으로 눈길을 돌렸다. 사내의 금색 머리카락이 이마 위로 내려와 있었다. 일그러진 얼굴도 잠이 드니 마치 어린애처럼 보였다.

"이젠 언제라도 깨울 수 있어요, 애덤스 씨. 괜찮다면 당신이 이곳을 떠나 줬으면 좋겠어요. 난 누구에게나 친절하게 대하고 싶지만, 이 사람이 당신을 보면 또 어떻게 될지 몰라서 말이지요. 이 사람을 때리는 게 끔찍이 싫지만, 이 사람이 그렇게 되기 시작하면 나도 때릴 수밖에 없거든요. 그러니 될 수 있는 대로 사람들을 가까이하지 않도록 해야 해요. 기분 나쁘게 생각하는 건 아니죠, 애덤스 씨? 아니, 감사할 필요까진 없어요, 애덤스 씨. 내가 당신에게 미리 주의를 줬어야 하는데, 이 사람이 당신을 매우 좋아하는 것 같아서 일이 잘 돌아갈 걸로 생각했던 거죠. 저 철로 위쪽으로 한 3킬로미터쯤 가면 마을이 나올 겁니다. 맨셀로나라는 마을이죠. 그럼 잘 가요. 오늘 밤은 여기서 보내라고 청하고 싶지만 그건 아무래도 불가능할 것 같아요. 햄과 빵을 조금 갖고 가겠어요? 싫다고요? 그럼 샌드위치를 갖고 가는 게 낫겠군요." 이 모든 말을 그는 흑인답게 정중하고 부드러우면서도 나지막한 목소리로 말했다.

"자, 그럼 잘 가시오, 애덤스 씨. 안녕히 가시오. 행운을 빕니다!"

닉은 모닥불을 떠나 개간지를 가로질러 철길이 있는 곳으로 걸어갔다. 불빛이 비치지 않는 곳에 이르자 그는 귀를 기울였다. 흑인이 부드러운 소리로 나지막하게 지껄이는 소리가 들렸다. 무슨 말인지 알아들을 수가 없었다. 곧이어 몸집이 조그마한 사내가 "머리가 빠개지는 것 같아, 벅스." 하고 말하는 소리가 들렸다.

"곧 괜찮아질 거예요, 프랜시스 씨. 이 뜨거운 커피 한잔 마셔 봐요." 흑인이 달래는 목소리가 들렸다.

닉은 제방을 기어 올라가 철로를 따라 걷기 시작했다. 그러다 손에 햄 샌드위치를 들고 있다는 사실을 깨닫고는 그것을 주머니에 집어넣었다. 철로가 언덕으로 구부러지기 전 오르막길에서 뒤를 돌아보니 아직도 개간지의 불빛이 보였다.

아버지들과 아들들

이 읍내의 중심 도로 한복판에는 우회로 표지판이 있지만 자동차들은 보란 듯이 곧장 직진했다. 이 때문에 니컬러스 애덤스는 어떤 도로를 수리하다가 완성했나 보다고 생각하면서 곧장 벽돌 포장된 텅 빈 거리를 따라 읍내로 차를 몰고 들어갔다. 통행이 한산한 일요일임에도 그는 깜박거리는 신호등에 맞춰 차를 세웠는데, 이 신호등 시설도 수지가 맞지 않으면 내년쯤 폐쇄할 것 같아 보였다. 그는 계속해서 이 작은 읍내의 우거진 가로수 사이로 차를 몰았다. 이곳에 살면서 그 가로수 사이를 걸어 본 사람이라면 누구나 마음의 한 부분으로 간직하고 있을 만한 가로수였다. 그러나 낯선 사람이 보기에 이 가로수는 너무 우거진 나머지 햇볕을 차단하고 집 안을 눅눅하게 만들 뿐이다. 거리의 마지막 집들 사이를 벗어나자 그는 높아졌다 낮아졌다 하며 똑바로 뻗은 고속도로로 접어들었다.

길 양쪽으로 깨끗하게 다듬어진 황토 제방이 보였고 제방 양쪽에는 벌목 후 다시 심은 나무들이 자라고 있었다. 고향은 아니었지만 가을이 한창 무르익는 계절이라 자동차로 지나면서 구경하기엔 그만인 고장이었다. 목화는 이미 수확이 끝났고, 개간지에는 옥수수 밭이 있었는데 어떤 곳은 붉은 수수로 구획이 그어져 있었다. 아들이 옆자리에 잠들어 있고, 밤이면 도착할 읍내도 잘 아는 데다, 그날 여정도 끝나 가고 있어 닉은 느긋하게 차를 몰면서 어느 곡물 밭에 콩이 자라는지 또는 팥이 자라는지, 잡목 숲과 벌채된 땅이 어떻게 배열되었는지, 밭과 숲에 딸린 오두막집과 가옥 들이 어디에 위치해 있는지 살펴보았다. 말하자면 지나가면서 마음속으로 그 고장을 사냥하고 있었다. 모든 개간지를 먹이와 숨을 곳과 관련지어 측량하고, 또 어디서 메추라기 떼를 찾아내고 그들이 어느 쪽으로 날아갈지 헤아려 보면서.

메추라기 사냥에서는 일단 개들이 그놈들을 찾아내면 사냥꾼은 메추라기와 그들이 서식하는 은신처 사이에 들어서지 말아야 한다. 만약 그랬다간 푸득 날아오른 메추라기들이 사냥꾼에게로 쏟아지듯 달려들면서 어떤 놈은 갑자기 치솟기도 하고, 또 어떤 놈은 귀 옆을 아슬아슬하게 스치기도 하면서 엄청난 떼를 이룰 것이다. 일찍이 공중에서도 그렇게 많은 놈들이 지나가는 광경을 보지 못했을 만한 엄청난 규모로 말이다. 이런 경우 유일한 방법은 등을 돌려 어깨 위로 지나는 놈을 손으로 잡는 것인데, 그것도 메추라기가 날개를 고정시키고 몸을 기울이면서 숲 속으로 내려앉기 전이라야 한다. 아버지가 가르쳐 준 방식으로 메추라기를 찾아 이 고장을 샅샅이 뒤지면서 니컬러스 애덤스는 아버지에 대해 생각하기 시작했다. 아버지를 생각할 때면 언제나 제일 먼저 떠오르는 것이 아버지의 두 눈이었다. 큼직한 몸집, 재빠른 동작, 널찍한 어깨, 구부러진 매부리코, 작은 턱을 덮은 수염 같은 것들은 하나도 생각나지 않고 오로지 눈만 생각났다. 아버지의 눈은 이마 아래에서 눈썹의 보호를 받으며 마치 대단히 소중한 어떤 기구를 위해서 특별히 보호 장치를 해 놓은 듯 깊숙이 자리했다. 그 눈은 보통 사람보다 훨씬 멀리, 그리고 훨씬 빨리 보았는데 그러한 시력은 아버지가 조물주에게서 받은 특별한 선물이었다. 그의 아버지는 글자 그대로 큰뿔양이나 독수리처럼 시력이 좋았다.

닉은 아버지와 함께 호숫가에 서 있곤 했는데, 그때는 그의 시력도 아주 좋았다. 그의 아버지는 이렇게 말하곤 했다. "사람들이 깃발을 들어 올렸군." 닉의 눈에는 깃발도 깃대도 보이지 않았다. "저기 보려무나. 네 누이 도러시야. 깃발을 들고 부두 쪽으로 걸어 나오고 있구나."

닉도 호수 건너편을 바라보았지만 나무들이 늘어선 기다란 물가, 그 뒤에 높이 솟은 수목들, 만(灣)을 둘러싸고 있는 곶(岬), 농장의 텅 빈 언덕, 그리고 나무 사이에 하얗게 보이는 조그마한 집들만이 보일 뿐 깃대니 부두니 하는 것은 전혀 보이지 않았다. 보이는 것이라곤 하얀 물가와 물가의 굴곡뿐이었다.

"곶 쪽으로 산 중턱에 염소가 있는 거 보이니?"

"네, 보여요."

그것들은 잿빛이 도는 초록의 산마루에 있는 희끄무레한 점이었다.

"난 몇 마리인지 셀 수도 있어." 그의 아버지가 말했다.

보통 이상의 능력을 지닌 사람들이 모두 그렇듯 그의 아버지도 꽤나 신경질적이었다. 더구나 아버지는 감상적인 데가 있어서 대부분의 감상적인 사람들이 그러하듯이 괴로움을 겪기도 했고 남에게 욕을 먹기도 했다. 또한 아버지는 아주 운이 나빴는데 그것은 반드시 그 자신의 문제 때문만은 아니었다. 어떤 계략을 꾸미는 걸 조금 거들었을 뿐인데도 아버지는 그 계략에 걸려들어 사망했고, 사람들은 아버지가 사망하기 전에 온갖 방법으로 그를 배신했다. 감상적인 사람들은 남한테 수없이 배신을 당하는 법이다. 물론 뒷날 작품으로 쓰겠지만 닉은 아직 자기 아버지에 대한 글을 쓸 수가 없었다. 그런데 이 메추라기 고장에 들어서자 어렸을 적에 본 아버지의 모습이 떠올랐다. 그가 아버지에게 대단히 고맙게 생각하는 게 두 가지 있다. 바로 낚시와 사냥이었다. 그의 아버지는 가령 성(性)에 대해서는 전혀 그렇지 못했지만, 이 두 가지 일에서는 믿을 만했다. 닉으로서는 반가운 일이었다. 사냥이나 낚시를 하기 위해서는 먼저 누군가에게서 처음으로 총을 받거나 그것을 손에 넣고 사용할 기회를 얻어야만 하고, 또 사냥감이나 물고기가 있는 곳에서 살아야만 하기 때문이다. 이제 그의 나이 서른여덟이 되었지만 그는 아직도 아버지와 처음 갔던 때만큼이나 낚시와 사냥을 좋아했다. 그 정열은 지금까지 조금도 식지 않았고, 그래서 그것을 가르쳐 준 아버지에 대해 아주 고맙게 생각하고 있었다.

한편 아버지를 믿을 수 없는 다른 문제, 즉 성(性)으로 말하자면, 앞으로 갖게 될 모든 장비는 미리 갖추었고, 알아야 될 것은 굳이 남의 충고 없이도 스스로 배우게 되는 법이다. 이런 것은 우리가 어디에 살든 조금도 문제가 되지 않는다. 그는 아버지에게서 얻은 지식 중 두 가지만은 아주 뚜렷하게 기억했다. 언젠가 아버지와 함께 사냥을 하러 갔을 때 닉은 솔송나무에서 붉은 다람쥐 한 마리를 쏘아 떨어뜨린 적이 있다. 다람쥐는 상처를 입고 떨어졌지만 닉이 집어 올리자 그의 엄지손가락 마디의 봉긋한 살점을 물었다.

"이 비역쟁이같이 괘씸한 놈!" 닉이 이렇게 내뱉고는 다람쥐 대가리를 나무에 대고 세게 쳤다. "어떻게 물었는지 좀 보세요."

아버지가 닉을 쳐다보더니 대답했다. "상처를 깨끗이 빨아내고 집에 가서 소독약을 발라 두려무나."

"이 비역쟁이같이 나쁜 놈!" 닉이 말했다.

"비역쟁이가 뭔지나 알고 하는 말이냐?" 아버지가 그에게 물었다.

"우린 뭐든지 비역쟁이라고 불러요." 닉이 대답했다.

"비역쟁이란 짐승하고 관계하는 사람을 말하는 거야."

"어째서요?" 닉이 물었다.

"그건 나도 몰라. 하지만 그건 흉악한 죄악이란다." 그의 아버지가 대답했다.

이 일로 닉은 상상력에 자극을 받았을 뿐만 아니라 공포에 사로잡히기도 했다. 그는 여러 짐승을 생각해 보았지만 그만큼 매력이 있거나 실제로 그렇게 해 볼 만한 짐승은 없는 것 같았다. 다른 한 가지를 제외하면 그것이 아버지한테서 전해 받은 직접적인 성 지식의 전부였다. 어느 날 아침 그는 신문에서 엔리코 카루소[14]가 '매싱'[15]으로 구속되었다는 기사를 읽은 적이 있었다.

"매싱이 뭐예요?"

"그건 가장 흉악한 죄악 중 하나란다." 그의 아버지가 대답했다. 닉은 머릿속으로 그 유명한 테너 가수가 시가 상자에 그려진 애나 헬드[16]처럼 아름다운 숙녀에게 감자 으깨는 기구로 무슨 이상하고 괴이하고 흉악무도한 짓을 하는 모습을 상상해 보았다. 꽤 공포를 느끼면서도 그는 자기도 나이가 들면 최소한 한 번 이상은 매싱이라는 것을 해 보리라고 결심했다.

그의 아버지는 자위행위를 하면 장님이나 정신병자가 되든지 죽게 되고, 창녀한테 가면 무서운 성병에 걸린다고, 그러니 되도록 사람들을 멀리하는 게 좋다고 말함으로써 그 모든 문제를 요약해 버렸다. 한편 그의 아버지는 그가 일찍이 본 적 없는 가장 훌륭한 눈을 가지고 있었고, 닉은 그를 오랫동안 몹시 사랑했다. 그러나 모든 일이 어떻게 되어 왔는지 아는 지금

---

14) Enrico Caruso(1873~1921). 이탈리아의 테너 가수.
15) 매시(mash)는 감자 같은 것을 으깬다는 의미이지만 속어로는 여성을 성적으로 희롱하는 행위를 뜻하기도 한다.
16) Anna Held(1872~1918). 폴란드 태생의 미국 연예인.

은 여러 일이 나쁘게 돌아가기 이전의 가장 초기 기억을 떠올리는 것조차도 그다지 유쾌하지 않았다. 만일 그가 그것을 글로 쓴다면 조금은 언짢은 기분을 덜 수도 있을 것이다. 그는 지금껏 여러 가지 일을 글로 씀으로써 그것들을 마음에서 쫓아냈던 것이다. 그러나 아직은 글을 쓸 때가 아니었다. 글로 썼다가는 피해를 볼 사람들이 너무 많이 생존해 있었기 때문이다. 그래서 그는 다른 것을 생각하기로 작정했다. 그의 아버지에 대해서는 어떻게 할 수 있는 일이 없었으며, 그는 그 일 모두를 몇 차례나 생각했었다. 아버지의 얼굴을 손질해 준 장의사의 멋진 솜씨가 그의 마음에서 사라지지 않았고, 책임을 포함한 나머지 일들도 아주 생생하게 기억났다. 그는 장의사에게 고맙다고 말했다. 장의사는 한편으로는 자랑스러워하고, 다른 한편으로는 우쭐해했다. 그러나 실제로 아버지의 마지막 얼굴 모습을 만들어 준 것은 장의사가 아니었다. 미심쩍은 점이 없는 건 아니었지만 그는 예술적 수완을 발휘하여 조금 산뜻하게 손질했을 뿐이다. 그 얼굴은 그 자체로 오랜 세월을 두고 그렇게 틀이 잡혀 가고 잡혀 왔던 것이다. 아버지의 얼굴은 마지막 삼 년 동안에 굳건하게 틀이 잡혔다. 그것은 좋은 이야기 소재였지만 그가 그것에 대해 썼다가는 피해를 입을 사람이 아직 너무 많이 살아 있었다.

닉은 어렸을 적 인디언 부락 뒤에 있는 솔송나무 숲 속에서 이러한 일들을 터득했다. 인디언 부락에 가려면 오두막집에서 숲을 지나 농장으로 통하는 오솔길을 따라간 뒤 다시 빈터를 지나 부락으로 꼬부라지는 도로를 가야 했다. 지금도 그는 맨발로 그 오솔길에서 느끼던 기분을 느껴 보고 싶었다. 먼저 집 뒤의 솔송나무 숲을 지나면 침엽수 낙엽이 쌓인 부드러운 토양이 있었는데, 그곳에는 넘어진 통나무가 부스러져 있었고 벼락 맞은 나무에는 길게 찢어진 나뭇가지가 마치 투창처럼 매달려 있었다. 외나무다리로 개울을 건너다 발을 헛디디면 늪의 시커먼 부엽토에 빠지게 된다. 울타리를 뛰어넘어 숲에서 빠져나오면 햇볕을 받아 단단해진 오솔길이 벌초한 풀과 마디풀과 현삼 풀이 자라는 들판을 가로질렀고, 왼쪽에는 개울 바닥에 위태로운 수렁이 있었는데 그곳에는 물떼새가 살고 있었다. 정자는 그 개울에 있었다. 헛간 아래쪽에는 갓 재어 후끈거리는 퇴비가 있었고, 또 다른 쪽에는 윗부분이 단단하게 말라붙은 묵은 거름 더미가 있었다. 그런 뒤 울타리가 또 하나 나오고 헛간에서 집까지 이어지는 단단하고 볕이 따가운 오솔길도 나왔다. 한편 다리가 놓인 개울을 건너 숲으로 내려가면 뜨거운 모랫길이 나왔는데, 그 개울가에는 속새 풀이 자라고 있었다. 속새 풀은 석유에 담갔다가 밤에 물고기를 작살질할 때 쓰는 횃불 섬광등의 재료였다.

그리고 나서 큰길은 왼쪽으로 빠져 숲 주변을 돌아 언덕을 기어올랐다. 한편, 점토질의 이판암으로 된 넓은 길을 따라 숲 속으로 들어가면 시원한 나무 그늘이 있었다. 그 길은 인디언들이 벤 솔송나무 껍질을 받침대를 이용해 싣기 위해 넓힌 길이었다. 솔송나무 껍질은 더미로 줄을 지어 쌓여 있었는데 그위에는 집처럼 더 많은 껍질로 지붕이 만들어져 있었다. 나무들을 베어 낸 자리에는 껍질을 벗긴 누런 통나무가 엄청나게 쌓여 있었다. 통나무는 숲 속에 그냥 버려져 썩고 있었고, 우듬지를 치우거나 태우지도 않았다. 그들에게 필요한 것은 보인시티[17]의 피혁 공장에서 사용하는 껍질뿐이었다. 겨울에는 얼어붙은 호수 위로 끌려 운반되기도 했는데, 덕분에 해마다 삼림은 줄어들었고, 뜨겁고 그늘 없이 잡초만 무성한 공터가 늘어갔다.

그러나 그때만 해도 아직 삼림이 울창했고, 이 삼림은 가지가 돋기도 전에 키부터 높이 자라는 처녀림이었다. 나무 밑에 덤불은 없지만 푹신거리는 깨끗한 침엽수 낙엽이 깔린 갈색 땅을 거닐면 몹시 더운 날에도 서늘했다. 그래서 그들 셋은 침대 둘을 이은 것보다도 폭이 넓은 솔송나무 줄기에 기대 누워 있었다. 높은 나무 끝에서는 미풍이 산들거렸고, 여기저기에서 서늘한 햇빛이 새어 들었다. 빌리가 말했다.

"트루디와 또 하고 싶어?"

"그러고 싶은 거야?"

"으, 응."

"자, 그럼 나를 따라와."

"아니, 여기서 해."

"하지만 빌리가……."

"난 빌리는 신경 안 써. 내 동생이잖아."

그러고 나서 그들 셋은 앉아서 어딘지는 보이지 않지만 나

17) 미시간 주 북부의 소도시. 미시간 호에 접해 있다.

무 꼭대기 가지에 올라가 있는 검정 다람쥐 소리에 귀를 기울였다. 그들은 다람쥐가 다시 소리 내어 울기를 기다렸는데 다람쥐가 울면 꼬리가 쫑긋 움직일 테고, 그러면 닉은 움직이는 것이 보이면 뭐든 쏠 작정이었다. 그의 아버지는 사냥에 쓸 총알을 하루 세 발밖에 주지 않았고, 그가 가진 총은 총신이 아주 긴 단발식 20구경 엽총이었다.

"망할 놈, 통 움직이질 않네." 빌리가 말했다.

"쏴 봐, 니키. 놀라게 해. 그러면 뛰는 게 보일 거 아냐. 뛸 때 다시 한 번 쏴." 트루디가 말했다. 그 여자애가 하는 말치고는 길었다.

"실탄이 두 발밖에 없어." 닉이 대꾸했다.

"아, 저놈의 개자식!" 빌리가 내뱉었다.

그들은 나무에 기대어 잠자코 앉아 있었다. 닉의 기분은 공허하기도 하고 행복하기도 했다.

"에디가 그러는데 말이야, 언제든 밤에 가서 네 누이 도러시하고 같이 자겠대."

"뭐라고?"

"걔가 그랬어."

트루디는 고개를 끄덕였다.

"걔는 그것만 하고 싶은 거야." 그녀가 말했다. 에디는 그들보다 나이가 많은 이복형제였다. 나이는 열일곱 살이었다.

"에디 길비 자식이 밤에 찾아와 도러시에게 말이라도 걸기만 해 봐. 내가 어떻게 할지 너희들 알지? 이렇게 쏴 죽여 버릴 거야." 닉은 공이치기를 당기고는 제대로 겨누지도 않고 방아

쇠를 당겨서 그 튀기 사생아 에디 길비의 대갈통이나 배때기에 손바닥만 한 구멍을 뚫는 시늉을 했다. "이렇게 말이야. 이렇게 녀석을 죽여 버릴 거라고."

"그럼 걔는 가선 안 되겠네." 트루디가 말했다. 그러고는 닉의 주머니 속에 한 손을 집어넣었다.

"아주 조심해야겠는걸." 빌리가 맞장구쳤다.

"걔는 허풍쟁이야." 트루디가 손으로 닉의 주머니 속을 더듬었다. "그래도 죽이진 마. 아주 골치 아파질 거야."

"아까처럼 그렇게 죽여 버릴 거야." 닉이 말했다. 에디 길비는 벌써 가슴이 뚫려 땅바닥에 넘어져 있는 거나 마찬가지였다. 닉은 자랑스럽게 그 녀석을 발로 짓밟았다.

"그 자식 머리 가죽을 벗겨 버릴 거야." 그가 만족스러운 듯 말했다.

"안 돼. 그건 추잡한 짓이야." 트루디가 말했다.

"머리 가죽을 벗겨서 걔 엄마한테 보낼 거야."

"걔 엄마는 죽었어. 그러니까 죽이지 마, 니키. 나를 봐서라도 죽이지 마." 트루디가 애원했다.

빌리는 완전히 풀이 죽어 있었다. "그 녀석 조심하는 게 좋을 거야." 그가 우울한 얼굴로 말했다.

"개들한테 그놈을 갈기갈기 찢게 할 거야." 닉은 머릿속에서 그 모습을 그려 보고는 기분이 좋아 대답했다. 그런데, 그 망할 튀기 새끼의 머리 가죽을 벗긴 뒤 일어서서 얼굴빛 하나 변하지 않고 개가 그놈을 물어 찢는 모습을 지켜보던 닉은 갑자기 목이 꽉 조여 뒤로 쓰러지다가 그만 나무에 부딪히고 말왔다. 트루디가 그를 숨 쉬기 어려울 정도로 꽉 껴안고 울부짖었다. "걔 죽이지 마! 죽이지 말라고! 죽이면 안 돼! 그러면 안 돼, 안 돼. 안 돼. 니키, 니키, 니키!"

"왜 그래, 너?"

"걔를 죽이지 마."

"죽여야 해."

"걔는 그냥 허풍쟁이일 뿐이야."

"그럼 좋아. 우리 집 근처에 얼씬거리지 않으면 죽이지 않을게. 그러니 이젠 놔." 닉이 말했다.

"알았어. 이제 넌 뭘 하고 싶니? 난 지금 기분이 좋은데." 트루디가 말했다.

"빌리가 저리로 가 버리면." 닉이 에디 길비를 죽였다가 그의 목숨을 살려 주었으니 그는 이제 의젓한 사나이가 된 셈이었다.

"저리 가, 빌리. 왜 이렇게 계속 얼씬거리니? 저쪽으로 가."

"빌어먹을! 아주 지겨워 죽겠어. 우리가 뭣 때문에 여기 왔지? 사냥하러 온 거야, 아니면 뭐 다른 일 때문에 온 거야?" 빌리가 내뱉었다.

"저 총을 갖고 가. 총알이 한 발 남았으니까."

"좋아. 큼직한 검정 다람쥐 한 마리는 잡을 수 있겠어."

"내가 소리쳐 부를게." 닉이 말했다.

그러고 나서 시간이 오래 지난 뒤에도 빌리는 계속 돌아오지 않았다.

"우리가 아기를 갖게 될까?" 트루디가 행복하다는 듯이 갈색 다리를 포개서 그의 몸에 비벼 댔다. 닉의 안에서 뭔가가 멀리 빠져나가고 있었다.

"그렇지는 않을걸." 그가 대답했다.

"치, 애나 많이 낳자."

빌리가 총을 쏘는 소리가 들려왔다.

"잡았는지 모르겠네."

"신경 쓰지 마." 트루디가 말했다.

빌리가 나무 사이로 걸어오고 있었다. 총을 어깨에 메고, 검정 다람쥐 한 마리의 앞발을 붙들고 있었다.

"이것 좀 봐. 고양이보다 커." 빌리가 말했다. "둘은 이제 다 끝낸 거야?"

"어디서 잡았니?"

"저쪽에서. 처음에 뛰는 걸 봤지."

"이젠 집에 가야지." 닉이 말했다.

"가지 마." 트루디가 말했다.

"저녁 먹으러 가야 해."

"알았어."

"내일도 사냥하고 싶니?"

"응."

"다람쥐는 네가 갖고 가도 돼."

"좋아."

"저녁 먹고 밖에 나올래?"

"아니."

"기분이 어때?"

"좋아."

"그럼 됐어."

"얼굴에 키스해 줘." 트루디가 말했다.

지금, 닉은 자동차를 몰고 고속도로를 달리고 있다. 날은 점점 어두워지고 있었다. 그는 지금까지 줄곧 아버지에 대해 생각하고 있었다. 하루가 끝날 무렵에 아버지 생각을 해 본 적은 한 번도 없었다. 하루의 끄트머리는 언제나 닉 혼자만의 차지였고, 또 혼자가 아니면 기분이 이상했다. 아버지가 떠오르는 것은 일 년 중 가을이나, 넓은 초원에 작은 도요새가 있는 이른 봄, 또는 옥수수 노적가리를 볼 때, 호수를 바라볼 때, 말 한 마리가 마차를 끌고 가는 것을 볼 때, 또는 기러기를 보거나 그 소리를 듣거나 물오리를 사냥하느라 은신처에 몸을 숨기고 있을 때였다. 범포(帆布)에 둘러싸인 후림새를 공격하려고 휘날리는 눈보라 사이로 급강하했던 독수리가 범포에 발톱에 걸려 날개를 치면서 날아오르던 순간을 떠올릴 때, 사람 없이 텅 빈 과수원이나 쟁기로 새로 갈아엎은 밭, 또 잠목 숲이나 조그마한 언덕 또는 말라빠진 풀밭을 지나갈 때, 장작을 패거나 물을 끌어 올릴 때, 제분소와 사과주 공장과 댐 옆에서 아버지는 갑자기 모습을 드러냈고, 들판의 모닥불을 볼 때도 으레 나타났다. 그가 살고 있는 읍내는 그의 아버지가 알 만한 곳이 아니었다. 열다섯 살 이후로 그는 아버지와 공유한 것이 아무것도 없었다.

닉의 아버지는 차가운 날씨에는 턱수염에 서리가 맺혔고,

무더운 날씨에는 땀을 몹시 흘렸다. 아버지는 땡볕에 농장에서 일하기를 좋아했다. 굳이 그럴 필요도 없는데 손으로 일하는 것을 좋아해서였다. 그러나 닉은 그것을 별로 좋아하지 않았다. 닉은 아버지를 좋아했지만 아버지의 냄새는 싫었다. 언젠가 아버지에겐 작아서 맞지 않는 속옷을 입어야 했을 때 그 냄새에 속이 뒤집혀 개울에서 벗어 돌 두 개로 눌러 놓고는 잃어버렸다고 말한 적이 있었다. 아버지가 그 속옷을 입으라고 했을 때 그는 아버지에게 냄새에 대해 투덜거린 일이 있다. 그러나 아버지는 깨끗이 빨아 놓았다고 했다. 물론 실제로 그랬다. 닉이 냄새를 맡아 보라고 했더니 아버지는 불쾌한 듯 냄새를 맡아 보고는 깨끗하고 말짱하다고 했다. 낚시질을 갔다가 속옷을 버리고 집에 돌아와서 잃어버렸다고 했을 때도 그는 거짓말을 한다며 회초리를 맞았다.

나중에 닉은 문을 열어 둔 장작 곳간에 앉아 엽총에 탄약을 재고 공이치기를 잡아당기면서, 철망을 둘러친 현관에 앉아서 신문을 읽고 있는 아버지를 바라보며 생각했다. "아버지를 한 방에 날려 버릴 수도 있어. 아버지를 죽여 버릴 수도 있단 말이야." 그러고 나니 비로소 마음에서 분노가 사라지는 느낌이 들었다. 그 총은 바로 아버지가 자신에게 준 것이어서 마음이 아프기도 했다. 그러고 나서 그는 그 냄새를 없애려고 어두운 길을 걸어서 인디언 부락으로 갔다. 그의 가족한테서 나는 냄새 중 마음에 드는 것은 딱 하나, 누이 중 한 사람에게서 나는 냄새였다. 그는 다른 사람들과의 접촉을 모두 피했다. 그가 담배를 피우기 시작하면서 이런 감각은 무뎌졌다. 차라리

잘된 일이었다. 사냥개에게는 걸맞은 감각이지만 사람에게는 그다지 도움이 되지 않았으니.

"아빠, 어렸을 적에 인디언과 사냥을 가면 어땠어요?"

"모르겠는데." 닉은 깜짝 놀랐다. 그는 아이가 잠에서 깬 것을 미처 깨닫지 못하고 있었다. 그는 옆자리에 앉아 있는 아이를 바라보았다. 아주 외롭다고 생각하고 있었는데 사실 아이가 지금까지 자기와 함께 있었던 것이다. 얼마나 오랫동안 그랬을까 생각해 보았다. "우린 하루 종일 검은 다람쥐를 사냥하곤 했지." 그가 말했다. "할아버진 말이지, 내게 하루에 실탄을 세 발밖에 안 주셨어. 그래야 사냥을 잘 배우게 되고, 또 어린애가 실탄을 마구 쏘고 다니면 못쓴다고 하셨지. 난 빌리 길비라는 애와 그의 누이 트루디하고 함께 사냥을 했어. 한여름에는 거의 날마다 사냥을 나가곤 했지."

"인디언 이름치곤 좀 웃기네요."

"음, 그렇지." 닉이 말했다.

"어떤 애들이었는지 말해 줘요."

"그 애들은 오지브웨이 족이었어. 아주 착했지." 닉이 대답했다.

"그 애들과 함께 있으면 어땠어요?"

"글쎄, 뭐라고 말해야 할까." 닉이 대답했다. 아무도 그녀만큼 잘해 주지 못한 그 일을 그녀가 맨 처음으로 자신에게 해 줬다는 말을 어떻게 할 수 있을까. 그리고 그 포동포동한 갈색 다리며, 군살 없는 배며, 단단하고 조그마한 젖가슴이며, 꼭 조이며 껴안는 팔이며, 재빨리 찾아드는 혓바닥이며, 밋밋

한 두 눈이며, 달콤한 입술이며, 그러고 나서 불안하게, 꼭 끼게, 달콤하게, 축축하게, 다정하게, 꼭 끼게, 아프게, 충만하게, 마침내 끝없이 정녕 끝나지 않을 듯, 결코 끝나지 않을 듯, 그러다가도 갑자기 끝나 버리던 순간, 황혼의 부엉이처럼 큼직한 새가 날고 숲 속은 한낮이고 솔송나무의 침엽이 배를 찌르고 했던 것들을 어떻게 말할 수 있단 말인가. 그래서 인디언이 살던 곳에 들어가면 사라져 버린 그들의 냄새를 맡을 수 있다. 그들이 버린 텅 빈 위스키 병과 윙윙거리는 파리 떼도 사향풀 향기며, 연기 냄새며, 상자에 갓 넣은 흰털발제비 가죽 같은 다른 냄새를 없애지 못한다. 그들에 대한 어떤 농담도, 늙은 인디언 아낙네도 그 냄새를 없애지 못한다. 그들이 풍기는 달콤하고 메스꺼운 냄새도 없애지 못한다. 또 그들이 마지막에 한 행동도 없애지 못한다. 그들의 종말은 좋지 못했다. 그들의 종말은 모두가 똑같았다. 오랜 옛날에는 좋았다. 하지만 지금은 좋지 못하다.

그럼 이제 화제를 돌리자. 날아가는 새 한 마리를 쏘아 떨어뜨리면 그것은 날아가는 새 전부를 쏜 것과 마찬가지다. 그들은 모두가 서로 다르고 날아가는 방향도 다르지만 그 감흥만은 마찬가지여서 마지막 감흥은 첫 감흥과 꼭 같다. 그래서 그는 아버지에게 고맙게 생각할 수 있었다.

"넌 그 사람들을 좋아하시지 않을지도 몰라. 어쩌면 좋아하게 될 수도 있겠지만." 닉이 아이에게 말했다.

"할아버지도 어렸을 때 그 사람들하고 같이 살았나요?"

"그럼. 언젠가 그 사람들이 어땠냐고 물었더니 그중에 친구가 많았다고 하시더라."

"나도 그 사람들과 살게 될까요?"

"모르겠는걸. 그건 너한테 달렸지." 닉이 대답했다.

"난 몇 살이 되면 엽총을 갖고 혼자서 사냥할 수 있나요?"

"아빠가 보기에 네가 조심성이 있다고 판단되면, 아마 열두 살이면 될 거야."

"지금이 열두 살이면 좋겠어요."

"곧 될 거야."

"할아버지는 어떠셨어요? 프랑스에서 돌아왔을 때 공기총 한 자루와 미국 국기 하나를 준 것밖엔 할아버지에 대해 생각나는 게 없어요. 할아버진 어떤 분이셨나요?"

"설명하기 어려운데. 훌륭한 사냥꾼이고, 훌륭한 낚시꾼이셨어. 눈이 기막히게 좋았고."

"아빠보다 훌륭했어요?"

"나보다 훨씬 총을 잘 쏘았지. 그리고 증조할아버지도 하늘에 날아가는 새를 쏘는 명사수였고."

"하지만 틀림없이 아빠보단 못했을 거야."

"아, 아냐. 정말 잘하셨어. 할아버진 무척 빠르고 멋지게 총을 쏘았어. 내가 알던 그 누구보다도 할아버지가 쏘는 것을 보고 싶었지. 그분은 내가 쏘는 걸 보고 늘 실망했거든."

"왜 우린 할아버지 무덤에 한 번도 기도하러 가지 않죠?"

"우린 다른 지방에 살고 있잖니. 여기에서 아주 멀어."

"프랑스에서라면 그게 문제가 되지 않을 거예요. 거기서라면 가겠죠. 난 꼭 할아버지 무덤에 기도하러 가겠어요."

"언젠간 갈 거야."

"아빠가 죽으면 난 아빠 무덤에 기도하러 갈 수도 없는 곳에선 살고 싶지 않아요."

"그러려면 미리 준비해야 할 거야."

"우리 모두가 편리한 자리에 묻히면 어떨까요? 모두 프랑스에 묻혀도 되잖아요. 그러면 아주 좋을 텐데요."

"난 프랑스에 묻히고 싶진 않아." 닉이 말했다.

"그럼 미국에서 편리한 자리를 잡아야겠네요. 우리 모두 목장에 묻힐 순 없나요?"

"그것도 좋은 생각이구나."

"그러면 난 목장에 가면서 할아버지 무덤에 들러 기도를 드릴 수 있고요."

"굉장히 실리적인 녀석이네."

"글쎄요. 할아버지 무덤에 한 번도 찾아가 보지 못해서 별로 기분이 좋지 않아요."

"찾아가 봐야지. 찾아가 봐야 할 거야." 닉이 말했다.

어떤 일의 끝

예전에 호턴스베이[18]는 나무를 베어 목재를 만드는 마을이었다. 그 마을에 사는 사람이면 누구나 호숫가의 목재소에서 들리는 큰 톱 소리를 듣지 않을 수 없었다. 그러던 어느 해 더 이상 벌목할 나무들이 없어지고 말았다. 목재를 싣는 범선들이 만에 들어와서는 마당에 차곡차곡 쌓아 둔 목재를 실었다. 그러고는 산더미 같은 목재를 모두 싣고 떠났다. 커다란 목재소 건물에서 운반할 수 있는 기계는 모조리 일꾼들이 철거하여 범선 한 척에 끌어 올렸다. 범선은 큰 톱 두 개, 회전 원형 톱, 통나무를 들어 올리는 운반차, 롤러, 바퀴, 벨트, 쇠붙이 등을 뱃전까지 수북이 싣고 만에서 빠져나가 광활한 호수로 나아갔다. 무개(無蓋) 선창은 범포로 덮였고, 짐은 밧줄로 단단

_____

18) 미시간 주 북부 샤를부아 호수를 끼고 있는 마을.

히 동여졌으며, 범선의 돛은 바람을 안고 잔뜩 부풀었다. 범선은 그 공장을 목재소로, 호턴스베이를 마을로 만들었던 그 모든 것을 싣고 널찍한 호수 한가운데로 움직여 나아갔다.

일 층짜리 합숙소며, 식당이며, 구내매점이며, 목재소 사무실이며, 그리고 목재소 자체가 만의 호반 옆 늪지 들판을 뒤덮은 수천 평의 톱밥 속에 그대로 버려졌다.

십 년 뒤 닉과 마저리가 호숫가를 따라 노를 저어 갈 때 이곳엔 주춧돌에서 깨진 흰 석회석만이 벌목한 뒤 늪지에 다시 자란 나무들 사이로 드러나 보일 뿐 목재소의 흔적은 하나도 없었다. 두 사람은 모래가 있는 얕은 수심에서 갑자기 3미터 반이 넘는 수심으로 떨어지는 수로의 둑을 따라 견지낚시를 하고 있었다. 무지개송어를 잡으려고 밤낚시 줄을 장치하기 위해 견지낚시를 하며 곶으로 가던 중이었다.

"저기 폐허가 된 우리 마을이 보이네, 닉." 마저리가 말했다.

노를 저으며 닉은 초록 나무 사이로 보이는 하얀 돌을 쳐다보았다.

"저기 보이는군." 닉이 말했다.

"목재소가 있던 때 기억나?" 마저리가 물었다.

"희미하게 기억나지." 닉이 대답했다.

"오히려 성(城)처럼 보이는데." 마저리가 말했다.

닉은 아무 말도 하지 않았다. 호반을 따라 계속 노를 저어 가자 목재소마저 시야에서 사라졌다. 그리고 나서 닉은 곧장 만을 가로질러 나아갔다.

"녀석들이 덤벼들질 않는군." 닉이 말했다.

"그러네." 마저리가 대꾸했다. 견지낚시를 하는 내내 그녀는 말할 때조차 낚싯대에 주의를 집중했다. 그녀는 낚시를 좋아했다. 닉과 함께하는 낚시를 좋아했다.

뱃전 가까이에서 큼직한 송어 한 마리가 수면을 갈랐다. 닉은 노 하나를 세게 잡아당겨 배가 돌면서 훨씬 뒤쪽에 있는 견지 미끼가 미끼를 먹고 있는 송어 쪽에 스쳐 가도록 했다. 송어의 등이 수면에서 솟아오르자 작은 물고기들이 마구 뛰었다. 작은 물고기들은 마치 탄환 한 줌을 물에 던진 것처럼 수면에 물을 흩뿌렸다. 송어 한 마리가 또 물을 가로지르며 배의 다른 쪽에서 먹이를 먹었다.

"지금 미끼를 먹고 있어." 마저리가 말했다.

"물려고 덤비지는 않을 거야." 닉이 말했다.

그는 배를 돌려 미끼를 먹는 물고기 두 마리를 스쳐 견지낚시를 한 뒤 곶을 향해 나아갔다. 마저리는 배가 호반에 닿을 때까지는 낚싯줄을 감아 들이지 않았다.

두 사람은 배를 호반 위로 끌어 올렸고, 닉은 살아 있는 농어를 담은 양동이를 들어 올렸다. 농어들은 양동이 물속에서 헤엄을 쳤다. 닉은 두 손으로 세 마리를 잡아 대가리를 잘라 내고 껍질을 벗겼다. 마저리도 두 손으로 양동이에 있는 물고기를 쫓다가 마침내 농어 한 마리를 잡아 대가리를 잘라 내고 껍질을 벗겼다. 닉은 그녀가 고기 잡는 모습을 지켜보았다.

"배지느러미를 떼어 내는 건 좋지 않아. 미끼로 사용하는 데야 상관없지만, 그래도 남겨 두는 게 나아." 닉이 말했다.

그는 껍질을 벗긴 농어를 한 마리씩 낚싯바늘로 꼬리를 엮어 붙잡아 맸다. 낚싯대마다 목줄에 바늘이 두 개씩 달려 있었다. 그러고 나서 마저리는 이빨에 낚싯줄을 물고 닉 쪽을 바라보며 노를 저어 수로의 둑 너머로 나아갔다. 닉은 호반에 서서 얼레에서 낚싯대를 들고 낚싯줄을 풀어 주었다.

"그쯤이면 될 것 같아." 닉이 소리를 질렀다.

"이제 줄 던질까?" 마저리도 손에 낚싯줄을 붙잡은 채 닉에게 큰 소리로 물었다.

"그래. 던져." 마저리는 뱃전 밖으로 낚싯줄을 던지고는 미끼가 물속으로 가라앉는 모습을 지켜보았다.

그녀는 배를 타고 돌아와 똑같은 방법으로 두 번째 낚싯줄을 던졌다. 그럴 때마다 닉은 육중한 유목(流木) 조각을 낚싯대 손잡이에 가로질러 놓아 단단하게 지탱시키고, 또 그 위에 작은 유목 조각으로 각이 지도록 버텨 놓았다. 늘어진 낚싯줄을 감아 미끼가 수로의 모랫바닥 위에 놓여 있는 곳까지 줄이 팽팽해지도록 하고, 소리가 나도록 얼레에 방울을 달았다. 호수 바닥에서 먹이를 먹던 송어가 미끼를 문다면 미끼와 함께 움직이면서 갑자기 얼레로부터 낚싯줄을 끌고 갈 것이고, 그렇게 되면 얼레에서 방울 소리가 날 것이다.

마저리는 낚싯줄을 방해하지 않으려고 곳 조금 위쪽으로 노를 저어 갔다. 노를 힘차게 저어 배를 물가 위까지 올려놓았다. 배와 함께 작은 파도가 밀려왔다. 마저리는 배에서 내렸고, 닉은 배를 호반 훨씬 위쪽으로 밀었다.

"왜 그래, 닉?" 마저리가 물었다.

"나도 잘 모르겠어." 닉이 불을 피울 나무를 모으면서 대답했다.

그들은 유목으로 불을 피웠다. 마저리가 배에 가서 담요 한 장을 가지고 왔다. 저녁 바람에 연기가 곶 쪽으로 불자 마저리는 불과 호수 사이에 담요를 깔았다.

마저리는 불을 등지고 담요 위에 앉아서 닉이 오기를 기다렸다. 그가 다가와 그녀 옆 담요 위에 앉았다. 그들 뒤쪽으로는 벌목한 뒤 두 번째로 자란 나무들이 이제는 제법 빽빽하게 들어찬 곳이 있었고, 앞쪽으로는 호턴스크릭[19] 하구가 있는 만이 있었다. 아직 완전히 어두워진 건 아니었다. 모닥불의 불빛이 멀리 호수 물 위로도 어른거렸다. 어두운 물 위로 각도를 이루고 있는 금속 낚싯대 두 개가 보였다. 얼레 위에도 불빛이 밝게 비쳤다.

마저리는 저녁 식사를 담아 온 바구니를 풀었다.

"별로 먹고 싶지 않은데." 닉이 말했다.

"자, 어서 먹어 봐, 닉."

"그러지."

그들은 말없이 저녁을 먹으며 낚싯대 두 개와 물에 비치는 불빛을 지켜보았다.

"오늘 밤에는 달이 뜰 것 같은데." 닉이 말했다. 그는 만을 가로질러 하늘을 배경으로 윤곽이 점차 선명해지는 언덕을 바라보았다. 언덕 너머로 곧 달이 뜬다는 걸 그는 알았다.

"그건 나도 알아." 마저리가 행복한 듯이 말했다.

---

19) 호턴스베이에 있는 하천.

"넌 모르는 게 없지." 닉이 대꾸했다.

"아, 닉, 제발 그만 집어치워. 제발, 제발 그런 식으로 굴지 좀 마!"

"어쩔 수 없는걸. 사실이잖아. 넌 모르는 게 하나도 없어. 그게 문제야. 그건 너도 잘 알 테지." 닉이 말했다.

마저리는 아무런 대꾸도 하지 않았다.

"내가 모든 걸 가르쳐 줬지. 그건 너도 알 거야. 어쨌든 네가 모르는 게 도대체 뭐야?"

"아, 입 다물어." 마저리가 말했다. "저기 달이 뜬다."

그들은 서로 몸을 만지지도 않은 채 담요 위에 앉아 달이 뜨는 것을 지켜보았다.

"바보 같은 소리는 그만해. 진짜 고민이 뭐야?" 마저리가 물었다.

"잘 모르겠어."

"알잖아."

"아냐, 정말 몰라."

"그러지 말고 어디 말해 봐."

닉은 언덕 위에 떠오르고 있는 달을 계속 쳐다보았다.

"이런 일이 이젠 즐겁지 않아."

그는 마저리를 쳐다보기가 두려웠다. 조금 뒤 그는 그녀를 쳐다보았다. 그녀는 그에게 등을 지고 앉아 있었다. 그는 그녀의 등을 바라보았다. "이런 일이 이젠 즐겁지 않아. 이젠 재미가 없어. 모든 게 말이야."

마저리는 아무 말이 없었다. 닉은 다시 말을 이었다. "내 마음속에서 모든 게 엉망이 된 기분이야. 마지[20], 잘 모르겠어. 어떻게 말해야 될지 잘 모르겠어."

닉은 그녀의 등을 바라보았다.

"사랑도 이제 재미가 없는 거야?" 마저리가 물었다.

"응, 없어." 닉이 대답했다. 그러자 마저리는 자리에서 일어났다. 닉은 두 손으로 머리를 감싸고 그 자리에 그대로 앉아 있었다.

"난 배를 갖고 갈게. 넌 곶을 돌아서 걸어와." 마저리가 그에게 소리를 질렀다.

"좋아. 배를 밀어 줄게." 닉이 말했다.

"그럴 필요 없어." 그녀가 말했다. 달빛을 받으며 그녀는 배를 타고 물 위에 떠 있었다. 닉은 돌아가 모닥불 옆 담요에 얼굴을 파묻고 누웠다. 마저리가 물 위에서 노를 젓는 소리가 들렸다.

닉은 오랫동안 그곳에 누워 있었다. 빌이 숲 속을 지나 걸어서 개간지로 오는 동안에도 그는 누워 있었다. 빌이 모닥불로 다가오는 것이 느껴졌다. 빌은 그에게 손을 대지도 않았다.

"마저리는 잘 갔어?" 빌이 물었다.

"응." 닉이 담요에 얼굴을 파묻고 누운 채 대답했다.

"소란 피웠니?"

"아니, 그러지 않았어."

"지금 기분이 어때?"

---

20) '마저리'의 애칭.

"아, 제발 좀 가, 빌! 잠깐만 다른 곳에 가 있어 줘."

빌은 점심 바구니에서 샌드위치 하나를 고른 뒤 낚싯대를 보려고 걸어갔다.

사흘 동안의 폭풍

닉이 과수원을 지나 위쪽 길로 접어들었을 때 비가 멎었다. 과일은 이미 수확이 끝났고, 잎 떨어진 앙상한 나뭇가지 사이로 가을바람이 불고 있었다. 닉은 걸음을 멈추고 길가에 떨어진 와그너 종(種) 사과 한 개를 집어 들었다. 누런 풀잎 사이에서 사과는 비에 젖어 유난히 빛이 났다. 그는 사과를 매키노 코트[21] 주머니 속에 집어넣었다.

길은 과수원에서 빠져나가 언덕 꼭대기로 이어졌다. 꼭대기에는 오두막집 한 채가 있었는데, 현관은 텅 비었지만 굴뚝에서는 연기가 솟아올랐다. 집 뒤쪽에는 차고와 닭장 그리고 뒤쪽 숲을 등지고 산울타리 모양으로 두 번 자란 나무들이 우거졌다. 저쪽 멀리 떨어진 곳에서 큼직한 나무들이 바람에 흔

---

21) 두꺼운 모직으로 만든 바둑판무늬의 반코트.

들렸다. 가을철 접어들어 처음 부는 폭풍이었다.

닉이 과수원 위쪽 널찍한 밭을 가로질러 가자 오두막집의 문이 열리더니 빌이 나왔다. 그는 현관에 서서 밖을 내다보고 있었다.

"아, 위미지[22]." 그가 인사를 했다.

"헤이, 빌." 계단을 올라가면서 닉이 인사를 했다.

두 사람은 나란히 서서 아래쪽 과수원, 길 건너편, 그리고 더 아래쪽 들판과 곳의 나무숲에서 호수까지 시골 경치를 바라보았다. 바람은 곧장 호수 쪽으로 내리 불었다. 텐마일 곳을 따라 넘실거리는 물결이 보였다.

"바람에 거세게 부는군." 닉이 말했다.

"저 모양으로 사흘은 불 거야." 빌이 말했다.

"아버지는 집에 계시나?" 닉이 물었다.

"아니. 엽총을 들고 나가셨어. 자, 들어와."

닉은 집 안으로 들어갔다. 난로에는 불이 한창 피어올랐다. 바람에 불꽃이 화다닥거렸다. 빌은 문을 닫았다.

"한잔할까?" 그가 말했다.

빌은 부엌에 나가 술잔 두 개와 물 한 주전자를 들고 들어왔다. 닉은 난로 위 선반에 손을 뻗어 위스키 병을 꺼냈다.

"마셔도 돼?"

"그럼." 빌이 대답했다.

---

22) '닉'의 별명. 헤밍웨이의 별명이기도 하다. 헤밍웨이에게는 '위미지' 말고도 '스타인', '에네스토익', '파파' 등의 별명이 있었다.

두 사람은 난로 앞에 앉아 아일랜드산 위스키에 물을 타서 마셨다.

"맛은 괜찮은데 메케한 냄새가 나는군." 닉이 말하고는 술 잔을 통해 난롯불을 들여다보았다.

"이탄이라서 그래." 빌이 말했다.

"이탄을 술하고 섞을 수야 없지." 닉이 말했다.

"그래도 괜찮아." 빌이 말했다.

"이탄 본 적 있어?" 닉이 물었다.

"없어." 빌이 대답했다.

"나도 없어." 닉이 말했다.

난로 옆쪽으로 쭉 뻗은 닉의 신발에서 김이 모락모락 나기 시작했다.

"신발 벗는 게 좋겠는걸." 빌이 말했다.

"양말을 신지 않았어."

"벗어서 말리지그래. 양말 갖다 줄 테니." 빌이 말했다. 그는 계단 위층으로 올라가 지붕 밑 방으로 갔고, 닉은 머리 위에서 왔다 갔다 돌아다니는 발자국 소리를 들었다. 2층이래야 지붕 만 있을 뿐 사방이 트인 그곳에서 빌과 그의 아버지 그리고 닉은 가끔 잠을 잤다. 뒤꼍에는 화장실이 있었다. 그들은 간이침대 를 비 맞지 않을 장소로 옮기고 고무 담요를 덮어씌워 놓았다.

빌이 두툼한 털양말 한 켤레를 갖고 내려왔다.

"아직 양말 없이 돌아다닐 때는 아냐." 빌이 말했다.

"양말을 다시 신는 게 싫어서." 닉이 말했다. 그는 양말을 잡아당겨 신고 의자 뒤로 털썩 주저앉으며 두 발을 난로 앞 칸막이 틀 위에 걸쳐 놓았다.

"칸막이 움푹 들어가겠다." 빌이 말했다. 닉은 다시 발을 빙돌려 난로 옆으로 가져갔다.

"뭐 읽을 만한 책 없어?" 그가 물었다.

"신문밖에 없는데."

"카즈[23]는 어떻게 됐지?"

"자이언츠[24]에 더블헤더에서 연패했어."

"그럼 자이언츠가 틀림없이 우승하겠군."

"거저먹기지, 뭐." 빌이 대꾸했다. "맥그로[25]가 야구 연맹에서 훌륭한 선수들을 모조리 매수해 가는 한, 어쩔 수 없는 일이지."

"모든 선수를 매수할 수야 없지 않을까?" 닉이 말했다.

"매수하고픈 선수는 모조리 매수하고 말걸. 그러잖으면 선수들에게 불만을 품게 해서 자기하고 거래할 수밖에 없도록 하든가." 빌이 말했다.

"하이니 짐[26]처럼 말이지." 닉이 말했다.

"그 얼빠진 놈, 자이언츠에겐 별 도움이 되지 않을걸."

빌이 자리에서 일어났다.

"그 자식 타력은 꽤 좋잖아." 닉이 말했다. 불이 뜨거워 다

---

23) 미주리 주 세인트루이스 야구 팀 카디널스.
24) 뉴욕의 야구 팀. 나중에 샌프란시스코 소속이 되었다.
25) 존 조지프 맥그로(John Joseph McGraw, 1873~1934). 1900년대 초부터 1932년까지 뉴욕 자이언츠의 매니저로 활약했다.
26) 하이니 짐머만(Heinie Zimmerman, 1887~1969). 20세기 초 시카고 컵스에서 활약하다가 뉴욕 자이언츠로 옮긴 야구 선수.

리가 탈 지경이었다.

"야수(野手)로서도 썩 괜찮지. 그런데 볼 게임에서 실수를 한단 말이야." 빌이 말했다.

"그게 바로 맥그로가 노리는 점이야." 닉이 말했다.

"그럴지도 모르지." 빌이 맞장구쳤다.

"세상에는 알다가 모를 일이 참 많아." 닉이 말했다.

"물론이지. 하지만 우리는 멀리 떨어져 있어서 오히려 낳은 정보를 알게 되거든."

"말을 보지 않을 때 오히려 경마 승률이 높아지는 것처럼 말이지."

"그래, 바로 그거야."

빌은 아래 놓인 위스키 병에 손을 뻗었다. 큰 손으로 집어 들자 술병이 손바닥 안에 모두 들어갔다. 그는 닉이 들고 있는 잔에 술을 따랐다.

"물을 얼마나 탈까?"

"술만큼 타 줘."

그는 닉의 의자 옆 방바닥에 앉았다.

"가을 폭풍이 불면 기분이 좋지?" 닉이 물었다.

"신바람 나지."

"일 년 중 제일 기분 좋은 계절이야." 닉이 말했다.

"지금 읍내에 있다면 끔찍하겠지?" 빌이 물었다.

"월드 시리즈[27]를 보고 싶군." 닉이 말했다.

---

27) 미국에서 메이저리그 야구 우승 팀을 가리기 위해 해마다 열리는 시리즈.

"언제나 뉴욕 아니면 필라델피아에서 열리잖아. 그러니 우리야 무슨 재미겠어." 빌이 말했다.

"카즈는 우승 한 번 못하나?"

"아마 우리가 죽기 전까진 못할걸." 빌이 대답했다.

"참 미칠 노릇이야." 닉이 말했다.

"기차 사고를 당하기 전, 한 번 우승 문턱까지 갔던 거 기억하지?"

"암, 기억하고말고!" 닉이 기억을 더듬으며 대답했다.

빌은 창 밑 책상에 손을 뻗어 책을 하나 집었다. 아까 문가로 나올 때 겉장을 거꾸로 한 채 그곳에 두었던 책이다. 그는 한 손에는 잔을, 다른 손에는 책을 들고 닉이 앉은 의자에 기대앉아 있었다.

"무슨 책을 읽는 거야?"

"『리처드 피버렐』[28]이라는 책이야."

"난 좀처럼 몰두할 수가 없더군."

"읽을 만해. 나쁜 책은 아냐, 위미지." 빌이 말했다.

"내가 읽지 않은 걸로 뭐 다른 건 없나?" 닉이 물었다.

"『숲 속의 연인들』[29]이란 책 읽었나?"

"그럼, 읽었지. 매일 밤 둘이서 칼을 빼 침대 가운데 두고 잔

---

28) 영국 소설가 조지 메러디스(George Meredith, 1828~1909)가 1859년 발표한 장편소설 『리처드 피버렐의 시련』으로 '아버지와 아들의 역사'라는 부제가 붙어 있다.
29) 영국의 역사 소설가 모리스 휼릿(Maurice Hewlett, 1888~1914)이 1898년에 발표한 로맨스 소설.

다는 얘기잖아."

"재미있는 책이야, 위미지."

"참 재미있지. 그런데 도대체 칼이 무슨 소용인지 모르겠어. 칼날을 위로 해 놓아야 되는 거 아닌가? 칼날이 누워 있으면 얼마든지 그 위를 뒹굴 수 있잖아."

"말하자면 상징인 셈이지." 빌이 말했다.

"그렇겠지. 하지만 현실적이진 않아." 닉이 대꾸했다.

"『불굴의 마음』[30]이란 책은 읽은 적 있나?"

"좋은 책이야. 현실적인 책이지. 늙은이가 아들을 항상 찾아다니는 얘기잖아. 월폴이 쓴 걸로 다른 책은 없나?"

"『어두운 숲』이란 게 있어. 러시아에 관한 얘기야." 빌이 말했다.

"그 사람이 러시아에 대해 뭘 알지?" 닉이 말했다.

"그건 나도 모르지. 그 녀석들에 대해선 알 도리가 있어야지. 아마도 어렸을 때 그곳에 산 적이 있는 모양이야. 그곳 내막을 잘 알더라고."

"그 사람 한번 만나 보고 싶은데." 닉이 말했다.

"난 체스터턴[31]을 만나 보고 싶어." 빌이 말했다.

"지금 여기 같이 있으면 좋겠는걸. 그럼 내일 데리고 부아[32]

---

30) 영국 소설가 휴 월폴(Hugh Walpole, 1884~1941)이 1913년에 발표한 장편소설.

31) G. K. 체스터턴(Gilbert Keith Chesterton, 1874~1936). 시, 희곡, 저널리즘, 철학, 강연 등 온갖 장르를 넘나들며 폭넓게 활약한 영국 작가.

32) 미시간 주 북부 도시 '샤를부아'를 줄여서 발음한 것.

로 낚시질하러 갈 텐데."

"한데 낚시질을 좋아할까 몰라." 빌이 말했다.

"당연히 좋아하겠지. 현역 작가 중에서 아마 가장 훌륭한 작가일 거야.『날아다니는 여인숙』이라는 작품 기억하나?" 닉이 물었다.

"천사가 하늘에서 내려와
그에게 다른 마실 것을 주거든
고맙다고 감사 인사를 하고
모조리 수챗구멍에 부어라."

"그래, 맞아. 월폴보다 나은 친구 같아." 닉이 말했다.

"암, 낫고말고." 빌이 맞장구쳤다.

"하지만 작가로서는 월폴이 더 낫지."

"글쎄, 그건 잘 모르겠어. 체스터턴은 고전주의 작가니까." 닉이 말했다.

"월폴도 고전주의 작가야." 빌이 고집을 부렸다.

"두 사람 모두 지금 여기 있으면 좋으련만. 그럼 내일 데리고 부아로 낚시질하러 갈 텐데." 닉이 말했다.

"자, 마시지." 빌이 말했다.

"좋아." 닉이 맞장구쳤다.

"우리 아버진 상관하지 않으실 거야." 빌이 말했다.

"정말인가?" 닉이 물었다.

"그럼, 내가 알아." 빌이 말했다.

"이제 조금 취하는걸." 닉이 말했다.

"안 취했어." 빌이 말했다.

그는 방바닥에서 일어나 위스키 병을 향해 손을 뻗었다. 닉이 잔을 내밀었다. 빌이 술을 따르는 동안 그는 잔을 응시하고 있었다.

빌이 위스키를 반 잔쯤 따랐다.

"물은 취향대로 타게. 이제 딱 한 잔 남았어." 그가 말했다.

"더 없어?" 닉이 물었다.

"더 있지만 아버지가 마개를 딴 것만 마시라고 하셨거든."

"그러지." 닉이 말했다.

"아버지 말씀으로는, 병을 자꾸 새로 따게 되면 주정뱅이가 된다는 거야." 빌이 설명했다.

"옳으신 말씀이야." 닉이 말했다. 그는 매우 감동했다. 그렇게 생각해 본 적이 한 번도 없었기 때문이다. 주정뱅이는 혼자 술을 마셔서 되는 거라고 알아 왔던 것이다.

"네 아버지는 어떠셔?" 그가 점잖게 물었다.

"괜찮으시지. 이따금 고약할 때도 있지만." 빌이 대답했다.

"참 좋으신 분이야." 닉이 말했다. 그는 주전자 물을 술잔에 부었다. 그러자 물이 서서히 술과 뒤섞였다. 물보다 술이 더 많았다.

"그럼, 그야 두말하면 잔소리지." 빌이 대꾸했다.

"우리 아버지도 괜찮으셔." 닉이 말했다.

"물론이지." 빌이 맞장구쳤다.

"아버지 말로는 이제껏 술을 한 잔도 입에 대지 않으셨대."

닉이 마치 어떤 과학적 진리를 선언하듯이 말했다.

"한데 네 아버지는 의사시지. 우리 아버지는 화가시고. 그게 다를 뿐이야." 빌이 말했다.

"우리 아버지는 많은 것을 놓치셨지." 닉이 슬픈 듯이 말했다.

"괜찮아, 모든 일에는 보상이 따르는 법이잖아." 빌이 말했다.

"아버지도 그러시더군, 당신은 정말 많은 것을 놓쳤다고."

"글쎄, 우리 아버지도 고생 많이 하셨지." 빌이 말했다.

"결국은 모두 보상을 받겠지." 닉이 말했다.

두 사람은 난롯불을 들여다보며 앉아서 이 심오한 진리에 대해 생각했다.

"뒷마루에 가서 장작을 가져올게." 닉이 말했다. 난롯불을 들여다보다가 불이 꺼지는 것을 알아차렸던 것이다. 또한 그는 술을 양껏 마시고도 일할 수 있다는 것을 보여 주고 싶었다. 아버지는 비록 술 한 잔 입에 대지 않았지만 그렇다고 빌보다 먼저 취할 수는 없었다.

"밤나무 장작 큰 거 하나 가져와." 빌이 말했다. 그 역시 의식적으로 자신이 침착하다는 것을 과시하고 있었다.

닉은 장작을 갖고 부엌을 통해 들어오다가 식탁에 있던 냄비를 떨어뜨리고 말았다. 장작을 내려놓고 냄비를 집어 들었다. 냄비에는 말린 살구가 물에 잠겨 있었다. 땅바닥에 떨어진 것은 하나도 빠뜨리지 않고 모조리 주웠다. 난로 밑에 떨어져 굴러간 것까지 모두 주워 냄비 속에 도로 담았다. 그는 식탁 옆에 있는 물통에서 물을 퍼서 냄비에 부어 넣었다. 그런 자신이 자랑스러웠다. 그는 철저하게 침착했다.

장작을 갖고 들어오자 빌이 자리에서 일어나 함께 장작을 난롯불에 지폈다.

"장작이 아주 좋군." 닉이 말했다.

"날씨가 추울 때 때려고 아껴 놨던 거야. 이런 나무는 밤새도록 탈걸." 빌이 대꾸했다.

"석탄이 남아 아침에도 불을 피울 수 있을 거야." 닉이 말했다.

"그렇겠지." 빌이 대답했다. 그들은 고상한 대화를 주고받았다.

"한 잔 더 하지." 닉이 말했다.

"찬장 안에 마개를 딴 병이 하나 더 있을 거야." 빌이 말했다.

그는 무릎을 꿇고 찬장 한쪽 구석에서 네모난 병 하나를 꺼냈다.

"스카치위스키야." 빌이 말했다.

"물 더 가져올게." 닉이 말했다. 그는 다시 부엌으로 나갔다. 국자로 물통에서 시원한 샘물을 퍼서 한 주전자 가득 채웠다. 거실로 다시 돌아오면서 식당에 걸린 거울 앞을 지나다가 거울을 들여다보았다. 얼굴이 이상야릇하게 보였다. 거울에 비친 자기 얼굴에 빙긋 미소를 지었더니 빙긋 미소가 돌아왔다. 그는 살짝 눈짓을 하고 지나갔다. 그것은 자기 얼굴이 아니었지만 아무래도 좋았다.

빌은 벌써 술을 두 잔 따라 놓고 있었다.

"굉장히 많이 따랐군." 닉이 말했다.

"우리한테야 그리 많은 것도 아니지, 위미지." 빌이 말했다.

"뭘 두고 건배할까?" 술잔을 쳐들면서 닉이 물었다.

"낚시질을 위해 건배하지." 빌이 말했다.

"좋아. 신사 여러분, 자, 낚시질을 위하여!" 닉이 말했다.

"모든 낚시질을 위하여! 어디에서든지." 빌이 말했다.

"야구를 위해 건배하는 것보다야 낫지." 빌이 대꾸했다.

"비할 바가 아니지. 도대체 야구 얘기가 어쩌다 나왔더라?" 닉이 물었다.

"실수로 잘못 나온 거지, 뭐. 야구는 얼뜨기들이나 하는 게임이야." 빌이 말했다.

그들은 잔에 든 술을 단번에 들이켰다.

"자, 이번에는 체스터턴을 위해 건배를 들지."

"그리고 월폴을 위해서도." 닉이 끼어들었다.

닉이 술을 따랐다. 빌이 물을 탔다. 그들은 서로를 쳐다보았다. 기분이 아주 좋았다.

"신사 여러분, 체스터턴과 월폴을 위해 건배합시다!" 빌이 말했다.

"그럽시다. 신사 여러분!" 닉이 말했다.

그들은 술을 마셨다. 빌이 술잔에 다시 가득 부었다. 두 사람은 난로 앞 큼직한 의자에 앉아 있었다.

"참 잘했어." 빌이 말했다.

"뭘 잘했다는 거야?" 닉이 물었다.

"마지를 딱 잘라 버린 거 말이야." 빌이 말했다.

"나도 그렇게 생각해." 닉이 대꾸했다.

"그렇게 할 수밖에 없었을 거야. 관계를 끊지 않았더라면 지금쯤은 집으로 돌아가 결혼 비용을 마련하느라고 뼈 빠지게 일해야 했을걸." 빌이 말했다.

닉은 아무 말이 없었다.

"남자는 한 번 결혼하면 완전히 끝나는 거야." 빌이 말을 이었다. "더 이상 아무것도 얻는 게 없단 말이지. 그야말로 아무것도. 빌어먹을, 아무것도 없어. 그렇게 되면 볼 장 다 보는 거라고. 결혼한 놈들 보지 않았나."

닉은 아무 말이 없었다.

"내 장담하지. 그렇게 살만 피둥피둥한 유부남의 표정을 짓고 있는 녀석들은 그야말로 볼 장 다 본 거라고." 빌이 말했다.

"하긴 그래." 닉이 맞장구쳤다.

"어쩌면 헤어진 건 불행한 일인지도 몰라. 하지만 언제든 또 다른 여자한테 홀리게 될 거고, 그러고 나면 괜찮아질 거야. 여자한테 반하는 건 좋지만, 그렇다고 자신이 망가져선 안 되지." 빌이 말했다.

"맞는 말이야." 닉이 말했다.

"네가 만약 마지하고 결혼했다면 마지의 모든 가족하고 결혼해야 했을 거야. 마지 어머니와 또 그 남편을 생각해 봐."

그러자 닉이 고개를 끄덕였다.

"생각해 봐. 그 사람들이 늘 집에 들락날락할 것 아닌가. 일요일마다 처갓집으로 저녁 식사에 불려 간다, 저녁 식사에 초대한다, 할 거라고. 게다가 장모는 마지더러 늘 이래라저래라 잔소리를 해 대겠지."

닉은 잠자코 앉아 있었다.

"참 잘 빠져나온 거야. 마지는 지금이라도 자기한테 맞는 남자와 결혼해서 편하고 행복하게 살 거야. 물과 기름이 어디 어울릴 수 있나. 내가 스트래턴스[33]에서 일하는 아이다와 결혼하는 것보다 오히려 물과 기름이 더 잘 섞일 거야. 어쩌면 마지도 이렇게 된 것을 좋아할지 몰라." 빌이 말했다.

닉은 아무 말도 하지 않았다. 이미 취기가 가신 그는 혼자 남아 있었다. 빌은 그 자리에 없었다. 그는 난로 앞에 앉아 있지도 않았고, 그렇다고 내일 빌과 그의 아버지 또는 다른 누구와 낚시질하러 갈 마음도 없었다. 그는 취해 있지 않았다. 취기가 완전히 사라진 상태였다. 지금 그가 아는 사실은 한때 사귀었던 마저리를 지금은 잃었다는 사실뿐이었다. 여자는 이미 떠났고, 그는 여자를 떼어 버리고 말았던 것이다. 다만 그뿐이었다. 다시는 만나지 못할 것이다. 어쩌면 영원히 만날 수 없을지도 모른다. 이미 모두 사라지고 끝장이 나고 말았던 것이다.

"한 잔 더 하지." 닉이 말했다.

빌이 술을 따랐다. 닉은 물을 조금 탔다.

"네가 그 관계를 계속 유지했다면 우리가 지금 이렇게 마주 앉아 있지도 못했을 거야." 빌이 말했다.

그것은 사실이었다. 그는 고향에 내려가서 일자리를 구하려고 계획하고 있었다. 그런 뒤 겨우내 샤를부아에 머물면서 마저리 가까이에 있을 작정이었다. 지금은 어떻게 하면 좋을

---

33) 미국의 고급 호텔 체인.

지 판단이 서지 않았다.

"또 내일 낚시질도 가지 않았을 거야. 네가 선견지명이 있었던 셈이지." 빌이 말했다.

"어쩔 도리가 없었는걸." 닉이 대답했다.

"그건 나도 알아. 늘 그렇게 되는 법이거든." 빌이 말했다.

"한순간에 갑자기 모든 게 끝나 버렸어. 왜 그렇게 됐는지는 모르겠어. 정말로 모를 일이야. 사흘 동안 불어온 폭풍에 나뭇잎이 모두 떨어져 버린 것과 같다고나 할까." 닉이 말했다.

"어쨌든 다 끝난 일이야. 중요한 건 그거지." 빌이 말했다.

"내 잘못이었어." 닉이 말했다.

"누구 잘못이건 그건 중요하지 않아." 빌이 말했다.

"그래, 그럴지도 모르지." 닉이 대꾸했다.

중요한 문제는 마저리가 가 버렸고 이제 다시는 그녀를 만나 볼 수 없으리라는 것이었다. 그는 여자에게 함께 이탈리아로 가서 재미나게 지내자고 말한 적이 있었다. 둘이서 함께 가기로 했던 여러 곳, 그런 것이 이제 다 물거품이 되고 말았다.

"일이 끝난 이상, 중요한 건 그 사실뿐이야. 이봐, 위미지. 그 관계가 계속되는 게 난 정말 걱정스러웠어. 넌 일을 잘 처리한 거야. 그 여자 어머니야 몹시 상처를 받았을 테지. 너희 두 사람이 약혼했다고 만나는 사람마다 붙들고 떠들었으니 말이야." 빌이 말했다.

"우린 약혼한 적 없어." 닉이 대꾸했다.

"약혼했다는 소문이 돌았는데."

"그야 어쩔 수 없지. 어쨌든 우린 약혼한 적 없어." 닉이 말했다.

"결혼하려고 하지 않았나?" 빌이 물었다.

"결혼하려고 했지. 그렇지만 약혼은 하지 않았어." 닉이 대답했다.

"같은 얘기 아닌가?" 빌이 따지고 들었다.

"글쎄, 잘 모르겠어. 하지만 차이야 있지."

"난 차이를 모르겠는걸." 빌이 말했다.

"좋아. 자, 취하자고." 닉이 말했다.

"좋아. 진짜로 취해 보지." 빌이 말했다.

"술에 취해 수영이나 하러 가자." 닉이 말했다.

그는 술잔을 쭉 들이켰다.

"마지한텐 참으로 안된 일이지만 어쩔 도리가 없었거든." 그가 말했다. "너도 마지 어머니가 어떤 사람인 줄 알잖아!"

"무서운 여자지." 빌이 대답했다.

"갑자기 다 끝나 버리고 말았어. 이런 말 하면 안 되겠지만." 닉이 말했다.

"맞아. 먼저 말을 꺼낸 사람은 나지만 이제는 모두 끝난 일이야. 두 번 다시 말하지 말자고. 너도 너무 깊이 생각하지 마. 그렇게 되면 또 휩쓸려 들어갈 테니." 빌이 말했다.

닉은 미처 거기까지는 생각하지 못했었다. 그 일은 아주 절대적인 것처럼 보였었다. 그것은 좋은 생각이었다. 그렇게 생각하자 닉의 마음이 훨씬 가벼워졌다.

"그건 확실해. 그렇게 될 위험은 늘 있었을 거야." 닉이 말했다.

이제 닉은 행복했다. 돌이킬 수 없을 만큼 모든 희망이 다 사라진 것은 결코 아니었다. 토요일 밤이면 그는 읍내에 들어갈 수 있을지 모른다. 오늘은 목요일이었다.

"기회는 언제든 오는 법이야." 그가 말했다.

"자중할 줄 알아야 해." 빌이 충고했다.

"아무렴. 자중해야지." 닉이 대꾸했다.

그는 행복했다. 모두 끝난 것은 아니었다. 잃어버린 것은 아무것도 없었다. 돌아오는 토요일 그는 읍내에 갈 것이다. 빌이 그 일에 대해 이야기를 꺼내기 전처럼 그의 마음은 다시 가뿐해졌다. 하늘이 무너져도 솟아날 구멍은 있는 법이다.

"자, 엽총을 갖고 곳에 내려가 네 아버지나 찾아보자." 닉이 제안했다.

"좋아, 그러지."

빌은 벽에 걸린 선반에서 엽총 두 자루를 내렸다. 그는 탄약통을 열었다. 닉은 매키노 코트를 입고 신발을 신었다. 신발이 말라서 뻣뻣했다. 그는 아직도 몹시 취해 있었지만 정신만은 말똥말똥했다.

"기분이 어때?" 닉이 물었다.

"좋아. 아주 얼큰하게 취했어." 빌은 스웨터 단추를 채우면서 대답했다.

"취하기만 해서야 소용이 없지."

"그렇지. 밖으로 나가야 해."

두 사람은 문밖으로 나갔다. 강풍으로 바뀐 바람이 거칠게 불어 대고 있었다.

"이 정도 바람이면 새들이 죄다 풀 밑으로 숨었겠는데." 닉이 말했다.

그들은 과수원 쪽으로 내려갔다.

"오늘 아침 멧도요 한 마리를 봤어." 빌이 말했다.

"어쩌면 쫓아낼 수도 있겠군." 닉이 말했다.

"이런 바람에 어디 총이라도 쏘겠어?"

밖으로 나오자 마저리 일은 이제 더 슬프게 생각되지 않았다. 그다지 대수로운 일도 아니었다. 그런 것은 바람에 모두 날아가 버렸다.

"넓은 호수를 넘어 바람이 불어오는군." 닉이 말했다.

바람머리 쪽에서 쾅! 하는 총소리가 들렸다.

"아버지가 쏜 총소리야. 저 아래 숲에 계신가 봐." 빌이 말했다.

"그쪽으로 가 보자." 닉이 말했다.

"이왕이면 아래쪽 풀밭을 가로질러 가 보자. 뭔가 사냥감을 쫓아낼 수 있을지도 모르니." 빌이 말했다.

"그러지." 닉이 대꾸했다.

이제 그따위 것은 조금도 중요하지 않았다. 바람이 그의 머릿속에서 쓸어 버렸다. 그는 여전히 토요일 밤이면 언제든 읍내에 갈 수 있었다. 그런 일을 유보해 둔다는 것은 기분 좋은 일이었다.

미시간 북쪽에서

짐 길모어는 캐나다에서 호턴스베이로 이주해 왔다. 그는 호턴 영감에게서 대장간을 사들였다. 키가 작달막하고 얼굴이 가무잡잡한 짐은 콧수염도 큼직하고 두 손도 큼직했다. 그는 말굽 편자를 잘 만드는 대장장이로 가죽 앞치마를 두르고 있을 때도 그다지 대장장이처럼 보이지 않았다. 짐은 대장간 2층에 살며 D. J. 스미스 식당에서 식사했다.

리즈 코츠는 스미스 식당에서 일했다. 몸집이 우람하고 깔끔한 스미스 부인은 지금껏 만나 본 사람 중에서 리즈 코츠가 가장 단정한 아가씨라고 말했다. 다리가 아름다운 리즈는 언제나 산뜻한 무명 앞치마를 걸쳤는데, 특히 단정히 뒤로 빗어 넘긴 머리는 짐의 시선을 끌었다. 그는 쾌활해 보이는 그녀의 얼굴을 좋아했지만, 그녀를 진지하게 생각해 본 적은 한 번도 없었다.

리즈는 짐이 무척 좋았다. 대장간에서 식당으로 걸어 들어오는 모습이 마음에 들어 자주 부엌 문간에 나가 도로 아래쪽에서부터 그가 오는 모습을 바라보았다. 그녀는 그의 콧수염이 좋았다. 미소를 지을 때면 유난히 하얗게 드러나는 그의 치아가 좋았다. 그녀는 그가 대장장이처럼 보이지 않는 것이 무척 좋았다. D. J. 스미스와 스미스 부인이 그에게 퍽 호감을 갖고 있는 것도 좋았다. 어느 날 짐이 집 밖의 세숫대야에서 몸을 씻을 때 그 팔에 난 거뭇거뭇한 털이 좋았고, 햇볕에 그을리지 않은 팔뚝 위쪽이 유달리 희멀건 것도 좋았다. 그녀는 그런 것까지 좋아하는 자신이 우습다고 생각했다.

보인시티와 샤를부아 사이 간선도로에 있는 호턴스베이에는 집이 딱 다섯 채뿐이었다. 건물 정면을 겉으로 보기에만 높다랗게 꾸며 놓고 툭하면 그 앞에 마차를 매 놓는 잡화점 겸 우체국, 스미스의 음식점, 스트라우드의 집, 딜워스의 집, 호턴의 집, 그리고 반후젠의 집이 있을 뿐이었다. 집들은 모두 거대한 느릅나무 숲에 있었고, 도로에는 모래가 많았다. 도로 위로는 양쪽으로 농경지와 삼림지가 있었다. 도로 위쪽으로 조금 올라가면 감리교 교회가 서 있었고, 그 반대편으로 길을 내려오면 마을 학교가 보였다. 붉은색 페인트를 칠해 놓은 대장간은 학교를 마주 보고 있었다.

비탈진 모랫길은 숲을 뚫고 언덕 아래쪽으로 내려가 만으로 곧게 이어졌다. 스미스의 집 뒷문에서는 호수까지 이르는 숲뿐 아니라 건너편에 있는 만까지 보였다. 하늘이 파랗게 빛나고 곳 저편 호수의 수면에 날마다 샤를부아와 미시간 호에서 산들바람이 불어와 하얀 파도가 이는 봄이나 여름이면 경치가 더없이 아름다웠다. 스미스의 집 뒷문에서 리즈는 저 멀리 호수에서 광석을 실은 운송선들이 보인시티를 향해 나아가는 것을 볼 수 있었다. 그녀가 지켜보고 있으면 배들은 전혀 움직이는 것 같지 않았지만, 집 안으로 들어와 접시를 몇 개 더 닦고 다시 밖으로 나가 보면 배들은 이미 곶 너머로 사라지고 없었다.

이제 리즈는 온종일 짐 길모어만을 생각했다. 그러나 짐은 그녀를 그다지 눈여겨보는 것 같지 않았다. 그는 D. J. 스미스에게 자기네 대장간이며, 공화당이며, 제임스 G. 블레인[34]에 대해 이야기했다. 밤이면 앞쪽 방 등불 밑에서《톨리도 블레이드》나 그랜드래피즈[35]에서 발행하는 신문을 읽는가 하면, D. J. 스미스와 함께 작살로 물고기를 잡으러 횃불 섬광등을 들고 만에 나가기도 했다. 가을이면 그는 스미스나 찰리 와이먼과 어울려 짐마차에 천막, 음식, 도끼, 엽총, 사냥개 두 마리를 싣고 밴더빌트[36] 건너편 소나무 벌판으로 사슴 사냥을 떠났다. 리즈와 스미스 부인은 그들이 출발하기 나흘 전부터 먹을 음식을 준비했다. 리즈는 짐을 위해 무언가 특별한 음식을 만들어 주고 싶었지만 스미스 부인에게 계란과 밀가루를 달라고 하기도 싫었고, 또 그런 것을 직접 사 온다 해도 요리를 하다 스미스 부인에게 들킬 것 같아 결국 그만두고 말았다. 스

---

34) James Gillespie Blane(1830~1893). 미국 공화당 소속 정치가.
35) 미시간 주 서남부에 위치한 도시.
36) 미시간 북부 옷세고 군에 위치한 도시.

미스 부인이 알아도 상관이야 없을 테지만 그냥 싫었다.

짐이 사슴 사냥 여행을 떠나 있는 동안 리즈의 머릿속은 온통 그에 대한 생각뿐이었다. 그가 가 버리고 없는 게 끔찍했다. 그를 생각하느라 잠도 제대로 이루지 못했지만, 그를 생각하는 것이 즐거운 일이라는 사실도 깨달았다. 그러니 그냥 마음 가는 대로 내버려 두는 편이 나았다. 그들이 돌아오기 전날 밤 불면의 꿈과 불면의 현실이 뒤범벅되어 그녀는 한잠도 자지 못했다. 도로를 따라 내려오는 마차를 보았을 때 리즈는 맥이 탁 풀리고 토할 것처럼 가슴이 울렁거렸다. 짐의 모습이 보일 때까지 기다리고 있을 수만은 없었다. 그가 나타나야 모든 일이 다 잘될 것 같았다. 포장마차가 바깥 큼직한 느릅나무 밑에 멈춰 서자 스미스 부인과 리즈는 밖으로 나갔다. 남자들의 수염이 모두 텁수룩하게 자라 있었다. 마차 뒤 적재함 끄트머리에는 사슴 세 마리가 가느다란 다리를 뻣뻣하게 뻗은 채 실려 있었다. 스미스 부인이 D. J.에게 키스했고, 그는 그녀를 꼭 껴안았다. 짐은 "안녕, 리즈!" 하고는 히죽 웃었다. 리즈는 짐이 돌아오면 정확히는 몰라도 반드시 무슨 일이 일어날 거라고 확신했었다. 그러나 아무 일도 일어나지 않았다. 그저 남자들이 집에 돌아왔을 뿐이었다. 짐이 사슴을 덮었던 삼베 자루를 잡아당겨 벗기자 리즈는 사슴을 쳐다보았다. 한 마리는 큼직한 수사슴이었다. 뻣뻣해서 마차에서 끌어 내리느라 한참 애를 먹었다.

"아저씨가 이놈을 쏜 거예요?" 리즈가 물었다.

"물론이지. 어때, 근사하지?" 짐은 수사슴을 등에 메고 훈

제실로 가지고 갔다.

그날 밤 찰리 와이먼은 스미스의 집에 남아 저녁 식사를 했다. 샤를부아로 돌아가기에는 이미 너무 늦어 버렸기 때문이다. 남자들은 몸을 씻고 앞쪽 방에서 식사를 기다렸다.

"그 항아리 속에 조금 남지 않았나, 지미?" D. J. 스미스가 물었다. 그러자 짐은 외양간에 있는 마차에 가서 사냥에 가지고 갔던 위스키 병을 들고 왔다. 15리터들이 병으로 마시다 남은 위스키가 밑바닥에서 조금 찰랑거렸다. 외양간에서 돌아오는 길에 짐은 한 잔 길게 쭉 들이켰다. 그렇게 큰 병을 들어 올려 주둥이에 대고 마시는 건 여간 힘든 일이 아니었다. 위스키가 조금 셔츠 앞으로 쏟아져 내렸다. 짐이 술병을 가지고 방으로 들어오니 두 남자가 픽 웃었다. D. J. 스미스가 술잔을 몇 개 가져오라고 해서 리즈가 가지고 왔다. D. J.는 세 잔 가득 술을 따랐다.

"자, D. J. 아저씨를 위해 건배!" 찰리 와이먼이 말했다.

"저 엄청난 수사슴을 위해 건배, 지미!" D. J.가 말했다.

"우리가 놓쳐 버린 놈들을 위해 건배, D. J. 아저씨!" 짐이 이렇게 말하고는 자기 잔을 쭉 들이켰다.

"역시 술맛이 좋군."

"이 계절에 근심 걱정을 없애는 데는 이보다 좋은 게 없지."

"한 잔씩 더 하는 게 어때, 여보게들?"

"어때라니요, 당연히 그래야죠, D. J. 아저씨!"

"자, 단숨에 쭉 들이켜게, 여보게들."

"내년을 위해 건배!"

짐은 점점 기분이 좋아지기 시작했다. 그는 위스키의 맛과 감촉이 마음에 들었다. 이제 포근한 침대와 따뜻한 음식과 자기 대장간으로 돌아온 것이 기뻤다. 그는 또 한 잔 마셨다. 남자들은 기분이 자못 들떠 있었지만 아주 점잖게 식사를 하러 들어갔다. 리즈는 음식을 식탁에 차린 뒤 자리에 앉아 식구들과 함께 식사했다. 훌륭한 저녁 식사였다. 남자들은 열심히 음식을 먹었다. 식사가 끝나자 그들은 다시 앞쪽 방으로 돌아갔고, 리즈와 스미스 부인은 설거지를 했다. 그리고 나서 스미스 부인은 2층으로 올라갔고 얼마 지나지 않아 스미스도 방에서 나와 위층으로 올라갔다. 짐과 찰리는 아직도 앞쪽 방에 남아 있었다. 리즈는 부엌 난롯가에 앉아서 책을 읽는 척했지만 실제로는 짐을 생각하고 있었다. 아직은 잠자리에 들고 싶지 않았다. 짐이 방에서 나올 것을 잘 알았기에 자기 집으로 돌아가는 그를 보고 싶었다. 그러면 자신을 올려다보는 그의 모습을 잠자리까지 가지고 갈 수 있을 것이다.

리즈가 이렇게 간절히 짐을 생각하고 있을 때 마침 그가 방에서 나왔다. 그의 두 눈은 반짝였고, 머리카락은 조금 흐트러져 있었다. 리즈는 책 위로 시선을 떨어뜨렸다. 짐이 그녀의 의자 뒤로 다가와 서자 그의 숨기척이 느껴졌다. 그리고 나서 짐은 두 팔로 그녀를 감쌌다. 그녀의 젖가슴은 토실토실하고 단단했으며, 그의 두 손 밑으로 젖꼭지가 오뚝 솟아 있었다. 이제껏 어느 누구도 자신의 몸에 손을 댄 적이 없던 터라 리즈는 무척 겁이 났지만 마음속으로 '마침내 이 사람이 내게로 왔어. 정말로 내게로 온 거야.'라고 생각했다.

너무나 무서워서 몸이 뻣뻣하게 굳었고 어떻게 해야 될지도 생각나지 않았다. 그러나 짐은 그녀를 의자에 꽉 붙잡아 놓고 키스를 했다. 너무 강렬하고 쑤시는 듯 아프게 느껴져서 도저히 견딜 수가 없었다. 바로 뒤 의자 등받이를 통해 짐의 몸을 느끼는 것도 도저히 참을 수가 없었다. 그런데 그녀의 내부에서 무언가가 덜컥하더니 그 느낌이 점점 따스하고 부드러운 것으로 바뀌는 게 아닌가. 짐은 그녀를 의자에 대고 꼭 끌어안고 있었는데, 이제는 그녀가 자청해서 그래 주기를 바라고 있었던 것이다. 그때 짐이 속삭였다. "자, 잠깐 나가서 걷자."

리즈는 부엌 벽의 못에서 코트를 내렸고, 두 사람은 문밖으로 나갔다. 짐은 한 팔로 그녀의 어깨를 감쌌고, 조금 걷다가 걸음을 멈추고 서서 몸을 찰싹 붙이고 그녀에게 키스했다. 달은 뜨지 않았고, 그들은 발목까지 빠지는 모랫길을 걸어 숲을 빠져나온 뒤 부두로 내려가 만에 있는 창고로 갔다. 호수의 물이 말뚝을 철썩철썩 때리고 있었으며, 만 저편으로 곶이 시꺼멓게 보였다. 공기는 싸늘했지만 리즈는 짐 옆에 붙어 있느라 온몸이 확확 달아올랐다. 두 사람이 창고의 오두막에 걸터앉자 짐은 리즈를 자기 옆으로 바짝 끌어당겼다. 그녀는 겁을 잔뜩 먹고 있었다. 짐의 한 손은 그녀의 윗옷 속에 들어가 젖가슴을 어루만졌고, 다른 손은 그녀 무릎 속에 들어갔다. 리즈는 무척 겁이 났고 그가 앞으로 어떻게 하려는지 알 수 없었지만 그에게 몸을 바짝 붙였다. 잠시 후 그녀 무릎 위에서 몹시 크게 느껴지던 짐의 손이 다리로 움직이더니 그 위로 더듬어 올라가기 시작했다.

"그러지 마요, 짐." 리즈가 말했다. 짐은 손을 좀 더 위쪽으로 미끄러뜨렸다.

"안 돼요, 짐. 그래선 안 돼요." 짐도 그의 큼직한 손도 그녀의 말은 들은 체도 안 했다.

마룻바닥은 딱딱했다. 짐은 그녀의 옷을 걷어 올리고 그녀에게 무슨 짓인가 하려 했다. 그녀는 겁이 났지만 은근히 기다리는 마음도 있었다. 해야겠다고 생각하면서도 두려웠던 것이다.

"그런 짓 하지 마요, 짐. 그러지 말래도요."

"해야겠어. 할 거야. 해야 한다는 건 너도 잘 알잖아."

"아뇨, 해선 안 돼요, 짐. 해서는 안 돼요. 아, 옳지 않은 일이에요. 아, 너무 커서 정말 아파요. 그러지 마요. 오, 짐. 짐. 오."

부두의 솔송나무 널빤지는 딱딱하고 깔쭉깔쭉하고 차가운 데다 그녀 몸 위에 있는 짐이 몹시 무거워 그녀는 고통스러웠다. 너무 불편하고 쥐가 나서 리즈는 그를 밀어젖혔다. 짐은 그대로 곯아떨어졌다. 조금도 움직이지 않았다. 리즈는 그의 몸 밑에서 빠져나와 일어나 앉아서는 스커트와 코트의 매무새를 바로잡고 헝클어진 머리채를 고치려고 했다. 짐은 입을 조금 벌리고 자고 있었다. 리즈는 그의 위로 몸을 굽혀 뺨에 키스를 했다. 짐은 여전히 자고 있었다. 그녀는 그의 머리를 조금 들어 올리고 흔들어 보았다. 그는 머리를 돌리고 침을 삼켰다. 리즈는 울기 시작했다. 그녀는 부두 끄트머리로 걸어가 호수 물을 내려다보았다. 만에서 안개가 밀려오고 있었다. 춥고 비참하고 자신한테서 모든 것이 사라져 버린 것 같은 느낌이 들었다. 그녀는 짐이 누워 있는 곳으로 걸어가 다시 한 번 확인하려고 그의 몸을 흔들어 보았다. 그녀는 울고 있었다.

"짐! 짐! 제발, 짐!" 그녀가 불렀다.

짐은 잠깐 움찔하더니 조금 더 단단히 몸을 움츠렸다. 리즈는 코트를 벗어 허리를 굽히고 그것을 그의 몸 위에 덮었다. 그리고 차곡차곡 정성 들여 그의 몸에 둘러 주었다. 그러고 나서 잠자리에 들기 위해 부두를 가로질러 비탈진 모랫길을 따라 걸어 올라갔다. 싸늘한 안개가 만 쪽에서 숲 사이를 지나 점점 밀려왔다.

살인자들

헨리네 식당의 문이 열리고 사내 둘이 들어왔다. 그들은 카운터 앞에 앉았다.

"뭘 드릴까요?" 조지가 그들에게 물었다.

"글쎄. 이봐, 앨, 자넨 뭘 먹을 텐가?" 그중 한 사람이 말했다.

"모르겠는걸. 먹고 싶은 게 생각이 안 나." 앨이 대답했다.

식당 밖은 점점 어두워졌다. 창밖 가로등에 불이 들어왔다. 카운터에 앉은 두 사내는 메뉴판을 들여다보았다. 카운터 반대쪽 끝에서 닉 애덤스는 그들을 지켜보았다. 조지하고 한창 얘기를 나누고 있을 때 바로 이 두 사람이 들어왔던 것이다.

"사과 소스로 구운 돼지 등심구이와 으깬 감자를 주게." 첫 번째 사내가 주문했다.

"그건 아직 준비가 안 됐는데요."

"그럼 도대체 왜 메뉴에 적어 놓았어?"

"그건 저녁 식사 메뉴거든요. 6시가 되면 드릴 수 있습니다." 조지가 설명했다.

조지는 카운터 뒤쪽에 걸린 괘종시계를 올려다보았다.

"지금은 5시입니다."

"저 시계는 5시 20분이잖아?" 두 번째 사내가 말했다.

"이십 분 빠릅니다."

"아, 제기랄, 저따위 시계는 갖다 버려." 첫 번째 사내가 내뱉었다. "이 집에선 도대체 뭘 먹을 수 있는 거야?"

"샌드위치라면 여러 종류가 있습니다. 햄에그 샌드위치, 베이컨 에그 샌드위치, 간(肝) 베이컨 샌드위치, 아니면 스테이크 샌드위치도 있습니다."

"그럼 완두콩이랑 크림소스를 곁들인 치킨 크로켓하고 으깬 감자를 줘."

"그것도 저녁 식사 메뉴인데요."

"우리가 먹고 싶은 건 하나같이 저녁 메뉴잖아? 무슨 영업을 이따위로 해."

"햄에그 샌드위치, 베이컨 에그 샌드위치, 그리고 간……."

"그럼 햄에그 샌드위치로 줘." 앨이라는 사내가 말했다. 그는 가슴에 단추가 길게 달린 검은색 외투에 중절모를 쓰고 있었다. 얼굴은 작고 창백했으며, 입술은 굳게 다물고 있었다. 실크 머플러를 두르고 장갑을 끼고 있었다.

"난 베이컨 에그로 줘." 다른 사내가 말했다. 그 사람은 앨과 몸집이 거의 같았다. 얼굴 생김새는 달랐지만 쌍둥이처럼 옷을 똑같이 입고 있었다. 두 사람 모두 외투가 몸에 너무 꼭

껴 보였다. 그들은 카운터에 팔꿈치를 괴고 몸을 앞쪽으로 숙이고 앉아 있었다.

"뭐 마실 거 없나?" 앨이 물었다.

"실버 비어, 비보, 그리고 진저에일[37]이 있습니다." 조지가 대답했다.

"이봐, 뭐 한잔할 거 없느냔 말이야?"

"방금 말씀드린 것밖에는 없는데요."

"정말 끝내주는 동네로군. 이 동네 이름이 뭐지?" 다른 사내가 물었다.

"서밋[38]이라고 합니다."

"그런 이름 들어 본 적 있나?" 앨이 동료에게 물었다.

"없어." 그의 동료가 대답했다.

"여기선 밤에 뭣들 하지?" 앨이 물었다.

"저녁이나 먹겠지. 다들 이 식당에 몰려와서 실컷 저녁을 처먹겠지." 그의 동료가 말했다.

"맞습니다." 조지가 대답했다.

"그래, 정말로 그 말이 맞단 말이지?" 앨이 조지한테 물었다.

"그럼요."

"너 꽤 똘똘한 녀석이로구나, 맞지?"

"그럼요, 당연하죠." 조지가 대꾸했다.

"글쎄, 그렇지도 않을걸." 몸집이 작달막한 다른 사내가 말

---

37) 알코올 성분이 없는 음료수. 미국에서는 1920년부터 1933년까지 법으로 술을 제조하거나 판매하는 것을 금지했다.

38) 일리노이 주 시카고 서부 교외에 있는 소도시.

했다. "안 그래, 앨?"

"멍청한 녀석이야." 앨이 대답했다. 그는 닉 쪽으로 몸을 돌렸다. "넌 이름이 뭐야?"

"애덤스요."

"똑똑한 녀석이 또 한 놈 있군. 이봐, 맥스, 이 자식도 똑똑하지 않은가?" 앨이 물었다.

"똑똑한 녀석이 우글거리는 동네로군." 맥스가 대꾸했다.

조지는 햄에그가 담긴 접시와 베이컨 에그가 담긴 접시 두 개를 카운터 위에 올려놓았다. 감자 프라이가 담긴 작은 접시 둘을 그 옆에 놓고 주방 사이의 칸막이 창을 닫았다.

"손님이 주문하신 게 어느 거죠?" 그가 앨에게 물었다.

"자식, 그것도 기억 못해?"

"햄에그였죠."

"과연 똑똑한 녀석이로군." 맥스가 말했다. 그는 몸을 앞쪽으로 내밀어 햄에그 접시를 들었다. 두 사람은 장갑을 낀 채 먹기 시작했다. 조지는 두 사람이 먹는 모습을 지켜보았다.

"자식, 뭘 그렇게 쳐다봐?" 맥스가 조지를 빤히 쳐다보았다.

"아무것도 안 봤어요."

"거짓말 마! 나를 쳐다봤잖아."

"맥스, 재미로 그랬겠지." 앨이 말했다.

그러자 조지가 웃었다.

"자식, 웃긴 왜 웃어. 넌 웃을 필요가 없단 말이야, 알겠어?" 맥스가 그에게 말했다.

"네, 알았어요." 조지가 대답했다.

"이봐, 알았다는군." 맥스는 앨 쪽으로 얼굴을 돌렸다. "잘 알았다네! 알았다니 기특하군."

"아, 녀석은 사상가야." 앨이 말했다. 두 사람은 계속 샌드위치를 먹었다.

"카운터 저 끝에 있는 녀석은 이름이 뭐라고 했지?" 앨이 맥스에게 물었다.

"이봐, 똘똘이. 넌 카운터 저쪽으로 들어가 친구하고 같이 계시지." 맥스가 닉을 향해 말했다.

"왜요?" 닉이 물었다.

"왜고 뭐고 따질 것 없어."

"시키는 대로 하는 게 좋아, 똘똘이." 앨이 말했다. 닉은 카운터 저쪽으로 돌아서 들어갔다.

"뭘 하려고요?" 조지가 물었다.

"빌어먹을, 그건 네가 알 바 아냐. 주방에 있는 건 누구지?" 앨이 물었다.

"검둥인데요."

"검둥이라니?"

"요리사로 있는 흑인이라고요."

"이리 나오라고 해."

"왜요?"

"어서 나오라고 하라니까."

"아니, 여기가 어딘지 알고 이러시는 거예요?"

"그런 것쯤은 너무나 잘 알아, 빌어먹을. 우리가 그렇게 멍텅구리 같아 보이냐?" 맥스라는 사내가 내뱉었다.

"멍청한 소리는 그만둬." 앨이 그에게 말했다. "뭣 때문에 이따위 애송이들하고 이러쿵저러쿵 따지는 거야?" 앨이 조지에게 말했다. "이봐, 검둥이더러 이리 나오라고 해."

"어떻게 하려고요?"

"어떻게 하겠다는 게 아냐. 머리를 좀 써 봐, 똘똘이. 검둥이한테 무슨 짓을 할까 봐서 그래?"

조지는 뒤쪽 주방으로 통하는 작은 문을 열더니 "샘!" 히고 불렀다. "이리 잠깐 나와 봐."

주방 문이 열리며 검둥이가 나왔다. "무슨 일인데요?" 그가 물었다. 카운터의 두 사내는 그를 힐끗 쳐다보았다.

"좋아, 검둥이. 그대로 거기 서 있어." 앨이 말했다.

흑인 샘은 앞치마 차림으로 서서 카운터에 앉아 있는 두 사내를 쳐다보았다. "예, 손님." 그가 대답했다. 앨이 등받이 없는 의자에서 내려섰다.

"난 검둥이하고 똘똘이를 데리고 주방으로 들어가겠어." 그가 말했다. "검둥이, 주방으로 돌아가. 너도 같이 들어가, 똘똘이." 작달막한 사내는 요리사 샘과 닉을 뒤따라 주방 안으로 들어갔다. 그들이 들어가자 문이 닫혔다. 맥스라는 사내는 조지와 마주 보고 카운터에 앉아 있었다. 그는 조지 쪽은 쳐다보지도 않은 채 카운터 뒤에 붙어 있는 길쭉한 거울을 들여다보고 있었다. 이 헨리 식당은 이전에 술집이었던 것을 식당으로 개조한 집이었다.

"이봐, 똘똘이. 뭐라고 말 좀 해 보지그래?" 맥스가 거울 속을 들여다보면서 말했다.

"왜 이런 소란을 피우는 거죠?"

"여보게, 앨, 우리 똘똘이께서 뭣 때문에 이런 소동을 피우는지 좀 알고 싶다시네." 맥스가 소리쳤다.

"왜 자네가 말해 주지그래?" 앨의 목소리가 주방에서 들려왔다.

"도대체 무슨 일이 벌어지고 있는 것 같으냐?"

"모르겠는데요."

"어떻게 생각하느냐 말이야." 맥스는 말을 하면서도 줄곧 거울을 쳐다보았다.

"말하고 싶지 않아요."

"여보게, 앨, 똘똘이 녀석이 제 생각을 말하고 싶지 않다는군."

"잘 들어." 앨이 주방에서 조지에게 말했다. 그는 주방으로 통하는, 접시를 주고받는 작은 창을 케첩 병으로 받쳐 열어 놓았다. "이봐, 똘똘이." 그는 주방에서 조지에게 말했다. "조금만 더 앞으로 가 붙어 서 있어. 맥스, 자넨 조금 왼쪽으로 가고." 그는 마치 단체 사진을 찍는 사진사처럼 이런저런 지시를 했다.

"어디 뭐라고 내게 말 좀 해 봐, 똘똘이. 그래, 무슨 일이 일어날 것 같으냐?" 맥스가 물었다.

그래도 조지는 아무 말도 하지 않았다.

"스웨덴 녀석 하나를 해치우려는 거야. 그래, 올레 안드레슨이라는 몸집 큰 스웨덴 녀석 알지?"

"예, 알죠."

"매일 저녁 식사하러 이곳에 오지?"

"가끔 오죠."

"놈은 6시에 오지, 응?"

"오는 날이면 그때 옵니다."

"다 알고 왔어." 맥스가 말했다. "우리 다른 얘기나 하자. 영화 구경 가 본 적 있니?"

"가끔 가죠."

"좀 더 자주 가야겠는걸. 너같이 똑똑한 녀석에겐 영화가 큰 도움이 되거든."

"도대체 뭣 때문에 올레 안드레슨을 죽이려는 건가요? 그 사람이 손님에게 무슨 짓을 저질렀는데요?"

"무슨 짓을 저지르려야 그럴 기회도 없었어. 한 번도 만난 적이 없거든."

"처음이자 마지막으로 우리를 만나게 될 뿐이지." 앨이 주방에서 거들었다.

"그런데 뭣 때문에 죽이려는 거죠?" 조지가 물었다.

"친구를 위해 해치우는 거야. 친구 부탁을 받았을 뿐이라고, 똑똑이 녀석."

"이제 입 다물어, 자넨 말을 너무 많이 하고 있어." 주방에서 앨이 소리쳤다.

"글쎄, 똑똑이 녀석 심심찮게 해야지. 안 그래, 똑똑이?"

"어쨌든 말이 너무 많아. 검둥이하고 이쪽 똑똑이는 저희들끼리 재미있어하고 있다네. 수녀원의 단짝 친구처럼 사이좋게 꽁꽁 묶어 놓았거든." 앨이 말했다.

"자넨 수녀원에 있었던 모양이로군."

"글쎄, 그건 아무도 모르지."

"그렇다면 유대교 수녀원이었겠지. 자네가 있었던 곳이래 야 기껏 유대교 수녀원 아니겠어?"

조지는 시계를 쳐다보았다.

"만일 손님이 들어오거든 요리사가 안 나왔다고 해. 그래도 꾸물거리고 안 나가거든 네가 손수 만들어 오겠다고 말하고 안으로 들어가서 만들어 오는 거야. 알겠지, 똘똘이?"

"알았어요. 그런 다음엔 우리를 어떻게 할 작정이죠?" 조지 가 물었다.

"그건 그때 가 봐야 알지. 지금으로선 도저히 알 수 없는 일 중의 하나야." 맥스가 대답했다.

조지는 시계를 올려다보았다. 6시 15분이었다. 그때 거리 쪽에서 들어오는 문이 열렸다. 식당에 들어온 것은 시내 전차 운전기사였다.

"잘 지냈어, 조지? 저녁 좀 먹을 수 있겠나?" 그가 말했다.

"샘이 외출했는데요. 한 삼십 분쯤 있어야 돌아올 거예요." 조지가 대답했다.

"그럼 위쪽에 있는 다른 식당에 가 보는 게 좋겠군." 운전기 사가 말했다. 조지는 시계를 올려다보았다. 6시 20분이었다.

"잘했어, 똘똘이. 자네야말로 진정한 꼬마 신사로군." 맥스 가 말했다.

"우물우물하다간 골통이 날아가 버릴까 봐 그러는 거지." 앨이 부엌에서 말했다.

"아냐, 그래서 그런 건 아냐. 우리 똘똘이는 착해. 착하다고. 마음에 들어."

6시 55분에 조지가 말했다. "오늘은 안 올 모양입니다."

그동안 식당에는 손님이 두 사람 더 왔다 갔다. 한번은 포장을 해 간다고 해서 조지가 주방에 들어가 햄에그 샌드위치를 만들어 주었다. 조지가 주방에 들어가 보니, 앨은 중절모를 뒤로 젖혀 쓰고 총신을 짧게 자른 산탄총 총구를 문턱에 기대 놓고는 창문 옆 의자에 앉아 있었다. 닉과 요리사는 한쪽 구석에 등을 맞대고 묶여 있었는데 둘 다 수건으로 재갈이 물려 있었다. 조지가 샌드위치를 만들어 기름종이에 싸서 봉지에 넣어 가지고 나오자 손님은 값을 치르고 나갔다.

"똘똘이는 무슨 일이건 못하는 게 없네. 무슨 요리건 척척이야. 네 마누라는 팔자 늘어지겠군, 똘똘이." 맥스가 말했다.

"예? 손님이 기다리시는 그 올레 안드레슨은 올 것 같지가 않습니다." 조지가 말했다.

"앞으로 십 분만 더 기다려 보지." 맥스가 말했다.

맥스는 거울과 시계를 쳐다보았다. 시곗바늘이 7시를 가리키고 나서 곧 7시 5분이 되었다.

"여보게, 앨. 그만 가는 게 좋겠어. 녀석이 오지 않을 모양이야." 맥스가 말했다.

"오 분만 더 기다려 보세." 앨이 주방에서 대꾸했다.

그 오 분을 기다리는 동안 손님이 또 한 사람 들어오자 조지는 요리사가 병이 났다고 둘러댔다.

"그럼 빨리 다른 요리사를 써야지. 도대체 식당을 안 할 셈이야?" 손님이 투덜거리더니 나가 버렸다.

"자, 가지, 앨." 맥스가 말했다.

"똘똘이 녀석 둘하고 깜둥이를 어떻게 한다?"

"녀석들은 괜찮을 거야."

"그렇게 생각해?"

"그럼. 우리 일은 끝났는걸."

"난 왠지 켕기는군. 뒤가 꺼림칙해. 자네가 말을 너무 많이 했잖아." 앨이 말했다.

"아, 뭘 그까짓 것 가지고! 그냥 시간 좀 때우느라 그런 건데, 안 그래?" 맥스가 대꾸했다.

"어쨌든 말이 너무 많았어." 앨이 말했다. 그가 주방에서 나왔다. 너무 꼭 끼는 외투의 허리께가 엽총의 굵고 짧은 총신 때문에 조금 봉긋해 보였다. 그는 장갑을 낀 채 주방에서 외투의 매무새를 고쳤다.

"그럼 잘 있어, 똘똘이. 너, 운이 좋았어." 그가 조지에게 말했다.

"그건 사실이야." 맥스가 맞장구쳤다. "마권이라도 사 둬."

두 사람은 문밖으로 나갔다. 조지는 창 너머로 그들이 아크등 아래를 지나 길거리를 가로질러 가는 모습을 지켜보았다. 꼭 끼는 외투에 중절모를 쓴 두 사람은 마치 보드빌[39]에 등장하는 콤비 같아 보였다. 조지는 여닫이 문을 열고 주방으로 들

---

39) 노래와 춤 등 온갖 공연 형식을 망라한 종합 엔터테인먼트 쇼. 19세기 말경 미국에서 크게 유행했다.

어가 닉과 요리사를 풀어 주었다.

"두 번 다시 이런 꼴 당하기 싫어요. 이젠 지긋지긋하다니까." 요리사 샘이 투덜거렸다.

닉이 일어섰다. 수건으로 입이 틀어막히기는 머리털 나고 이번이 처음이었다.

"뭘, 이까짓 것 가지고 그래요." 닉은 허세를 부리면서 넘기려 했다.

"그 사람들 올레 안드레슨을 죽이려고 했어. 식사를 하러 오면 쏴 죽일 작정이었지." 조지가 말했다.

"올레 안드레슨을요?"

"그렇다니까."

요리사는 엄지손가락 두 개로 입꼬리를 쓰다듬었다.

"이제 갔겠죠?" 그가 물었다.

"그럼. 이젠 가 버렸어." 조지가 말했다.

"지겨워요. 이제 이런 일 정말로 끔찍해요." 요리사가 말했다.

"이봐, 닉. 네가 올레 안드레슨을 만나 보는 게 어때?"

"네, 그럴게요."

"그 일엔 끼어들지 않는 게 좋을걸. 이런 일에는 끼어들지 않는 게 상책이야." 요리사 샘이 말했다.

"가기 싫으면 안 가도 돼." 조지가 말했다.

"이런 일에 끼어들어 봐야 이로울 거 하나도 없어. 모르는 체해." 요리사가 말했다.

"만나러 갔다 올게요. 그 사람 집이 어디죠?" 닉이 조지에게 말했다.

그러자 요리사는 고개를 돌렸다.

"똑똑한 도련님들은 늘 하고 싶은 건 하고 만다니까." 그가 말했다.

"허시네 하숙집이야." 조지가 닉에게 말했다.

"그럼 갔다 올게요."

밖으로 나오자 낙엽이 다 떨어진 앙상한 나뭇가지 너머로 아크등이 환하게 빛나고 있었다. 닉은 전차 선로를 걸어가다가 다음번 아크등 밑에서 골목으로 꺾어 들어갔다. 길에서 세 번째 집이 허시네 하숙집이었다. 닉은 현관 층계를 두 계단 올라가서 벨을 눌렀다. 여자 하나가 문간에 나왔다.

"올레 안드레슨 씨 이 집에 사나요?"

"그분을 만나러 왔니?"

"예, 계시면요."

닉은 여자를 따라 계단을 올라가 복도 끄트머리로 갔다. 여자가 문을 두드렸다.

"누구요?"

"누가 찾아왔어요, 안드레슨 선생님." 여자가 말했다.

"닉 애덤스입니다."

"들어와."

닉은 문을 열고 방으로 들어갔다. 올레 안드레슨은 옷을 모두 입은 채 침대에 드러누워 있었다. 왕년에 헤비급 권투 선수였던 그가 눕기에는 침대의 길이가 조금 짧았다. 그는 베개를 두 개 겹쳐 베고 있었다. 닉 쪽은 쳐다보지도 않았다.

"무슨 일인데?" 그가 물었다.

"헨리 식당에 있었는데요. 어떤 남자 둘이 들어오더니 저하고 요리사를 묶어 놓고는 아저씨를 해치우러 왔다고 지껄여 댔어요." 닉이 말했다.

막상 말해 놓고 보니 바보 같은 소리로 들렸다. 올레 안드레슨은 아무 대꾸도 하지 않았다.

"우리를 주방에 가둬 놓았어요. 아저씨가 저녁 드시러 오면 쏠 작정이었던 거예요." 닉이 말을 이었다.

올레 안드레슨은 벽을 향해 누운 채 아무 말도 하지 않았다.

"아저씨한테 전해 드리는 게 좋겠다고 조지가 말했어요."

"그 일에 대해선 나도 이제 어쩔 수가 없어." 올레 안드레슨이 말했다.

"녀석들의 인상을 말씀드릴까요?"

"아냐. 녀석들의 인상 따윈 알고 싶지 않아." 그는 벽을 바라보고 있었다. "그래도 이 일로 일부러 와 줘서 고맙다."

"별말씀을요."

닉은 침대에 누워 있는 몸집이 큼직한 사내를 바라보았다.

"제가 가서 경찰에 신고할까요?"

"그러지 마. 그래 봤자 소용없어." 올레 안드레슨이 대답했다.

"제가 뭔가 도와드릴 만한 일이 없을까요?"

"없어. 이젠 아무것도 없어."

"어쩌면 단순한 위협이 아닐지도 몰라요."

"아냐. 단순한 위협은 아냐."

올레 안드레슨은 벽 쪽을 향해 돌아누웠다.

"도무지 밖에 나갈 마음이 나지 않았어. 그래서 온종일 이렇게 누워 있었던 거야." 그는 벽을 보고 누운 채 말을 이었다.

"동네를 빠져나갈 순 없나요?"

"없어. 이제는 도망 다니기도 지겨워." 올레 안드레슨이 대답했다.

그는 여전히 벽 쪽을 바라보고 있었다.

"이젠 어쩔 도리가 없어."

"어떻게 손쓸 길이 없겠어요?"

"없어. 내 잘못이야." 그는 한결같이 억양 없는 목소리로 말을 이어 나갔다. "손써 볼 도리가 없어. 조금 있으면 밖에 나갈 마음이 생기겠지."

"그럼 전 조지한테로 돌아가겠습니다." 닉이 말했다.

"그럼, 잘 가라." 올레 안드레슨이 말했다. 그는 닉 쪽은 바라보지도 않았다. "일부러 이렇게 와 줘서 고맙다."

닉은 방 밖으로 나왔다. 문을 닫을 때 옷을 모두 입은 채 침대에 드러누워서 벽을 바라보고 있는 올레 안드레슨의 모습이 눈에 들어왔다.

"글쎄, 저 양반 하루 종일 방에서 한 발짝도 안 나왔어." 여주인이 아래층에서 말했다. "아마 어디가 아픈가 봐. 그래서 내가 이렇게 말했지. '안드레슨 선생님, 이렇게 날씨가 좋은데 산책이라도 다녀오시죠?' 하지만 나가고 싶은 생각이 들지 않는다는 거야."

"외출하기가 싫은 거죠."

"어디 몸이 불편한가 본데 안됐지 뭐야. 참 좋은 분인데. 너도 알겠지만 전에 권투 선수였잖아." 여자가 말했다.

"저도 알아요."

"얼굴을 보지 않고는 도무지 그렇게 생각이 되지 않는 분이지." 여자가 말했다. 두 사람은 길 쪽 현관문 바로 안에 서서 얘기를 나누었다. "참 점잖은 분이야."

"그럼 안녕히 계세요, 허시 아주머니." 닉이 말했다.

"어머, 난 허시 아주머니가 아냐. 허시 부인은 이 집 여주인이고, 난 그저 이 집을 돌봐 주는 사람이야. 벨 부인이라고 해." 그 여자가 말했다.

"그럼 안녕히 계세요, 벨 아주머니." 닉이 말했다.

"잘 가요." 여자가 말했다.

닉은 어두운 골목을 걸어 아크등이 켜진 길모퉁이로 나갔다. 그러고 나서 전차 선로를 따라 헨리네 식당으로 돌아갔다. 조지는 카운터 뒤에 있었다.

"올레는 만났어?"

"예. 방까지 들어가 봤는데 밖에 나올 생각이 없다고 하던걸요." 닉이 대답했다.

닉의 목소리를 듣고 요리사가 주방 문을 열었다.

"지금 한 말 난 한마디도 듣지 않았어." 요리사는 이렇게 말하고는 문을 닫았다.

"그래, 그 사람에게 그 얘기는 했니?" 조지가 물었다.

"그럼요. 얘기했더니 이미 잘 안다고 하던걸요."

"어쩔 생각이래?"

"아무것도 하지 않겠대요."

"그럼 그 사람들이 죽일 텐데."

"그러겠죠."

"아마 시카고에서 어떤 일에 연루되었던 모양이야."

"그런가 봐요." 닉이 대꾸했다.

"무서운 얘기로군."

"끔찍한 일이죠." 닉이 말했다.

두 사람 모두 아무 말도 하지 않았다. 조지는 손을 뻗어 수건을 집어 들고 카운터를 닦기 시작했다.

"무슨 일을 저질렀을까?" 닉이 입을 열었다.

"누구를 배신했던 모양이지. 그들 사이에선 그런 일로 사람들을 죽이거든."

"난 이 동네를 떠나야겠어요." 닉이 말했다.

"그래. 잘 생각했다." 조지가 말했다.

"아저씨가 죽을 걸 뻔히 알면서도 방 안에서 기다리는 걸 생각하니 도저히 견딜 수가 없어요. 몸서리나게 끔찍해요."

"글쎄, 그 일에 대해선 생각하지 말자고." 조지가 말했다.

5만 달러

"어떻게 지내나, 잭?" 내가 그에게 물었다.

"자네, 이 월컷이라는 녀석 본 적 있나?" 그가 물었다.

"체육관에서 보았지."

"한데 말이지, 그 자식하고 붙으려면 대단한 행운이 따라야 겠는걸." 잭이 말했다.

"녀석이 자네를 때려눕히진 못할 거야, 잭." 솔저가 말했다.

"제발 그랬으면 좋겠네만."

"그 녀석한테 새 총알이 한 줌 있어도 자네를 맞히진 못할 거야."

"새 총알쯤이야 문제도 아니지. 새 총알 같으면 걱정도 안 해." 잭이 대꾸했다.

"녀석 정도야 쉽게 때려눕힐 수 있을 것 같은데." 내가 말 했다.

"그야 그렇지. 녀석이 오래가지는 못할 거야. 자네와 나처럼 오래가긴 힘들어, 제리. 하지만 지금은 그 자식 세상이잖나." 잭이 말했다.

"자네의 왼손 한 방이면 뻗어 버릴걸."

"그럴지도 모르지. 그래, 나한테도 기회는 있으니까." 잭이 말했다.

"키드[40] 루이스에게 본때를 보여 준 것처럼 그 녀석도 그렇게 다루면 돼."

"키드 루이스, 그 유대인 놈 말이지!" 잭이 내뱉었다.

잭 브레넌, 솔저 바틀릿 그리고 나, 이렇게 우리 셋은 헨리네 술집에 앉아 있었다. 옆 테이블에는 창녀 두세 명이 앉아 술을 마시고 있었다.

"유대인 놈이라니, 그게 무슨 뜻이죠? 유대인 놈이라니, 무슨 의미냐고요? 이 덩치만 산만 한 아일랜드 놈팡이야." 창녀 중 한 여자가 내뱉었다.

"그래, 바로 그거야." 잭이 대꾸했다.

"유대인 놈이라니. 이 덩치만 산만 한 아일랜드 녀석들은 늘 유대인 얘기를 한단 말이야. 유대인 놈이라니, 도대체 무슨 뜻이냐고요?" 그 창녀가 계속 지껄여 댔다.

"자, 그만 나가세."

"유대인 놈이라니. 그래, 당신은 누구한테 술 한잔 사 봤어요? 당신 마누라가 아침마다 당신 주머니를 꿰매 버릴 텐데."

---

40) 영국에서 나온 펭귄 판본에는 '키드' 대신에 '리치'로 되어 있다.

여자는 계속 지껄여 댔다. "이 아일랜드 녀석들이나, 툭하면 이자들이 입에 올리는 유대인 놈들이나 피장파장 아닌가? 테드[41] 루이스도 당신쯤은 때려눕힐 수 있을 거야."

"좋아, 그러니까 당신은 뭐든 공짜로 헤프게 나눠 준다 이 말이지?" 잭이 대꾸했다.

우리는 술집 밖으로 나왔다. 잭은 바로 그런 사람이었다. 내 뱉고 싶은 말이 있으면 내뱉는 친구였다.

잭은 저지[42]에 있는 대니 호건의 전원 휴양소 겸 체육관에서 연습을 하기 시작했다. 괜찮은 곳이었지만 잭은 그곳을 별로 좋아하지 않았다. 아내와 아이들과 떨어져 지내는 것이 싫어서, 그는 늘 화가 나 있었고 불만이 그득했다. 그는 나를 좋아해서 우리는 곧잘 어울렸다. 그리고 호건을 좋아했지만 얼마 뒤에는 솔저 바틀릿이 그의 신경을 건드리기 시작했다. 농담이 좀 짓궂어지면 캠프에서 익살꾼은 불쾌한 존재가 되는 법이다. 솔저는 언제나 잭에게 농담을 걸었다. 그런데 그 농담이 그리 재미있지도 않고 유익하지도 않아서 잭의 신경을 건드리기 시작했다. 말하자면 그의 농담은 이런 식이었다. 잭은 웨이트 운동과 샌드백 때리기를 끝낸 뒤에 권투 글러브를 끼곤 했다.

"어디 한번 붙어 볼까?" 잭이 솔저에게 제안했다.

"좋지, 어떻게 해 줄까? 월컷처럼 호되게 다뤄 줄까? 두서

41) 펭귄 판본에는 '테드' 대신에 '리치'로 되어 있다.
42) 미국 뉴저지 주를 가리킨다.

너 번 녹다운시켜 줄까?" 솔저는 이렇게 묻곤 했다.

"그거 좋지." 잭은 이렇게 대꾸했다. 그러나 그는 그런 농담을 조금도 좋아하지 않았다.

어느 날 아침 우리는 모두 길에 나와 달리기를 했다. 꽤 멀리까지 나갔다가 돌아오는 길이었다. 삼 분 동안 빨리 달리다가 일 분 동안 걷고, 또 삼 분 동안 달렸다. 잭은 흔히 말하는 단거리 선수와는 거리가 멀었다. 물론 링에서는 필요에 따라 얼마든지 빨리 움직였지만 밖에서는 전혀 빠른 편이 아니었다. 우리가 걷는 동안 솔저는 줄곧 그를 놀려 댔다. 우리는 언덕을 넘어 농장 겸 체육관으로 돌아왔다.

"한데 말이야, 자네는 이제 시내로 돌아가는 게 좋겠어, 솔저." 잭이 말했다.

"그게 무슨 소리야?"

"시내로 돌아가서 그곳에 있으란 말이지."

"왜 그러는데?"

"자네 잔소리 듣는 게 지겨워."

"그래?" 솔저가 물었다.

"그래." 잭이 말했다.

"월컷한테 지고 나면 지금보다 훨씬 더 지겨워질 텐데."

"물론이지. 아마 그럴 거야. 하지만 난 자네가 지겨워." 잭이 대꾸했다.

그래서 솔저는 바로 그날 아침 기차로 시내로 떠났다. 나는 기차역까지 그를 배웅했다. 그는 단단히 화가 나 있었다.

"난 그저 농담한 거였다고." 그가 말했다. 우리는 플랫폼에서 기차가 오기를 기다렸다. "자식이 나한테 그럴 순 없어, 제리."

"신경이 날카롭고 초조해서 그러는 거야. 녀석은 좋은 친구야, 솔저." 내가 말했다.

"좋긴 뭐가 좋아. 한 번도 좋은 녀석이었던 적이 없어."

"그럼 잘 가게, 솔저." 내가 말했다.

기차가 들어왔다. 그는 가방을 들고 기차에 올라탔다.

"또 만나세, 제리. 시합 전에 시내에 나오겠나?" 그가 물었다.

"못 나갈 것 같은데."

"그럼 또 만나자고."

솔저가 차 안에 들어가고 차장이 몸을 돌려 뛰어오르자 기차가 떠났다. 나는 짐마차를 타고 농장으로 돌아왔다. 잭은 현관에서 아내에게 편지를 쓰고 있었다. 우편물이 도착해서 나는 신문을 들고 현관의 다른 쪽에 앉아 신문을 읽었다. 호건이 문을 열고 나오더니 내 쪽으로 걸어왔다.

"저 친구 솔저하고 다퉜나?"

"다툰 건 아냐. 시내로 돌아가라고 했을 뿐이지." 내가 대답했다.

"그럴 줄 알았어. 원래 솔저를 별로 좋아하지 않았거든." 호건이 말했다.

"그렇지. 안 좋아하는 사람들이 많잖아."

"퍽 냉정한 친구지." 호건이 말했다.

"글쎄, 나한테는 언제나 잘 대해 줬어."

"내게도 그랬어. 나도 저 친구에게 무슨 불만이 있는 건 아냐. 그저 냉정한 친구라는 것뿐이지." 호건이 말했다.

호건은 방충문을 통해 안으로 들어갔고, 나는 현관에 앉아서 신문을 읽었다. 계절이 이제 막 가을로 접어들고 있던지라, 저지의 언덕 위쪽 시골 풍경은 아름다웠다. 나는 신문을 다 읽은 뒤 그곳에 앉아 시골 경치를 바라보고 저 아래 숲을 등진 도로 위로 먼지를 일으키며 지나가는 자동차들을 바라보았다. 상쾌한 날씨에 경치도 그만이었다. 호건이 문간에 나오자 내가 "이봐, 호건, 이곳엔 뭐 사냥할 것 좀 있나?" 하고 물었다.

"없어. 참새뿐이야." 호건이 대답했다.

"자네 신문 읽어 봤어?" 내가 호건에게 물었다.

"무슨 기사가 났는데?"

"어제 샌드가 경마에서 세 번이나 우승했어."

"어젯밤에 전화로 들었어."

"경마 소식을 그렇게 빠르게 듣나, 호건?" 내가 물었다.

"아, 그 사람들하고 연락을 하거든." 호건이 대답했다.

"잭은 어떤가? 아직도 경마에 돈을 거나?" 내가 물었다.

"그 친구? 아직도 그러는가?" 호건이 반문했다.

바로 그때 잭이 손에 편지를 들고 모퉁이를 돌아 왔다. 스웨터에 낡은 바지를 입고 권투용 신발을 신고 있었다.

"우표 있나, 호건?" 그가 묻는다.

"그 편지 이리 주게. 내가 부쳐 줄 테니." 호건이 말했다.

"여보게, 잭. 자네 한때 경마 좀 하지 않았나?" 내가 물었다.

"그랬지."

"그럴 줄 알았어. 십스헤드[43]에서 자네를 자주 보았거든."

"그런데 왜 그만두었나?" 호건이 물었다.

"돈을 잃었으니까."

잭은 내 옆 현관 바닥에 앉았다. 기둥에 등을 기댄 채였다. 햇살이 비치자 두 눈을 감았다.

"의자 갖다 줄까?" 호건이 물었다.

"아니. 이렇게 있는 게 좋아." 잭이 대답했다.

"날씨 참 좋군. 시골은 정말 멋지단 말이야." 내가 말했다.

"난 마누라와 함께 시내에 있는 게 훨씬 좋을 것 같아."

"이제 일주일밖에 안 남았잖아."

"맞아, 그건 그래." 잭이 대답했다.

우리는 현관에 앉아 있었고, 호건은 사무실 안에 있었다.

"요즘 내 상태가 어때 보이나?" 잭이 내게 물었다.

"글쎄, 잘 모르겠는걸. 이제 일주일밖에 안 남았으니 좋은 컨디션을 유지해야지." 내가 대답했다.

"대답을 얼버무리는군."

"하긴 좋은 상태는 아냐." 내가 말했다.

"통 잠을 잘 수가 없어." 잭이 말했다.

"며칠 지나면 좋아질 거야."

"아냐, 불면증이야." 잭이 말했다.

"마음에 걸리는 거라도 있나?"

"마누라 생각이 나서 그래."

---

43) 뉴욕 주 엘먼트에 있는 경마장.

"이리로 오라고 하지."

"아냐, 그러기엔 내가 너무 늙었어."

"자기 전에 많이 걸어 몸을 몹시 피곤하게 만들게."

"피곤하게 만들라고! 언제나 피곤한걸." 잭이 말한다.

잭은 그런 식으로 일주일을 보냈다. 밤에는 제대로 잠을 자지 못했고, 아침이면 그런 기분으로, 말하자면 주먹이 잘 쥐어지지 않을 때의 기분으로 잠자리에서 일어났다.

"그 녀석, 김빠진 맥주처럼 맥이 없어. 안 되겠어." 호건이 말했다.

"난 월컷을 한 번도 본 일이 없네." 내가 말했다.

"녀석은 잭을 죽일 거야. 완전히 두 동강 내고 말 거라고." 호건이 내뱉었다.

"한데 말이지, 누구한테나 가끔 그럴 때가 있잖아." 내가 말했다.

"그렇지만 이런 식은 아냐. 사람들은 잭이 연습을 전혀 안 했다고 생각할 거야. 우리 체육관에 먹칠하는 꼴이지, 뭐." 호건이 말했다.

"신문 기자들이 그에 대해서 뭐라고 지껄였는지 들었나?"

"듣다마다! 형편없다고 했잖아. 시합에 나가게 해선 안 된다고 했어."

"하지만 그 사람들은 밤낮 헛다리만 짚잖아?"

"물론 그야 그렇지. 하지만 이번엔 그들 말이 옳아." 호건이 대답했다.

"제기랄, 선수 상태가 좋고 나쁜지 그 사람들이 도대체 어떻게 안단 말이야?"

"글쎄 말이지, 그 사람들도 바보는 아니거든." 호건이 대꾸했다.

"기자들이 한 일이래야 기껏 톨리도[44]에서 있었던 시합에서 윌러드의 승리를 예상했던 것밖에 더 있나. 이 라드너[45]라는 사람, 꽤나 잘난 척하던데 그 사람한테 톨리도에서 윌러드의 승리를 언제 예상했는지 한번 물어봐."

"아, 그 사람은 나오지도 않았어. 녀석은 큰 시합 기사만 쓰는걸." 호건이 말했다.

"그 사람들이 누구든 난 상관하지 않아. 그들이 쥐뿔 알긴 뭘 알겠어? 기사야 쓸 수 있겠지. 하지만 그들이 도대체 뭘 아느냔 말이야?"

"자네도 잭의 상태가 말이 아니라고 생각하는 거지?" 호건이 물었다.

"그래. 이젠 틀렸어. 그에게 필요한 건, 코빗에게 부탁해서 그가 이긴다고 기사를 쓰게 해서 끝장내는 것뿐이야."

"음, 코빗은 그렇게 써 줄 거야." 호건이 말했다.

"그래. 그가 이길 거라고 예상해 줄 거야."

그날 밤도 잭은 전혀 잠을 자지 못했다. 이튿날 아침은 시합 바로 전날이었다. 아침 식사를 한 뒤 우리는 또다시 현관으로 나가 앉았다.

---

44) 오하이오 주 북부에 있는 공업 도시.
45) 링 라드너(Ring Lardner, 1885~1933). 미국의 스포츠 저널리스트 겸 단편 소설가.

"잠이 오지 않을 때는 무슨 생각을 하나, 잭?" 내가 물었다.

"아, 이것저것 근심 걱정이지. 브롱크스[46]에 사 놓은 땅 걱정, 플로리다에 사 놓은 땅 걱정을 해. 애들 걱정도 하고. 또 마누라 걱정도 해. 때로는 시합 걱정도 하지. 그 유대인 놈 테드 루이스 생각만 하면 기분이 잡치거든. 주식을 좀 갖고 있는데, 그것도 걱정되고. 도무지 근심거리가 아닌 게 있어야 말이지."

"하지만 내일 밤이면 모든 게 끝나네." 내가 말했다.

"그렇지. 시합이 언제나 큰 도움이 돼. 안 그런가? 그것으로 정말 만사가 결정되거든. 그건 확실해." 잭이 말했다.

잭은 온종일 신경이 곤두서 있었다. 우리는 전혀 연습을 하지 않았다. 잭은 몸을 풀려고 주위를 좀 걸어 다녔다. 그는 섀도복싱[47]을 몇 라운드 했다. 그때도 상태가 좋아 보이지 않았다. 잠시 줄넘기도 했다. 그러나 땀이 나지 않았다.

"저 친구 이제 연습 안 하는 게 좋겠어." 호건이 말했다. 우리는 서서 그가 줄넘기하는 것을 지켜보았다. "이제는 땀이 더 안 나는 거야?"

"땀을 뺄 수가 없어."

"혹시 폐결핵에 걸린 건 아닐까? 이제껏 체중 조절 때문에 신경 쓴 적 없잖아?"

"아니, 폐결핵에 걸린 건 아냐. 다만 속에 든 게 없을 뿐이지."

"땀을 흘려야 할 거 아냐." 호건이 말했다.

---

46) 뉴욕 시 맨해튼 북부에 있는 빈민 지역.
47) 가상의 적을 상대로 혼자 하는 권투 연습.

잭이 줄넘기를 하며 다가왔다. 그는 우리 앞에서 왔다 갔다 하며, 앞뒤로, 그리고 세 번째마다 두 팔을 교차시키면서 줄넘기를 했다.

"바보 양반들, 지금 무슨 얘기 하는 건가?" 그가 말했다.

"자네 이제 연습 그만해야 할 것 같아." 호건이 말했다. "그러다가 컨디션 나빠지겠어."

"끔찍한 노릇이지." 잭이 이렇게 말하고는 로프를 잘싹잘싹 세게 치면서 마루 아래쪽으로 내려갔다.

그날 오후 존 콜린스가 농장 겸 체육관에 나타났다. 잭은 자기 방에 들어가 있었다. 존은 자동차를 타고 시내에서 왔다. 친구 두서너 명을 데리고 왔다. 자동차가 멈추자 그들이 모두 차에서 내렸다.

"잭 지금 어디 있나?" 존이 나에게 물었다.

"자기 방에 올라가 누워 있어요."

"누워 있다고?"

"네." 내가 대답했다.

"상태가 어때?"

나는 존과 같이 있는 두 사내를 쳐다보았다.

"잭의 친구들이야." 존이 말했다.

"컨디션이 많이 안 좋아요." 내가 말했다.

"뭐가 문젠데?"

"통 잠을 못 자요."

"빌어먹을. 아일랜드 녀석들은 잠도 제대로 못 잔다니까."

"상태가 좋지 않아요." 내가 말했다.

"빌어먹을. 한 번도 좋은 적이 없었어. 내가 지금껏 십 년을 데리고 있었지만 한 번도 상태가 좋은 적이 없었다고."

그러자 그와 같이 있던 사내들이 웃었다.

"악수하게, 모건 씨하고 스타인펠트 씨야. 이쪽은 도일 씨. 잭의 트레이너야." 존이 말했다.

"만나서 반갑습니다." 내가 인사를 했다.

"올라가서 녀석을 만나 보세." 모건이라는 사내가 말했다.

"한번 만나 봅시다." 스타인펠트가 맞장구쳤다.

우리는 모두 2층으로 올라갔다.

"호건은 어디 있나?" 존이 물었다.

"손님 두세 명과 헛간에 나가 있어요." 내가 대답했다.

"지금 이곳에 사람들이 많은가?" 존이 물었다.

"두 명밖에 없어요."

"꽤 조용한 편이죠?" 모건이 물었다.

"그래요. 꽤 조용해요." 내가 대답했다.

우리는 잭의 방 밖에 서 있었다. 존이 방문에 노크를 했다. 아무런 대답이 없었다.

"아마 자는 것 같은데요." 내가 말했다.

"도대체 대낮에 잠은 뭐하러 자는 거야?"

존이 문의 손잡이를 돌렸고 우리는 모두 방에 들어갔다. 잭은 침대에 누워 자고 있었다. 얼굴은 베개에 파묻고 두 팔로는 베개를 감싼 채였다.

"이봐, 잭!" 존이 그에게 말했다.

잭의 머리가 베개 위에서 조금 움직였다. "잭!" 존이 그에게 허리를 굽히며 그를 불렀다. 그러나 잭은 베개에 머리를 좀 더 깊이 파묻을 뿐이었다. 존이 그의 어깨를 만졌다. 잭은 자리에 앉아 우리를 쳐다보았다. 면도도 하지 않은 그는 낡은 스웨터를 입었다.

"제기랄! 왜 잠도 못 자게 그러는 거요?" 그가 존에게 투덜거렸다.

"화내지 말게. 자네를 깨울 생각은 없었어." 존이 말했다.

"아, 화난 게 아니에요. 물론 아니죠." 잭이 말했다.

"자네 모건과 스타인펠트 알지?" 존이 말했다.

"반갑네." 잭이 인사를 했다.

"그래, 기분이 어떤가, 잭?" 모건이 그에게 물었다.

"좋지. 도대체 기분이 어때야 하는 건가?" 잭이 말했다.

"좋아 보이는군." 스타인펠트가 말했다.

"그렇지." 잭이 말했다. 그는 이번에는 존에게 말했다. "이봐요, 당신은 내 매니저입니다. 배당도 많이 받죠. 그런데 신문 기자들이 찾아왔을 땐 도대체 왜 이곳에 나타나지 않는 거요? 제리하고 나더러 그 사람들을 상대하란 거요?"

"필라델피아에서 루의 시합이 있어 그곳에 가 있었어." 존이 대답했다.

"도대체 그게 나하고 무슨 상관입니까? 당신은 내 매니저예요. 배당도 그만하면 충분하지 않아요? 필라델피아에서 내게 돈을 벌어 주는 건 아니잖아요? 꼭 있어 줘야 할 순간에 왜 얼굴을 내밀지 않는 겁니까?" 잭이 다그쳤다.

"호건이 있었잖아."

"호건이 있었다고요. 호건도 나 못지않은 벙어리요." 잭이 말했다.

"솔저 바틀릿이 이곳에 와서 얼마 동안 같이 연습하지 않았나요?" 스타인펠트가 화제를 바꾸려고 말했다.

"그래요. 와 있었죠. 그건 사실입니다." 잭이 대답했다.

"이봐, 제리. 호건을 찾아내서 삼십 분쯤 후에 만나고 싶다고 전해 주겠나?" 존이 나에게 말했다.

"그러죠." 내가 대답했다.

"도대체 왜 이 사람이 여기 붙어 있으면 안 되는 겁니까? 가지 말고 이곳에 붙어 있게, 제리." 잭이 말했다.

모건과 스타인펠트는 서로 얼굴을 쳐다보았다.

"진정해, 잭." 존이 그에게 말했다.

"나가서 호건을 찾아봐야겠어." 내가 말했다.

"자네가 가고 싶다면 가도 좋아. 하지만 여기 있는 친구 중 자네를 내보낸 사람은 아무도 없어." 잭이 말했다.

"가서 호건을 찾아볼게." 내가 말했다.

호건은 헛간에 있는 체육관에 나와 있었다. 권투 글러브를 끼고 있는 두세 명의 체육관 환자와 함께 있었다. 맞다가 화가 나면 그 보복으로 때릴지도 모르기 때문에 그들 중 누구도 상대방을 때리고 싶어 하지 않았다.

"이제 그만하면 됐어요." 내가 들어오는 것을 보고 호건은 이렇게 말했다. "주먹질은 이제 그만두십시오. 두 분께서 샤워하고 나면 브루스가 안마해 드릴 겁니다."

그들은 로프 사이로 내려왔고, 호건은 내가 있는 곳으로 다가왔다.

"존 콜린스가 친구 두엇을 데리고 잭을 만나러 왔어." 내가 말했다.

"자동차를 타고 올라오는 걸 봤어."

"존과 같이 온 두 친구는 누구야?"

"머리가 잘 돌아간다는 친구들이지. 그 두 사람을 모르는 가?" 호건이 물었다.

"모르는 사람들이던걸." 내가 대답했다.

"해피 스타인펠트하고 루 모건이야. 둘은 당구장을 갖고 있어."

"너무 오랫동안 떨어져 있었어." 내가 말했다.

"그럴 테지. 저 해피 스타인펠트란 자는 대단한 수완가야." 호건이 말했다.

"이름은 들어 본 적 있어." 내가 말했다.

"꽤나 간교한 인간이지. 다들 능수능란한 꾼들이야." 호건이 말했다.

"한데 말이지, 그 사람들이 삼십 분 있다가 우리를 보자고 하는데."

"삼십 분 안에는 나타나지 말라는 뜻이겠지?"

"바로 그거야."

"내 사무실로 가세. 빌어먹을 사기꾼들!" 호건이 내뱉었다.

삼십 분쯤 후에 호건과 나는 2층으로 올라가 잭의 방 문에 노크를 했다. 그들은 방 안에서 뭔가 얘기를 나누고 있었다.

"잠깐 기다려요." 누군가가 말했다.

"잠깐 기다리란 말 따윈 집어치워요! 나를 만나고 싶으면 아래층 내 사무실로 와요." 호건이 말했다.

문의 잠금장치를 푸는 소리가 들렸다. 스타인펠트가 문을 열었다.

"어서 들어오게, 호건. 지금 막 술을 한잔하려던 참이었어." 그가 말했다.

"그거 좋죠." 호건이 대꾸했다.

우리는 방 안으로 들어갔다. 잭은 침대 위에 앉아 있었다. 존과 모건은 의자에 앉아 있었다. 스타인펠트는 서 있었다.

"꽤나 미스터리한 친구들이 모여 있군." 호건이 말했다.

"잘 있었나, 대니." 존이 인사를 했다.

"잘 있었나, 대니." 모건이 인사를 하고 악수를 했다.

잭은 아무 말도 하지 않았다. 그저 침대 위에 앉아 있을 뿐이었다. 그는 다른 사람들하고 어울리지 않았다. 혼자였다. 그는 푸른색 낡은 스웨터와 바지를 입고 권투 신발을 신고 있었다. 면도를 할 때가 된 듯 보였다. 스타인펠트와 모건은 고급 옷을 맵시 있게 차려입고 있었다. 존도 꽤나 맵시를 부린 차림이었다. 침대에 앉아 있는 잭은 아일랜드인 특유의 투박한 분위기를 풍겼다.

스타인펠트가 술병을 꺼내고 호건이 잔 몇 개를 가지고 와 모두들 술을 마셨다. 잭과 나는 한 잔을 마셨고 나머지 사람들은 계속 두세 잔씩 마셨다.

"돌아가면서 마실 술을 남겨 두는 게 좋을 텐데요." 호건이 말했다.

"걱정 말게. 얼마든지 있으니까." 모건이 대답했다.

잭은 한 잔 마신 뒤에는 더 이상 마시지 않았다. 그는 이제서서 그들을 바라보았다. 모건은 잭이 앉아 있던 침대에 걸터앉았다.

"한잔하게, 잭." 존이 이렇게 말하고는 그에게 잔과 병을 건넸다.

"됐어. 장례식 전야를 밤샘하며 보내고 싶진 않아요." 잭이 말했다.

그러자 모두들 웃음을 터뜨렸다. 그러나 잭은 웃지 않았다.

그들은 모두 기분이 좋은 상태로 자리를 떴다. 사람들이 자동차에 올라탈 때 잭은 현관에 서 있었다. 그들이 그에게 손을 흔들었다.

"잘 가요." 잭이 말했다.

우리는 저녁을 먹었다. 잭은 저녁 식사를 하는 내내 아무 말도 하지 않았다. 그가 한 말이라곤 "이것 좀 건네주겠나?" 혹은 "저것 좀 건네주겠나?"뿐이었다. 농장에서 치료받고 있는 환자들도 같은 식탁에서 우리와 함께 식사를 했다. 꽤 좋은 친구들이었다. 식사를 마치자 우리는 현관으로 나갔다. 날이 일찍 어두워졌다.

"산책하러 가지 않으려나, 제리?" 잭이 제안했다.

"좋지." 내가 대답했다.

우리는 코트를 입고 길을 나섰다. 중심 도로까지는 거리가꽤 됐다. 이후 우리는 중심 도로를 따라 2.5킬로미터쯤 걸었다. 자동차들이 계속 지나가는 바람에 차들이 다 지나갈 때까지 길 옆으로 비키곤 했다. 잭은 아무 말도 하지 않았다. 커다란 자동차 한 대가 지나가도록 덤불로 들어선 뒤에야 잭이 입을 열었다. "빌어먹을, 뭐 이런 놈의 산책이 다 있담. 호건네로 그만 돌아가세."

우리는 언덕 위쪽으로 나 있는 옆길을 따라 걸은 뒤 들판을 가로질러 호건의 농장으로 돌아갔다. 언덕 위에서 그 집의 불빛이 보였다. 우리가 집 앞쪽으로 돌아가니 호건이 문가에 서 있었다.

"산책은 재미있었나?" 호건이 물었다.

"아, 좋았어. 이봐, 호건. 술 좀 있나?" 잭이 물었다.

"물론 있지. 왜 그러는데?" 호건이 반문했다.

"방으로 올려 보내 줘. 오늘 밤 잠 좀 자고 싶어서 그래." 잭이 대답했다.

"자네가 알아서 하게." 호건이 대꾸했다.

"내 방에 좀 올라오게, 제리." 잭이 말했다.

위층에서 잭은 두 손으로 머리를 감싼 채 침대 위에 앉아 있었다.

"이런 게 사는 거 아니겠어?" 잭이 말했다.

호건이 1리터들이 병 하나와 잔 두 개를 가져왔다.

"진저에일이 필요한가?"

"과음해서 토할 정도가 되고 싶은 줄 아나?"

"그냥 물어본 거야." 호건이 대답했다.

"술 한잔하겠나?" 잭이 물었다.

"아니, 괜찮아." 호건이 대답하고 나서 방에서 나갔다.

"자넨 한잔 어때, 제리?"

"자네하고 한잔하지." 내가 말했다.

잭은 술을 몇 잔 따랐다. "이제, 천천히 느긋하게 마시고 싶어." 그가 말했다.

"물 좀 섞게." 내가 제안했다.

"그러지. 그러는 게 좋겠어." 잭이 대답했다.

우리는 아무 말 없이 술을 몇 잔 마셨다. 잭이 나에게 술을 또 한 잔 따라 주었다.

"이제 됐어. 이거면 충분해." 내가 말했다.

"좋아." 잭이 말했다. 그는 직접 크게 한 잔 따르고 물을 섞었다. 그의 기분이 조금씩 나아지고 있었다.

"오늘 오후 이곳에 날고 기는 패거리들이 왔었지." 그가 말했다. "그 사람들은 모험을 하는 법이 없어. 두 사람 모두."

그러고 나서 조금 뒤 그가 말했다. "한데 그들이 옳은 거야. 모험을 해서 얻을 수 있는 게 뭐겠나?"

"한잔 더 하지 않겠어, 제리? 자, 나하고 한잔해." 그가 권했다.

"이제 충분해, 잭. 기분이 좋거든." 내가 대답했다.

"딱 한 잔만 해." 잭이 말했다. 술기운이 도니 마음이 누그러진 모양이었다.

"좋아." 내가 말했다.

잭은 내게 한 잔을 따르고 자신이 마실 잔에도 직접 크게 한 잔 따랐다.

"자네도 알겠지만, 난 술을 꽤 좋아해. 권투를 하지 않았다면 어지간히 마셨을 거야."

"그건 확실해." 내가 대꾸했다.

"자네도 알다시피, 난 권투를 하느라 못해 본 게 많아."

"돈을 많이 벌었잖아."

"그래, 그게 내 목표였지. 하지만 놓친 게 많아, 제리."

"그게 무슨 뜻인가?"

"말하자면, 마누라 문제처럼 말이지. 그리고 집을 너무 떠나 있었고. 이러니 딸자식들한테 좋을 게 하나도 없지. 사교계에 들어가면 '네 아빠가 누구야?' 하고 몇몇 사내아이들이 물어보겠지. 그러면 '잭 브레넌이야.' 하고 대답하겠지. 아이들에게 좋을 게 하나도 없잖아." 그가 말했다.

"말도 안 되는 소리 그만해! 오직 문제는, 딸들이 손에 돈을 쥐느냐 못 쥐느냐 하는 것뿐이야." 내가 말했다.

"그렇지. 딸아이들에게 돈은 제대로 쥐어 주지."

그는 또 한 잔을 따랐다. 병은 이제 거의 바닥이 나다시피 했다.

"물 좀 타게." 내가 말했다. 그러자 잭은 물을 좀 부었다.

"여보게, 내가 얼마나 마누라를 그리워하는지 자네는 모를걸세."

"알지."

"자네는 조금도 몰라. 그게 어떤 건지 알 리가 없다고."

"그러니 시내에 있는 것보다 차라리 이렇게 시골에 나와 있는 게 낫지."

"지금의 나는 말이야, 어디 있으나 마찬가지야. 자넨 그게 어떤 심정인지 알지 못해." 잭이 말했다.

"한 잔 더 들게."

"나 지금 취하고 있나? 말하는 게 우스꽝스러운가?"

"기분이 좋아지고 있다네."

"자네는 그 심정이 어떤 건지 알 수가 없어. 그걸 아는 놈은 이 세상에 단 한 사람도 없어."

"마누라 말고는 말이지." 내가 거들었다.

"마누라야 알지. 마누라는 잘 알아. 당연히 알지. 틀림없이 그래."

"물 좀 타게."

"제리, 자네는 그 심정이 어떤 건지 전혀 모른다고."

그는 몹시 취해 있었다. 그는 나를 빤히 바라보고 있었다. 좀 지나치다 싶을 정도로 빤히 쳐다보고 있었다.

"이제 잠이 잘 올 걸세." 내가 말했다.

"여보게, 제리. 자네 돈 좀 벌고 싶은 생각 있나? 그렇다면 월컷한테 돈을 걸게."

"그래?"

"내 말 잘 들어, 제리." 잭은 술잔을 내려놓았다. "난 취하지 않았어. 내가 그 사람에게 돈을 얼마나 걸고 있는지 아나? 5만 달러야."

"엄청난 돈인데."

"5만 달러라고. 2 대 1의 비율로 말이지. 내가 2만 5000달러를 갖게 될 거야. 그 사람에게 돈을 걸게, 제리." 잭이 말했다.

"그거 괜찮은데."

"내가 어떻게 그 자식을 당해 내겠나? 사기 치는 게 아냐. 내가 어떻게 그놈을 이기겠어? 그러니 돈을 걸고 돈벌이 좀 해 봐."

"물론이지."

"난 일주일 동안 잠을 못 잤어. 밤새도록 눈을 말똥말똥 뜨고 누워서 머리가 빠개질 정도로 걱정만 했어. 통 잠을 잘 수가 있어야지, 제리. 잠을 잘 수 없다는 게 어떤 고통인지 자네는 모를 거야."

"맞는 말이야."

"통 잠을 잘 수가 없었어. 그뿐이야. 도무지 잠이 오지 않는 거야. 이 몇 해 동안 잠을 못 자는데 몸을 돌본들 무슨 소용이 있겠나?"

"그거 참 안된 일이군."

"잠을 자지 못한다는 게 어떤 건지 자넨 정말 모를 거야, 제리."

"술잔에 물을 좀 섞게." 내가 말했다.

11시쯤 잭은 정신을 잃다시피 했고, 나는 그를 침대에 눕혔다. 마침내 그는 잠을 이룰 수밖에 없는 상태가 되었다. 그가 옷을 벗는 것을 도와준 뒤 그를 침대에 눕혔다.

"이제 제대로 잠을 잘 걸세, 잭." 내가 말했다.

"물론이지. 이젠 자야지."

"그럼 잘 자게나, 잭."

"잘 자게, 제리. 내 친구는 오로지 자네뿐이야."

"쓸데없는 소리!"

"자네는 나의 유일한 친구야. 친구는 자네 하나밖에 없어."

"어서 잠이나 자게."

"그럼 자겠네."

아래층에서 호건은 사무실 책상에 앉아 신문을 보고 있었다. 그가 얼굴을 쳐들었다. "그래, 자네 보이 프렌드는 재웠나?" 그가 물었다.

"뻗어 버렸어."

"못 자는 것보다야 낫지." 호건은 말했다.

"맞는 말이야."

"하지만 스포츠 기자들에게 그걸 설명해 주려면 혼쭐 좀 날 거야." 호건이 말했다.

"그럼, 나도 자야겠군." 내가 말했다.

"잘 자게." 호건이 말했다.

나는 아침 8시에 아래층으로 내려와 아침을 먹었다. 호건은 자기 손님들을 헛간에 데리고 가서 연습을 시키고 있었다. 나는 그곳에 나가서 그들을 지켜보았다.

"하나! 둘! 셋! 넷!" 호건이 구령을 붙이고 있었다. "잘 잤나, 제리. 잭은 일어났나?" 그가 물었다.

"아니. 아직도 자고 있어."

나는 내 방으로 돌아와 시내로 들어가기 위해 짐을 꾸렸다. 9시 30분쯤 옆방에서 잭이 일어나는 소리가 들렸다. 나는 그가 아래층으로 내려가는 소리를 듣고 뒤따라 내려갔다. 잭은 아침 식사 식탁 앞에 앉아 있었다. 호건도 들어와서 식탁 옆에 서 있었다.

"기분은 어떤가, 잭?" 내가 그에게 물었다.

"나쁘진 않아."

"잠은 잘 잤나?" 호건이 물었다.

"잘 잤어. 혀가 좀 굳었지만 숙취는 없어."

"잘됐군. 좋은 술이었거든." 호건이 말했다.

"술값은 계산서에 올려놓게." 잭이 말했다.

"시내에는 몇 시에 들어가고 싶은가?" 호건이 물었다.

"점심 전에 들어가려고. 11시 기차로 말이야." 잭이 대답했다.

"좀 앉게, 제리." 잭이 말했다. 호건은 식당에서 나갔다.

나는 식탁에 앉았다. 잭은 자몽을 먹으며 씨를 숟가락에 뱉어 접시에 버렸다.

"어젯밤엔 상당히 취했던 모양이야." 그가 말문을 열었다.

"꽤 마셨으니까."

"횡설수설 지껄인 것 같은데."

"별건 아니었어."

"호건은 지금 어디 있나?" 그가 물었다. 자몽도 다 먹어 치운 뒤였다.

"사무실 앞에 있어."

"시합에 돈 거는 것에 대해 내가 뭐라고 지껄이던가?" 잭이 물었다. 그는 숟가락을 쥐고서 그것으로 자몽을 조금 찔렀다.

젊은 여자가 햄에그를 가져다 놓고 자몽을 치웠다.

"우유 한 잔 더 줘요." 잭이 여자에게 말했다. 그녀는 식당에서 나갔다.

"자네가 월컷에게 5만 달러를 건다고 했네." 내가 말했다.

"사실이야." 잭이 말했다.

"엄청나게 큰돈이잖아."

"그 일에 대해 기분이 그렇게 썩 좋지는 않아." 잭이 말했다.

"무슨 일이 일어날지 모르니까."

"아냐. 그 녀석은 선수권을 굉장히 원하거든. 녀석하고도 내통이 돼 있을 거야." 잭이 말했다.

"하지만 알 수 없잖아."

"괜찮아. 녀석은 선수권을 갖고 싶어 해. 그만한 거액을 투자할 가치가 있지."

"5만 달러면 엄청난 거액이잖아." 내가 말했다.

"일종의 거래지. 내가 녀석을 이기지는 못해. 죽었다 깨도 못 이긴다는 건 자네도 잘 알잖나." 잭이 말했다.

"일단 시합에 나가면 기회야 얼마든지 있지."

"아냐. 난 이제 볼 장 다 봤어. 이건 그냥 거래야." 잭이 말했다.

"그래, 기분은 어떤가?"

"아주 좋아. 필요했던 건 잘 자는 것뿐이었거든." 잭이 대답했다.

"시합이 잘 풀릴지도 몰라."

"멋있는 한판을 보여 주지." 잭은 말했다.

아침 식사 후 잭은 아내에게 장거리 전화를 걸었다. 그는 전화박스 안에서 통화를 하고 있었다.

"여기 나온 이후로 잭이 마누라한테 전화 거는 건 이번이 처음이야." 호건이 말했다.

"편지는 매일 쓰던걸."

"그랬지. 편지는 한 통에 2센트밖에 안 드니까." 호건이 대꾸했다.

호건이 우리에게 작별 인사를 하고 난 뒤 검둥이 안마사 브루스가 우리를 짐마차에 태워 기차역까지 바래다주었다.

"안녕히 가십시오, 브레넌 씨. 그 자식 골통을 날려 버리기를 진심으로 바랍니다." 브루스가 기차를 향해 말했다.

"잘 있게." 잭이 말했다. 그는 브루스에게 2달러를 주었다. 브루스는 그동안 잭의 일을 많이 돌보아 주었다. 그는 조금 실망한 얼굴이었다. 나는 2달러를 들고 있는 브루스를 바라보고 있었고, 잭은 그런 나를 쳐다보았다.

"모두 계산서에 들어 있어. 호건이 안마 값이라고 하며 내 앞으로 달아 놓았거든." 그가 말했다.

시내로 들어가는 기차 안에서 잭은 입을 열지 않았다. 그는 차표를 모자 띠에 꽂고 자리 모퉁이에 앉아서 차창 밖을 내다보았다. 딱 한 번 내 쪽을 향해 몸을 돌리더니 말을 건넸다.

"마누라에게 오늘 셸비 호텔에서 묵을 거라고 했지. 가든[48]에서 모퉁이를 돌면 바로 있거든. 내일 아침에는 집에 갈 수 있어." 그가 말했다.

"잘 생각했네. 자네가 시합하는 걸 자네 부인이 본 적 있나? 잭?" 내가 물었다.

"아니, 내가 싸우는 건 한 번도 본 일이 없어." 잭이 대답했다.

시합 뒤에 곧 집으로 갈 생각을 하지 않는 걸 보니 잭은 틀림없이 처참하게 얻어맞을 것으로 예상하는 모양이었다. 시

---

48) 매디슨 스퀘어 가든. 뉴욕 시 맨해튼에 위치한 실내 종합 경기장.

내에서 우리는 택시를 잡아타고 셸비 호텔로 갔다. 호텔 종업원이 나와서 우리 가방을 받았고 우리는 프런트로 들어왔다.

"방 값이 얼마요?" 잭이 물었다.

"저희는 2인용 침실밖에 없습니다. 멋진 2인용 침실이 10달러입니다."

"너무 비싼데."

"7달러짜리 2인용 침실두 있습니다."

"목욕탕이 붙어 있나?"

"물론이죠."

"같이 자는 게 어때, 제리." 잭이 제안했다.

"아, 난 매형 집에 가서 자겠어."

"자네더러 방 값을 지불하라는 건 아닐세. 이왕이면 지불한 돈만큼 방을 이용하고 싶어서 그러는 거지." 잭이 대꾸했다.

"숙박계에 기입하시겠습니까?" 사무원이 말했다. 그는 적힌 이름들을 바라보았다. "238호입니다, 브레넌 씨."

우리는 엘리베이터를 타고 올라갔다. 침대가 두 개 있고 욕실로 통하는 문이 달린 널찍한 방이었다.

"이만하면 꽤 괜찮은데." 잭이 말했다.

우리를 2층으로 안내한 웨이터가 커튼을 걷고 우리 가방을 들여다 놓았다. 잭이 꼼짝도 않기에 내가 그에게 25센트를 주었다. 세수를 한 뒤 잭은 나가서 뭘 좀 먹자고 했다.

우리는 지미 핸리네 식당에서 점심을 먹었다. 그곳에는 권투 관계자들이 아주 많았다. 식사를 반쯤 마쳤을 때 존이 들어와서 우리와 같이 자리에 앉았다. 잭은 별로 말을 하지 않았다.

"체중은 어떤가, 잭?" 존이 그에게 물었다. 잭은 점심을 꽤 많이 먹어 치우던 참이었다.

"옷을 입은 채로 재도 문제없어." 잭이 대답했다. 그는 체중을 줄이는 문제로는 한 번도 걱정한 적이 없었다. 타고난 웰터급으로 한 번도 군살이 붙은 일이 없었기 때문이다. 호건 농장에 있을 때는 오히려 체중이 줄기까지 했다.

"그렇지, 그건 자네가 걱정할 필요 없는 문제지." 존이 말했다.

"그중 하나지." 잭이 대꾸했다.

점심을 먹고 나서 우리는 체중 검사를 받기 위해 가든 체육관으로 갔다. 3시 현재 67킬로그램쯤이면 시합에는 아무 지장이 없었다. 잭은 수건을 두르고 체중계 위에 올라섰다. 저울대가 움직이지 않았다. 방금 체중을 잰 월컷이 사람들에게 둘러싸여 서 있었다.

"어디 얼마나 나가는지 보세, 잭." 월컷의 매니저 프리드먼이 말했다.

"좋아, 다음엔 저 친구를 재야 하네." 잭은 월컷 쪽으로 머리를 휙 돌렸다.

"수건을 내려놓게." 프리드먼이 말했다.

"얼마나 나가나?" 잭이 체중을 재고 있는 사람들에게 물었다.

"65킬로그램입니다." 체중을 재던 뚱뚱한 친구가 대답했다.

"잘 줄였군, 잭." 프리드먼이 말했다.

"저 친구를 재 보게." 잭이 제안했다.

월컷이 다가왔다. 그는 금발에다 어깨가 널찍했고 팔뚝은 마치 헤비급 선수 같았다. 다리는 별로 길지 않았다. 잭은 그 사람보다 머리통의 반만큼 키가 컸다.

"잘 있었나, 잭." 그가 인사를 했다. 그의 얼굴은 상처로 흠집투성이였다.

"잘 있었는가." 잭이 인사를 했다. "기분은 어떤가?"

"좋아." 월컷이 대답했다. 그는 허리에 둘렀던 수건을 내려놓고 체중계 위에 올라섰다. 그는 보기 드물게 어깨와 등이 널찍했다.

"66.5킬로그램입니다."

월컷이 체중계에서 내려서며 잭을 보고 싱긋 웃었다.

"그래. 잭이 자네에게 1.5킬로그램 정도 접어 준 셈이군."

"링에 들어갈 때는 그보다 늘겠는걸. 지금 막 먹으러 나가는 길이거든." 월컷이 대꾸했다.

우리는 돌아갔고, 잭은 옷을 입었다. "저 자식 무척 억세 뵈는데." 잭이 내게 말했다.

"꼴을 보니 꽤나 여러 번 두들겨 맞은 모양이야."

"아, 그래, 맞아. 저 자식을 때리는 건 어렵지 않겠어." 잭이 말했다.

"이제 어디로 가는 거야?" 잭이 옷을 다 입었을 때 존이 물었다.

"호텔로 돌아가겠어. 모두 살펴 뒀겠죠?"

"그럼, 다 챙겨 뒀지."

"잠시 누워 있어야겠어요." 잭이 말했다.

"6시 45분쯤에 자네한테 가겠네. 그때 가서 저녁을 먹기로 하세."

"좋아요."

호텔로 돌아와서 잭은 구두와 외투를 벗고 잠시 자리에 누웠다. 나는 편지를 한 장 썼다. 몇 번이나 슬쩍 쳐다보았지만 잭은 잠을 이루지 못했다. 죽은 듯이 누워서도 가끔씩 눈을 껌뻑거렸다. 그러다가 마침내 그가 일어나 앉았다.

"크리비지[49] 어떤가, 제리?" 그가 물었다.

"그거 좋지." 내가 대답했다.

잭은 자기 가방이 있는 데로 가서 카드와 크리비지 판을 꺼냈다. 크리비지를 해서 잭이 내게서 3달러를 따냈다. 존이 문을 두드리고 들어왔다.

"크리비지 어때, 존?" 잭이 그에게 물었다.

존은 켈리 모자를 벗어서 테이블 위에 놓았다. 모자가 흠뻑 젖어 있었다. 외투도 젖어 있었다.

"지금 비 오나?" 잭이 물었다.

"억수같이 쏟아지고 있어. 택시를 탔다가 하도 막혀서 그만 내려서 걸어왔지." 존이 말했다.

"이리 와서 크리비지나 좀 하죠." 잭이 말했다.

"자네, 이제 식사하러 나가야 할 시간이야."

"아니, 아직 식사하고 싶은 생각 없어요." 잭이 대꾸했다.

그래서 그들은 크리비지를 삼십 분쯤 했고, 잭이 존에게서 1달러 50센트를 땄다.

---

49) 둘이서 하는 서양 카드놀이.

"자, 이제 그만 식사하러 가죠." 잭이 제안했다. 그는 창가로 가서 바깥을 내다보았다.

"비가 아직도 오나?"

"그렇군."

"호텔에서 먹지그래." 존이 제안했다.

"좋아요. 우리 한 판만 더해서 누가 저녁 식사 값을 내는지 보기로 하죠."

잠시 뒤 잭이 자리에서 일어나며 "당신이 내야겠네요, 존." 하고 말했다. 우리는 아래층으로 내려와 넓은 식당에서 식사를 했다.

식사를 끝낸 뒤 2층으로 올라가서 잭은 존과 다시 크리비지를 시작해 2달러 50센트를 땄다. 잭은 퍽 즐거워했다. 존은 잭의 물건을 모두 챙겨 넣은 가방을 하나 가지고 있었다. 밖에 나갈 때 감기에 걸리지 않기 위해 잭은 깃이 달린 셔츠를 벗고 셔츠와 스웨터를 입었고, 권투복과 가운은 가방 안에 집어넣었다.

"준비 다 됐나? 전화를 걸어서 택시를 한 대 부르겠네." 존이 그에게 말했다.

얼마 안 있어 전화벨이 울리더니 택시가 기다리고 있다고 알려 주었다.

우리는 엘리베이터를 타고 내려와 로비를 빠져나와서 택시를 타고 가든 체육관으로 향했다. 비가 억수로 쏟아지는데도 거리에는 사람들이 많았다. 가든 체육관 입장권은 매진된 상태였다. 탈의실로 들어가면서 보니 사람들이 체육관을 가득

메우고 있었다. 링까지는 800미터쯤 되어 보였다. 사방이 깜깜했다. 조명은 링 주위에만 비치고 있었다.

"이렇게 비가 쏟아지는데 야구장에서 시합을 하지 않도록 한 것만도 천만다행이야." 존이 말했다.

"대단한 관중인데." 잭이 말한다.

"가든 체육관이 다 수용할 수 없을 만큼 많은 관람객을 끌 시합이잖아."

"참, 날씨란 도통 모르겠단 말야." 잭이 말했다.

존이 탈의실 문에 다가와 머리를 쑥 들이밀었다. 잭은 가운을 입고 팔짱을 끼고 그곳에 앉아 마룻바닥을 바라보고 있었다. 존은 조수 두세 명을 데리고 있었다. 그들은 그의 어깨 너머로 안쪽을 바라보았다. 잭이 고개를 들었다.

"그 자식 나왔나요?" 그가 물었다.

"지금 막 내려갔어." 존이 대답했다.

우리도 내려가기 시작했다. 월컷이 막 링으로 들어서고 있었다. 관중들이 그에게 요란한 박수갈채를 보냈다. 그는 로프 사이로 기어 올라가 두 주먹을 모으고 미소를 지은 뒤 관중들을 향해 주먹을 흔들었다. 처음에는 링 한 쪽에서, 다음에는 링의 다른 쪽에서 흔든 뒤 자리에 앉았다. 잭은 관중 사이로 내려오면서 대단한 박수를 받았다. 잭은 아일랜드인이고, 아일랜드인은 언제나 박수를 많이 받는다. 아일랜드인은 뉴욕에서는 유대인이나 이탈리아인만큼 인기를 끌지 못하지만, 그래도 언제나 박수를 많이 받는다. 잭이 링에 올라서서 로프 사이로 들어가려고 몸을 굽히자 월컷이 자기 코너에서 다가와 잭이 들어오도록 로프를 아래로 눌러 주었다. 관중들에겐 멋지게 보이는 행동이었다. 월컷은 잭의 어깨 위에 손을 얹고 잠깐 동안 그대로 서 있었다.

"그래, 이런 식으로 인기 있는 챔피언 중 하나가 되어 보겠다 이거군. 이 더러운 손 내 어깨에서 치우라고." 잭이 그에게 내뱉었다.

"진정하게." 월컷이 말했다.

이 모든 게 관중들에게는 정말 대단하게 보이는 법이다. 시합을 앞둔 두 선수가 이렇게나 신사적일 수 있다니! 이렇게나 서로에게 행운을 빌어 줄 수 있다니!

잭이 손에 붕대를 감고 있을 때 솔리 프리드먼은 우리 코너로 다가오고 존은 월컷의 코너로 갔다. 잭은 붕대 틈에 엄지손가락을 집어넣은 다음 붕대를 매끈하고 말쑥하게 손에 감았다. 나는 테이프를 손목에 감은 뒤 손가락 관절에 빙 둘러 두 번을 감았다.

"이봐, 그 테이프는 어디서 구했나?" 프리드먼이 물었다.

"만져 봐, 부드럽지? 그렇게 촌티 좀 내지 말게." 잭이 말했다.

잭이 다른 손에 붕대를 감는 동안 프리드먼은 줄곧 그곳에 서 있었다. 잭을 거들게 될 소년 중 하나가 글러브를 가져오자 내가 껴 보고 이리저리 살폈다.

"이봐, 프리드먼, 저 월컷이라는 작자, 어느 나라 사람인가?" 잭이 물었다.

"모르겠는데. 덴마크 아닌가." 솔리가 대답했다.

"보헤미아 사람이에요." 글러브를 가져온 소년이 말했다.

심판이 두 사람을 링 중앙으로 불러내자 잭이 걸어 나갔다. 월컷은 빙그레 미소를 지으면서 나왔다. 두 사람이 마주 보고 서자 심판이 두 사람의 어깨 위에 팔을 얹었다.

"어이, 인기 전술꾼." 잭이 월컷에게 말했다.

"진정하게."

"자네는 뭣 때문에 '월컷'이라는 이름을 붙였나? 상대가 검둥이라는 걸 몰랐던 거야?" 잭이 물었다.

"자, 똑똑히 들어……." 심판이 말했다. 그러고 나서 그는 시합 때마다 되풀이하는 주의 사항을 일러 주었다. 월컷이 한번 그의 말을 가로막았다. 그는 잭의 팔을 붙들고는 "이 친구가 이런 식으로 나를 붙잡을 때 내가 때려도 됩니까?"라고 물었다.

"손 치워! 지금 영화를 찍는 게 아니잖아." 잭이 내뱉었다.

그들은 각자 코너로 돌아갔다. 나는 잭의 가운을 벗겼고, 그는 로프에 기대고서 몇 차례 무릎을 굽혔다 편 다음 바닥의 송진에 신발을 비벼 댔다. 공이 울리자 잭은 재빨리 돌아서서 앞으로 나아갔다. 월컷도 그에게 다가와 그들은 서로 글러브를 맞댔다. 이어 월컷이 두 손을 내리는 순간 잭이 왼손으로 두번 그의 얼굴을 날렸다. 잭은 주먹을 기막히게 잘 날리는 선수였다. 월컷은 턱을 가슴에 묻고 줄곧 앞으로 나아가며 잭을 쫓아다녔다. 그는 훅이 특기라 양손을 꽤 아래쪽에 내려놓고 있었다. 그가 노리는 건 오로지 상대방에게 파고들어 후려치기를 할 순간뿐이었다. 그렇지만 파고들 때마다 잭은 왼손으로 그의 얼굴을 갈겼다. 그것은 기계적인 동작이나 마찬가지였다. 잭의 왼손은 들리기만 하면 월컷의 면상을 후려갈겼다. 서너 번 오른손을 날리기도 했지만 월컷은 어깨로 막아 내거나 머리를 숙여 피했다. 다른 훅 선수들도 모두 이런 식이었다. 그가 두려워하는 상대는 자기와 같은 훅 선수뿐이었다. 그는 충격을 받을 만한 부위는 모두 막아 냈다. 얼굴에 왼손쯤 들어오는 것은 상관도 하지 않았다.

4회전이 끝났을 무렵 잭은 그를 피투성이로 만들고 얼굴에 온통 상처를 내 놓았지만, 월컷이 파고들 때마다 심하게 얻어맞아 잭의 양쪽 갈빗대 바로 밑에는 크고 붉은 상처가 두 개나 있었다. 그가 파고들 때마다 잭은 그를 클린치[50]하고 나서 한 손을 빼내어 올려치기를 날렸다. 그러나 월컷이 두 손을 빼내어 잭의 몸통을 날릴 때는 그 소리가 어찌나 큰지 장외(場外) 길거리에까지 들릴 정도였다. 정말 굉장한 펀치였다.

그다음 3회전도 이런 식으로 진행되었다. 그들은 말 한마디 하지 않았다. 시종 싸우기만 했다. 휴식 때마다 우리는 잭을 세심하게 돌봤다. 상태가 별로 좋지 않았지만 잭은 원래부터 링 위에서는 많이 움직이는 편이 아니었다. 많이 움직이는 대신 왼손만 기계적으로 내뻗었다. 마치 그의 왼손이 월컷의 얼굴과 연결되어 있는 것 같았고, 원하기만 하면 언제든지 그럴 수 있는 듯 보였다. 잭은 근접전할 때는 늘 침착하기 때문에 쓸데없이 힘을 소모하지 않았다. 근접전할 때는 어떻게 해야 하는지를 잘 알아서 상대가 아무리 여러 가지 기교를 사용

---

50) 권투에서, 상대편의 공격을 피하기 위해 껴안는 것.

해도 무사히 빠져나와 버리곤 했다. 그들이 우리 쪽 코너에서 싸울 때는, 잭이 월컷을 클린치하여 오른손을 빼 뒤집으면서 글러브 끝 부분으로 월컷의 콧등을 올려치는 것이 보였다. 월컷은 피를 심하게 흘리면서 잭의 어깨 위에 코를 갖다 대고 피를 조금 묻히려고 했다. 그러자 잭이 어깨를 살짝 들치면서 그의 코를 치고서 오른손을 아래로 내렸다가 또다시 같은 방식으로 주먹을 날렸다.

월컷은 몹시 아파 보였다. 5회전이 끝날 무렵이 되자 그는 잭의 배짱에 넌더리를 냈다. 잭은 화를 내지 않았다. 말하자면 평소보다 더 화가 나 있지 않았다. 그는 확실히 상대에게 권투에 염증을 느끼게 해 주는 특기가 있었다. 그가 키드 루이스를 몹시 미워하게 된 것도 바로 그 때문이었다. 그는 한 번도 키드의 화를 돋우어 본 일이 없었다. 키드 루이스는 언제나 잭이 못 쓰는 비열한 새 수법을 서너 가지쯤 들고 나왔다. 몸이 강하기만 하면 잭은 링에서 언제나 철옹성처럼 안전했다. 그는 확실히 월컷을 거칠게 다루고 있었다. 그런데 재미있는 일은 잭이 오픈 클래스[51] 복서처럼 보였다는 점이다. 따지고 보면 그것도 그에게 그런 소질이 있었기 때문이었다.

7회전이 끝난 다음 잭이 말했다. "왼손이 점점 말을 안 듣는데."

그때부터 잭은 얻어맞기 시작했다. 처음에는 눈에 드러날 정도가 아니었다. 그러나 이제는 그가 아닌, 월컷이 시합을 이

---

51) 아마추어 복싱 등급의 하나.

끌고 있었고, 그는 줄곧 안전하던 이전의 상태가 아니라 곤경에 처해 있었다. 이제 그는 왼손으로 월컷의 접근을 막아 내지 못했다. 겉으로 보기에는 전과 별로 달라진 게 없었지만, 지금은 월컷의 펀치가 빗나가지 않고 정확하게 그를 강타하고 있었다. 잭의 몸은 엄청난 타격을 받았다.

"몇 라운드째야?" 잭이 물었다.

"11라운드야."

"더는 못 견디겠어. 다리가 말을 안 들어." 잭이 말했다.

월컷은 벌써 일정한 시간을 두고 잭을 강타하고 있었다. 마치 야구에서 포수가 공을 뒤로 빼내 받아서 충격을 더는 것과 비슷했다. 이때부터 월컷은 맹렬하게 주먹을 날리기 시작했다. 그는 분명히 펀치 제조기와 다름없었다. 잭은 이제 어떤 공격이든 그저 막아 내려고만 하고 있었다. 겉보기에는 그렇게 무시무시한 펀치를 받고 있는 것처럼 보이지 않았다. 매 회전 사이사이 휴식 때마다 나는 그의 다리를 주물러 주었다. 그럴 때마다 그의 근육이 내 손 밑에서 푸들푸들 떨렸다. 그는 지독하게 아파 했다.

"어떻게 되어 가고 있지?" 그가 퉁퉁 부어오른 얼굴을 이쪽으로 돌리며 존에게 물었다.

"그 자식한테 유리한 시합이야."

"끝까지 버틸 수 있을 것 같아. 저런 애송이[52] 자식한테 나

---

52) 원문에는 bohunk로 되어 있으며, 원래 동유럽에서 이민 온 미숙련 노동자를 뜻한다.

가떨어지고 싶지는 않아." 잭이 내뱉었다.

시합은 그가 예상했던 대로 진행되었다. 그는 월컷을 이길
수 없다는 것을 잘 알고 있었다. 그는 더 이상 강하지 않았다.
그러나 그런대로 괜찮았다. 돈이 들어올 테니, 이제는 시합을
자기 마음에 들게 끝내고 싶었다. 녹아웃당하고 싶지는 않
았다.

공이 울리자 우리는 그를 링으로 내보냈다. 그는 천천히 나
아갔다. 월컷이 곧바로 그를 뒤쫓아 나왔다. 잭이 왼손으로 그
의 얼굴을 가격했고, 월컷은 그것을 받으면서도 밑으로 파고
들어서 잭의 몸통을 갈기기 시작했다. 잭은 그를 클린치하려
고 했지만, 그것은 마치 윙윙거리며 도는 회전 톱을 붙잡으려
고 하는 것과 같았다. 잭은 빠져나와 오른손을 넣었지만 빗나
갔다. 월컷이 왼손으로 훅을 날리자 잭은 바닥에 쓰러지고 말
았다. 그는 손과 무릎을 딛고 엎어져서 우리 쪽을 바라보았다.
그러자 심판이 카운트를 하기 시작했다. 잭은 우리를 바라보
면서 머리를 흔들었다. 여덟까지 갔을 때 존이 그에게 몸짓을
했다. 관중들의 함성 때문에 말소리가 들리지 않았다. 잭이 일
어섰다. 심판은 카운트를 하는 동안 한 손으로는 월컷을 막고
있었다.

잭이 일어서자 월컷이 달려들기 시작했다.

"조심해, 지미." 솔리 프리드먼이 그에게 고함치는 소리가
들렸다.

월컷이 잭을 노려보며 그에게 다가왔다. 잭은 그에게 왼손
을 날렸다. 월컷의 머리가 가볍게 흔들렸다. 그는 잭을 로프

에 몰아넣고 재 보면서 잭의 옆머리에 왼손 훅을 가볍게 날리고 오른손으로는 할 수 있는 한 강하게 몸통에 일격을 날렸다. 그것도 주먹이 닿을 수 있는 한 가장 아래를 향해서 말이다. 틀림없이 벨트에서 13센티미터쯤 아래 부위를 갈긴 것 같았다.[53] 나는 잭의 머리에서 눈알이 튀어나오지 않나 생각했다. 눈알이 앞으로 불쑥 나왔다. 또 입이 딱 벌어졌다.

심판이 월컷을 붙들었다. 잭은 앞으로 발을 내디뎠다. 만약 그 자리에서 쓰러지면 5만 달러가 날아갈 판이었다. 그는 내장이 모두 쏟아져 나올 것처럼 휘청거렸다.

"아래를 친 게 아냐. 그냥 우연이었어." 그가 말했다.

관중들이 함성을 지르고 있어 아무 소리도 들리지 않았다.

"난 괜찮아." 잭이 말했다. 두 사람은 바로 우리 앞에 와 있었다. 심판이 존을 보고 나서 머리를 흔들었다.

"자, 덤벼라. 이 폴란드 개자식 같으니." 잭이 월컷에게 말했다.

존은 로프를 붙잡았다. 그는 수건을 던지려고 준비했다.[54] 잭은 로프에서 조금 떨어진 곳에 서 있었다. 그는 앞쪽으로 한 걸음 내디뎠다. 마치 누군가 쥐어짜기라도 하는 듯 얼굴에 땀을 줄줄 흘리고 있었고, 큰 땀방울 하나가 코 밑으로 떨어졌다.

"자, 덤벼라." 잭이 월컷에게 소리쳤다.

심판은 존을 보고 나서 월컷에게 계속하라고 손을 흔들었다.

---

53) 권투 시합에서 벨트 아래를 치는 것은 반칙이다.
54) 권투 시합에서 링 안에 수건을 던지는 것은 시합을 포기한다는 뜻이다.

"자, 덤벼라, 이 애송이 자식아." 잭이 내뱉었다.

그러자 월컷이 덤벼들었다. 그도 어떻게 해야 될지 난감해하고 있었다. 잭이 그런 펀치를 맞고도 버텨 내리라고는 생각하지 못했던 것이다. 잭이 그의 얼굴에 왼손을 날렸다. 관중석에서는 지붕이라도 날릴 듯한 엄청난 함성이 터져 나왔다. 두 사람은 바로 우리 앞에 와 있었다. 월컷이 그를 두 번 휘갈겼다. 잭의 얼굴은 일찍이 내가 본 것 중 가장 끔찍했다. 차마 눈 뜨고는 볼 수 없는 험악한 표정이었다! 몸과 마음을 가까스로 지탱하고 있다는 것이 얼굴에 역력히 드러났다. 그는 얻어맞은 곳을 움츠리고 참아 내면서 줄곧 생각하고 있었다.

그러고 나서 잭은 주먹을 날리기 시작했다. 그의 얼굴은 줄곧 끔찍해 보였다. 그는 두 손을 옆구리에 내려뜨리고 월컷을 향해 휘두르기 시작했다. 월컷이 막아 댔지만 잭은 월컷의 머리를 향해 난폭하게 주먹을 날렸다. 그런 뒤 왼손을 휘두른 것이 월컷의 국부에 들어가 맞고, 오른손은 자기가 그에게 얻어맞았던 바로 그 자리를 강타했다. 벨트의 꽤 아랫부분이었다. 월컷은 쓰러져서 얻어맞은 곳을 붙잡고 뒹굴며 몸을 한 바퀴 비틀었다.

심판이 잭을 붙잡고 그를 코너 쪽으로 밀었다. 존이 링 안으로 뛰어 들어갔다. 관중들의 함성이 계속되었다. 심판이 배심원들과 의논하더니 아나운서가 확성기를 가지고 링으로 올라가서 "반칙에 따라 월컷이 승리했습니다!"라고 발표했다.

심판이 존과 이야기를 나누더니 곧이어 이렇게 말했다. "내가 어떻게 할 도리가 있어야지? 잭이 반칙을 당하고도 반칙승을 받아들이려고 하지 않았거든. 그러다가 그로기 상태가 되더니 반칙을 범하고 말았네."

"어쨌든 그가 졌어." 존이 말했다.

잭은 의자에 앉아 있었다. 나는 그의 글러브를 벗겨 주었고, 그는 의자에 움츠려 앉아 얻어맞은 국부를 두 손으로 감쌌다. 어디에든 몸을 지탱하게 되자 얼굴이 전보다는 나아 보였다.

"저쪽에 가서 미안하다고 한마디 하게. 그게 난 보기에도 좋아." 존이 그의 귀에 대고 말했다.

잭이 일어섰고 그의 얼굴에서 땀이 비 오듯 쏟아졌다. 내가 그에게 가운을 걸쳐 주자 그는 한 손으로 가운 밑의 상처 부위를 감싸고 링을 가로질러 갔다. 사람들이 월컷을 일으켜서 돌보고 있었다. 월컷의 코너에는 사람들이 많이 있었다. 아무도 잭에게 말을 걸지 않았다. 그는 월컷에게 몸을 숙였다.

"미안하게 됐네. 일부러 반칙을 하려던 건 아니었어." 잭이 말했다.

월컷은 아무 말이 없었다. 그는 몹시 아파 보였다.

"그래, 이젠 자네가 챔피언이야. 그 덕에 재미나 실컷 보게." 잭이 그에게 말했다.

"가만 내버려 둬." 솔리 프리드먼이 말했다.

"여보게, 솔리. 자네 선수한테 반칙을 해서 미안하군." 잭이 말했다.

프리드먼은 그저 그를 바라다볼 뿐이었다.

잭은 우스꽝스럽게 실룩거리는 걸음으로 자기 코너로 돌아갔다. 우리는 로프 사이로 그를 내려보낸 뒤 기자석을 지나

통로를 따라 내려갔다. 잭의 등을 찰싹 때리려는 사람들이 많았다. 그는 가운을 두르고 군중 사이를 지나 탈의실로 갔다. 월컷이 승리하리라는 예상이 우세했었는데 예상대로 그가 승리했던 것이다. 가든 체육관에서는 바로 그런 식으로 돈을 걸었다.

탈의실로 들어가니 잭이 두 눈을 감고 드러누워 있었다.

"호텔로 가서 의사를 불러야겠어." 존이 말했다.

"배 속이 모두 터진 모양이오." 잭이 말했다.

"뭐라고 말할 수 없이 미안하네." 존이 말했다.

"천만에요." 잭이 대꾸했다.

그는 두 눈을 감고 그대로 누워 있었다.

"자식들이 비열하게도 배신 때릴 작정이었던 것 같아." 존이 말했다.

"당신 친구들 아닌가요, 모건이니 스타인펠트니 하는 자식들. 다들 참 훌륭해요." 잭이 내뱉었다.

잭은 지금 두 눈을 크게 뜬 채 그대로 누워 있었다. 그의 얼굴은 아직도 끔찍하게 일그러져 있었다.

"그런 거금이 걸려 있으니 신기하게도 머리가 잘 돌아가나 봐요." 잭이 말했다.

"자네도 대단한 친구야, 잭." 존이 말했다.

"아니, 이 정도는 아무것도 아니죠." 잭이 대꾸했다.

세상의 빛

바텐더는 우리가 문간에 들어서는 것을 보고는 바로 손을 뻗어 유리 뚜껑을 집어 들더니 무료 점심 요리가 담긴 그릇 두 개를 덮어 버렸다.

"맥주 한 잔 줘요." 내가 말했다. 그는 맥주를 따르고 주걱으로 위에 뜬 거품을 걷어 낸 뒤 그대로 잔을 들고 있었다. 내가 나무 위에 5센트짜리 동전 하나를 올려놓자 그제야 맥주잔을 내 앞으로 내밀었다.

"뭘 마실 거야?" 이번에는 그가 톰에게 물었다.

"맥주 줘요."

그는 맥주를 따르고 역시 거품을 걷은 뒤 돈을 보고 나서야 맥주잔을 톰에게 내밀었다.

"왜 그래요?" 톰이 물었다.

바텐더는 아무런 대꾸도 하지 않았다. 그는 우리 머리 위쪽을 넘겨다보면서 뒤에 들어온 다른 사내에게 "뭘 드릴까요?"라고 물었다.

"라이 위스키[55]를 주게." 사내가 말했다. 바텐더는 술병과 잔과 함께 냉수 한 컵을 내놓았다.

톰은 손을 뻗어 뚜껑이 덮여 있는 무료 점심 요리 그릇을 열어 보았다. 그릇 속에는 초에 절인 삶은 돼지 다리가 들어 있었다. 또 가위로 쓰이는 목재 기구도 들어 있었는데 고기를 집을 수 있도록 양쪽에 포크가 두 개 달려 있었다.

"그건 안 돼." 바텐더가 이렇게 말하면서 유리 뚜껑을 도로 그릇 위에 덮어 버렸다. 톰은 나무로 된 가위 포크를 손에 들고 있었다. "도로 갖다 넣어." 바텐더가 말했다.

"뭐 이런 데가 다 있어?" 톰이 투덜거렸다.

바텐더는 우리 둘을 지켜보면서 한 손을 카운터 밑으로 내밀었다. 내가 50센트를 나무 위에 놓으니 그는 곧 몸을 반듯하게 일으켰다.

"뭘 마셨지?" 그가 물었다.

"맥주요." 내가 말하자 그는 잔에 술이 다 차기도 전에 그릇 뚜껑을 둘 다 열어젖혔다.

"이놈의 돼지 다리에서 구린내가 나." 톰이 이렇게 말하면서 입에 넣었던 고기를 땅바닥에 뱉었다. 바텐더는 아무런 대꾸도 하지 않았다. 라이 위스키를 마신 사내는 술값을 지불하고는 뒤도 돌아보지 않고 그대로 나가 버렸다.

---

55) 호밀로 만든 위스키.

"너야말로 구린내가 나. 구린내가 나는 건 너 같은 건달 놈들이야." 바텐더가 말했다.

"우리보고 건달이래." 톰이 내게 말했다.

"자, 나가자." 내가 말했다.

"제기랄, 건달 놈들 같으니. 썩 꺼져 버려." 바텐더가 소리를 질렀다.

"그러잖아도 나간다고 했어. 당신이 나가라고 해서 나가는 게 아냐." 내가 대꾸했다.

"또 오지." 톰이 말했다.

"안 돼. 또 오기만 해 봐." 바텐더가 그에게 쏘아붙였다.

"정말 못된 놈이지?" 톰이 내 쪽으로 얼굴을 돌렸다.

"자, 나가자고." 내가 말했다.

바깥은 자못 어두웠다.

"제기랄, 도대체 여긴 어떻게 돼먹은 곳이야?" 톰이 물었다.

"난들 아나. 자, 기차역으로 가지." 내가 말했다.

우리는 그 마을의 한쪽 끝에서 들어와 다른 쪽 끝으로 나가던 중이었다. 짐승 가죽과 탠 껍질[56]과 산더미처럼 쌓인 톱밥에서 나는 냄새가 코를 찌르는 마을이었다. 마을에 들어설 때는 어둑어둑해지고 있었는데, 어두워지니 이제는 제법 날씨가 추워져 길가에 군데군데 고인 물 가장자리에 살얼음이 얼고 있었다.

기차역에 다다르자 창녀 다섯 명과 백인 여섯 명, 인디언 네

---

56) 무두질할 때 사용하는 타닌이 많이 함유된 나무껍질.

명이 기차가 들어오기를 기다리고 있었다. 역 안은 복잡한 데다 난롯불로 더웠고, 퀴퀴한 연기가 자욱했다. 우리가 들어섰을 때는 말을 주고받는 사람이 없었고, 매표구는 굳게 닫혀 있었다.

"문 좀 닫지!" 누군가가 소리쳤다.

나는 말한 사람이 누군가 싶어 둘러보았다. 백인 중 한 사람이었다. 그는 짧은 바지에 벌목꾼들이 신는 고무신을 신고 다른 사람들처럼 매키노 셔츠를 입고 있었다. 그러나 모자는 쓰고 있지 않았으며, 얼굴은 희고 손은 가늘고 핏기가 없어 보였다.

"그래, 문을 안 닫을 셈이야?"

"닫아야죠." 나는 이렇게 말하고 문을 닫았다.

"고맙네." 그가 말했다. 그러자 그중 한 사람이 킥킥거리며 웃었다.

"자네 요리사하고 붙어 본 적 있나?" 그가 내게 물었다.

"아니, 없습니다."

"이 사람하고 한번 붙어 봐. 이 사람은 그런 짓거리를 좋아하거든." 그가 요리사를 쳐다보면서 말했다.

요리사는 입술을 꼭 다문 채 그에게서 눈을 돌렸다.

"이 사람은 레몬주스를 손바닥에 바른다니까. 개숫물에는 절대 손을 넣는 법이 없지. 저 봐, 손이 얼마나 흰가." 사내가 말했다.

그러자 창녀 하나가 한바탕 크게 웃어 댔다. 그녀는 내가 이제껏 본 창녀 중에서, 아니 이제껏 본 모든 여자 중에서 가장 몸집이 컸다. 움직일 때마다 색깔이 바뀌는 실크 드레스를 입고 있었다. 나머지 두 창녀도 첫 번째 창녀 못지않게 몸집이 뚱뚱했지만 큰 여자의 몸무게는 틀림없이 150킬로그램 가까이 될 것 같았다. 두 눈으로 똑똑히 보면서도 그녀가 진짜 사람이라는 게 좀처럼 믿어지지 않을 정도였다. 셋 모두 빛에 따라 색이 바뀌는 실크 드레스를 입고 있었다. 그들은 벤치에 나란히 앉아 있었다. 그야말로 몸집이 엄청났다. 나머지 두 창녀는 탈색한 금발에 생김새는 보통 이하였다.

"저 손 좀 보라고." 사내는 이렇게 말하면서 요리사를 향해 머리를 끄덕였다. 처음 창녀가 다시 웃으면서 온몸을 흔들어 댔다.

요리사가 고개를 돌리더니 갑자기 그녀에게 쏘아붙였다. "이 역겨운 고깃덩이 같은 년!"

그녀는 큼직한 몸집을 흔들며 여전히 웃기만 했다.

"어머, 별꼴이야!" 여자의 목소리는 아름다웠다. "나 참, 별놈의 소리를 다 듣네!"

나머지 두 뚱뚱이는 센스가 떨어진다고 생각될 만큼 아주 조용하고 침착하게 행동했다. 그러나 그들의 몸집 또한 가장 뚱뚱한 여자 못지않게 비대했다. 둘 다 110킬로그램은 족히 나갈 것 같았다. 나머지 두 여자는 점잔을 빼고 있었다.

남자들로는 요리사와 처음 말한 남자 외에 벌목꾼 두 사람이 있었는데, 그중 한 사람은 수줍음을 타면서도 흥미롭다는 듯 열심히 귀를 기울였고, 또 한 사람은 당장 뭐라고 한마디 거들고 싶은 기색이었으며, 그 밖에 스위스 사람 둘이 있었다. 인디언 두 명은 벤치 한쪽 끝에 앉아 있었고, 한 인디언은 벽에 기대서 있었다.

무언가 말을 꺼내고 싶어 하던 사내가 나지막한 소리로 내게 말했다. "암만해도 바싹 마른 건초 더미 위에 올라가 있는 기분이군."

나는 웃으면서 톰에게 이 말을 옮겼다.

"정말 이런 곳은 머리털 나고 처음이야. 저 세 뚱뚱이를 좀 봐." 톰이 내뱉었다. 그러자 요리사가 큰 소리로 물었다.

"너희들 도대체 몇 살이냐?"

"난 아흔여섯 살이고, 이이는 예순아홉 살이에요.[57]" 톰이 대답했다.

"호! 호! 호!" 가장 뚱뚱한 창녀가 몸을 흔들어 대며 깔깔거렸다. 참으로 아름다운 목소리였다. 나머지 창녀들은 미소조차 짓지 않았다.

"아, 좀 얌전하게 굴 순 없나? 친해지려고 물어본 것뿐이야." 요리사가 말했다.

"열일곱하고, 열아홉 살이에요." 내가 말했다.

"왜 일러 주는 거야?" 톰이 내게 고개를 돌렸다.

"그까짓 나이쯤이야 괜찮아."

"난 앨리스라고 해요." 뚱뚱이 창녀가 이렇게 말하면서 다시 몸을 흔들어 대기 시작했다.

"진짜 이름 맞아요?" 톰이 되물었다.

"그럼, 앨리스가 틀림없지, 안 그래요?" 이렇게 말하면서

---

57) '96'과 '69'는 남녀의 성교 체위를 가리키는 은어이다.

그녀는 요리사 옆에 앉아 있는 남자 쪽으로 몸을 돌렸다.

"그럼. 앨리스가 틀림없어."

"참 잘 어울리는 이름이군." 요리사가 말했다.

"진짜 내 이름이에요." 앨리스가 말했다.

"다른 여자들 이름은 뭔가요?" 톰이 물었다.

"헤이즐이랑 에설." 앨리스가 대답했다. 그러자 헤이즐과 에설이 미소를 지었다. 그다지 기분이 좋아 보이진 않았다.

"당신 이름은 뭐죠?" 내가 금발 아가씨 중 한 사람에게 물었다.

"프랜시스야." 그녀가 대답했다.

"프랜시스하고 또?"

"프랜시스 윌슨이야. 알아서 뭐하려고?"

"당신 이름은요?" 내가 또 다른 금발 여자에게 물었다.

"아, 건방 떨지 마." 그녀가 말했다.

"저 애는 우리 다 같이 알고 지내자는 거야. 서로 알고 지내는 게 싫은가?" 먼저 말을 꺼낸 백인 남자가 말했다.

"싫어요. 당신하고는." 머리카락을 탈색한 여자가 대답했다.

"성미 한번 고약하군. 정말 성질이 불같은 여자야." 남자가 대꾸했다.

금발 아가씨는 다른 친구를 쳐다보고는 고개를 흔들었다.

"빌어먹을 영감쟁이!" 그녀가 내뱉었다.

앨리스는 다시 한 번 온몸을 흔들며 웃기 시작했다.

"뭐가 그리 우스워. 너희들 모두 웃고만 있는데, 우스운 건 하나도 없어." 요리사가 말했다. "이봐, 젊은이들, 자네들은 어디까지 가는 거야?"

"아저씨는 어디까지 가시나요?" 톰이 물었다.

"캐딜락[58]에 가는 길이야. 그곳에 가 본 일 있나? 내 누이가 그곳에 살고 있거든."

"누이란 자네라는 말이렷다." 짧은 바지를 입은 사내가 말했다.

"주둥아리를 그렇게밖에 못 놀리나? 말 좀 점잖게 할 수 없냐고?" 요리사가 말했다.

"캐딜락이라면 스티브 케철[59]의 고향이고, 또 애드 월개스트[60]가 그곳 출신이지." 수줍음 타는 사내가 말했다.

"스티브 케철이라고!" 그 이름을 듣고 금발 아가씨 중 하나가 마치 총이라도 맞은 듯 갑자기 큰 소리로 외쳤다. "그 사람은 자기 아버지가 쏜 총에 맞아 죽었어요. 그래요, 정말로 그의 아버지가 그랬다고요. 스티브 케철 같은 사람은 이제 이 세상에 다시없죠."

"스탠리 케철 아니었나?" 요리사가 물었다.

"입 닥치고 가만히 있어요. 스티브에 대해 뭘 안다고 그래요? 스탠리라니. 천만의 말씀, 그 사람은 스탠리가 아니었어

---

58) 미시간 주에 중부에 위치한 소도시. 캐딜락 자동차를 생산하기 때문에 이런 지명이 붙었다.
59) 미국의 라이트급 권투 챔피언인 스탠리 케첼(Stanly Ketchel, 1886~1910)을 잘못 알고 말한 것이다.
60) 아돌프 월개스트(Adolf Wolgast, 1888~1955). 1910년대에 활약한 미국의 라이트급 권투 챔피언.

요. 스티브 케철은 이 세상에서 가장 훌륭하고 가장 잘생긴 남자였어요. 스티브 케철처럼 깔끔하고 희고 잘생긴 남자는 본 적이 없다니까요. 그런 남자는 이 세상에 정말로 없었어요. 그 사람은 마치 호랑이처럼 동작이 빨랐죠. 그이처럼 멋지고 돈을 척척 잘 쓰는 사람은 없었거든요." 금발 여인이 말했다.

"아가씨는 그 사람하고 아는 사이였나?" 한 사내가 물었다.

"아는 사이였냐고요? 알고 지냈냐고요? 그이를 사랑했냐고요? 지금 나한테 그걸 물어보는 거예요? 이 세상에서 나만큼 그이를 잘 아는 사람은 없어요. 또 당신이 하느님을 사랑하는 것처럼 난 그이를 사랑했어요. 그이는 이 세상에서 가장 훌륭하고 가장 멋있는 데다 가장 피부가 희고 가장 미남이었어요. 스티브 케철 말이에요. 그런데 그의 아버지가 그를 개처럼 총으로 쏴 죽였다고요."

"그럼 그 사람하고 같이 연안[61]에도 갔었나?"

"아뇨. 그전에 벌써 그를 알고 있었죠. 내가 사랑한 남자는 오직 그분뿐이었어요."

목청을 높여 연극하듯 말하는 이 금발 아가씨에게 모두들 감탄을 금치 못했다. 그러나 앨리스는 또다시 몸을 흔들어 대기 시작했다. 나는 그녀 바로 옆에 앉아 있었기 때문에 그것을 느낄 수 있었다.

"그렇다면 결혼했어야지." 요리사가 말했다.

"그이의 직업을 망치고 싶지 않아서 그랬죠. 그이를 방해하

---

61) 동부 해안에 있는 뉴욕 시를 가리킨다.

는 게 싫었거든요. 그 사람한테는 아내가 필요 없었어요. 아, 맙소사, 정말 멋진 남자였는데."

"참 현명한 판단이었군. 잭 존슨이 그를 녹아웃시키지 않았던가?"

"그건 속임수였어요. 그 무지막지한 검둥이 놈이 갑자기 습격했죠. 그래서 그이가 잭 존슨을 보기 좋게 때려눕혔어요. 그 덩치 큰 검둥이 사생아를 말이에요. 그놈이 그이를 때려눕힌 건 순전히 요행이었다고요."

매표구가 열리자 인디언 셋이 그쪽으로 다가갔다.

"스티브가 그놈을 때려눕혔죠. 그러고는 나를 돌아보며 웃더라고요." 금발로 탈색한 아가씨가 말했다.

"아가씨는 연안엔 가지 않았다고 했던 것 같은데." 한 사내가 말했다.

"그 시합은 가서 봤죠. 스티브가 나를 바라보면서 웃었어요. 바로 그때 그 개자식 같은 검둥이 놈이 난데없이 그에게 덤벼들었죠. 스티브는 그따위 검둥이쯤은 아마 백 명도 해치울 수 있었을 거예요."

"그래, 훌륭한 선수였지." 벌목꾼이 맞장구쳤다.

"하느님께 맹세하지만 정말 그랬어요. 웬일인지 요즘에는 그이만큼 훌륭한 선수가 없어요. 그야말로 신(神) 같은 존재였죠. 피부가 정말 희고, 깨끗하고, 멋지고, 상냥하고, 또 민첩하기가 호랑이나 번갯불 같았어요."

"그 사람이 영화에서 시합하는 걸 봤어요." 톰이 말했다. 우리는 모두 매우 감동했다. 앨리스가 몸을 격렬하게 흔들어서 쳐다보니 울고 있었다. 인디언들은 벌써 플랫폼으로 나가고 없었다.

"그이는 이 세상 어떤 남편보다도 훌륭했어요. 우린 하느님 앞에서 결혼했어요. 지금 이 순간에도 난 그이의 것이고, 앞으로도 영원히 그이의 것이에요. 내 전부가 그이의 것이죠. 내 이 육체에 대해선 아무런 상관 안 해요. 육체야 누구나 차지할 수 있겠죠. 하지만 내 영혼만은 스티브 케철에 속해 있어요. 맙소사, 그이야말로 참으로 남자다운 남자였어요." 금발로 탈색한 아가씨가 말했다.

모두들 자못 감동했다. 어쩐지 슬프고도 당혹스러운 장면이었다. 그때 여전히 몸을 떨고 있던 앨리스가 입을 열었다. "더러운 거짓말쟁이 같은 년! 넌 스티브 케철하고 자 본 일이 없잖아. 너도 잘 알고 있겠지." 그녀가 나지막한 소리로 내뱉었다.

"어떻게 그런 말을 할 수 있는 거야?" 금발로 탈색한 아가씨가 오만한 태도로 물었다.

"사실이니까 하는 말이지. 여기서 스티브 케철을 아는 사람은 나밖에 없어. 내 고향이 맨셀로나거든. 그곳에 살 때 그이를 알았지. 정말이라고. 너도 그건 알잖아. 내 말이 거짓말이라면 지금 당장 벼락을 맞아도 좋아." 앨리스가 말했다.

"나도 벼락을 맞겠어." 금발로 탈색한 아가씨가 대꾸했다.

"내 말은 정말, 정말, 정말이야. 그건 너도 잘 알잖아. 그저 아무렇게나 꾸며 대는 얘기가 아니라고. 지금도 그이가 한 말을 똑똑히 기억해."

"그래, 그이가 뭐라고 했는데?" 금발 여자가 자신만만하게 물었다.

앨리스는 울면서 몸을 부들부들 떨었기 때문에 거의 말을 잇지 못했다. "'넌 참 예쁜 여자야, 앨리스.' 그이가 바로 이렇게 말했어."

"거짓말이야." 금발로 탈색한 아가씨가 말했다.

"정말이라니까. 꼭 그렇게 말했어." 앨리스가 대꾸했다.

"거짓말이야." 금발로 탈색한 아가씨가 말했다.

"아니, 정말이야, 정말. 사실이 아니라면 성을 갈겠어."

"스티브가 그렇게 말했을 리 없어. 그이는 그렇게 말할 사람이 아니거든." 금발로 탈색한 아가씨가 행복한 듯이 말했다.

"그이는 그렇게 말했어. 네가 믿건 믿지 않건 그건 상관없고." 앨리스가 아름다운 목소리로 말했다. 이제 그녀는 울음을 그치고 마음을 가라앉힌 상태였다.

"스티브가 그런 말을 했을 리 없어." 금발로 탈색한 아가씨가 선언하듯이 말했다.

"그렇게 말했다니까. 그이가 언제 그런 말을 했는지도 기억하는걸. 그이 말대로 그땐 내가 예뻤지. 물론 지금도 너보다야 낫지만, 이 늙어 빠진 암캐야." 앨리스가 웃으면서 내뱉었다.

"나를 그렇게 모욕해선 안 되지, 이 뚱뚱보 고름 덩어리야. 나한테도 추억이 있어." 금발로 탈색한 여자가 말했다.

"난관(卵管)을 들어내고 C와 M[62]을 시작했을 때를 빼고 너

---

[62] C는 코카인(cocain), M은 모르핀(morphin)의 머리글자로 은어처럼 사용된다.

한테 무슨 추억이 있단 거야? 나머지는 모두 신문 기사를 보고 하는 말이잖아. 난 깨끗한 사람이야. 그건 너도 알잖아. 비록 몸은 뚱뚱하지만 남자들은 나를 좋아해. 그것도 넌 잘 알아. 난 한 번도 거짓말을 한 적이 없어. 그것도 너는 잘 알지." 앨리스가 부드럽고 달콤한 목소리로 말을 이어 나갔다.

"내 추억을 더럽히지 마. 정말 아름다운 추억을." 금발로 탈색한 아가씨가 말했다.

앨리스는 그녀를 쳐다보고 나서 다시 우리 쪽으로 시선을 돌렸다. 그녀의 얼굴에서는 상처받은 표정이 사라지고 미소가 떠올랐다. 그녀의 얼굴은 내가 지금껏 보아 온 얼굴 중에서 가장 아름다웠다. 아름다운 얼굴과 부드러운 살결과 아름다운 목소리를 지닌 그녀는 한없이 상냥하고 친절했다. 다만 몸이 뚱뚱한 것이 탈이었다. 그녀는 세 여자를 합해 놓은 것만큼 뚱뚱했다. 톰은 내가 그녀를 바라보는 것을 보고는 이렇게 말했다. "자, 이제 그만 가지."

"잘 가." 앨리스가 인사를 했다. 누가 뭐래도 아름다운 목소리였다.

"안녕히 가세요." 나도 인사를 했다.

"자네들은 어느 쪽으로 가나?" 요리사가 물었다.

"아저씨하고 반대 방향으로요." 톰이 대답했다.

이국에서

가을이 되면 그곳에서는 언제나 전쟁이 벌어졌지만 우리는 이제 전쟁터에 나가지 않았다. 밀라노의 가을은 춥고 아주 빨리 어두워졌다. 어두워지면 전깃불이 켜졌는데 이때 쇼윈도를 들여다보면서 거리를 따라 걷는 것이 즐거웠다. 가게 밖에는 사냥에서 잡힌 짐승들이 많이 걸렸다. 흰 눈이 여우 가죽에 분처럼 뽀얗게 내려앉았고, 바람에 꼬리가 흔들거렸다. 사슴은 내장이 텅 빈 상태로 뻣뻣하고 육중하게 매달렸으며, 바람에 흔들거리는 작은 새들은 깃털이 뒤집혔다. 차가운 가을이라 바람이 산맥 쪽에서 불어왔다.

우리는 모두 매일 오후에 병원[63]에 갔는데, 어스름 녘에 시

---

63) 이탈리아 밀라노에 있는 육군 대병원 '오스페달레 마조레'를 말한다. 전쟁에서 부상당한 군인들을 치료하는 후방 병원이다.

내를 지나 병원으로 걸어가는 길은 여러 갈래였다. 그중 운하를 따라 걷는 두 길은 거리가 멀었다. 그러나 병원에 들어가자면 늘 운하에 놓인 다리를 건너야 했다. 다리 세 개 중 하나를 선택할 수 있었다. 그중 한 다리에서는 아낙네 한 사람이 군밤을 팔고 있었다. 그녀가 지펴 놓은 숯불 앞에 서 있으면 몸이 따뜻했으며, 군밤을 주머니에 넣으면 조금 뒤 따뜻해졌다. 병원 건물은 매우 낡았지만 아주 아름다웠다. 정문을 통해 들어가 앞마당을 지나가면 반대쪽 문이 나왔다. 앞마당에서는 장례식이 진행되는 경우가 많았다. 낡은 병원 건물 저편에는 벽돌로 지은 새 별관이 있었다. 매일 오후 우리는 그곳에서 만나 아주 정중하게 치료에 관심을 보이면서 치료에 효과가 좋다는 기계 앞에 앉아 있었다.

군의관이 내가 앉아 있는 기계로 다가와 말했다. "전쟁 전에는 뭘 가장 좋아했나? 운동을 했는가?"

"네, 풋볼을 했습니다." 내가 대답했다.

"좋아, 자네는 전보다 풋볼을 더 잘하게 될 거야." 그가 말했다.

내 한쪽 무릎은 굽혀지지 않았고, 그쪽 다리는 무릎에서 발목까지 종아리도 없이 곧게 뻗어 있었다. 기계는 그런 무릎을 굽히게 해서 마치 세발자전거를 탈 때처럼 움직일 수 있게 해 준다고 했다. 그러나 무릎은 아직 굽혀지지 않았고, 굽히는 데까지 오면 오히려 기계가 갑자기 기울어졌다. 군의관이 말했다. "그런 증상은 다 없어질 거야. 자네는 운이 좋은 젊은이야. 선수처럼 다시 풋볼을 하게 될 테니까."

옆에 있는 기계에는 한쪽 손이 갓난아이 손처럼 조그맣게 오므라든 소령이 앉아 있었다. 그의 손은 가죽 띠 두 개 사이에 끼어 있는데 가죽 띠가 위아래로 움직이면서 마비된 손가락들을 찰싹찰싹 때렸다. 군의관이 그의 손을 살펴보자 소령은 내게 눈짓을 하면서 군의관에게 말했다. "군의관 대위, 나도 풋볼을 할 수 있을까?" 그는 아주 뛰어난 펜싱 선수로, 전쟁[64] 전에는 이탈리아에서 가장 뛰어난 펜싱 선수였다.

군의관은 뒤쪽에 있는 사무실로 가더니 사진 한 장을 들고 왔다. 기계 치료를 받기 전에는 소령처럼 작게 오므라들었던 손이 기계 치료를 받고 난 뒤 조금 커진 모습을 보여 주는 사진이었다. 소령은 성한 손으로 사진을 받아 들고 아주 신중하게 그것을 바라보았다. "부상이었나?" 그가 물었다.

"산업 재해였습니다." 군의관이 대답했다.

"아주 흥미롭군. 아주 흥미로워." 소령은 이렇게 말한 뒤 사진을 군의관에게 돌려주었다.

"소령님도 믿으시는 거죠?"

"아니." 소령이 대답했다.

나와 나이가 비슷한 청년 세 사람도 날마다 병원에 다니고 있었다. 세 사람 모두 밀라노 출신으로 한 사람은 변호사, 한 사람은 화가 그리고 또 다른 사람은 직업군인 지망생이었다. 기계 치료가 끝나면 우리는 가끔 함께 라스칼라[65] 극장 옆에

---

64) 1차 세계 대전(1914~1918)을 말한다.
65) 밀라노에 있는 유명한 오페라 극장.

자리 잡은 코바 카페로 걸어갔다. 일행이 모두 넷이나 되었기 때문에 우리는 공산주의자들이 사는 지역을 통과하는 지름길을 택해서 걸었다. 사람들은 장교들이라는 이유로 우리를 끔찍이 싫어했다. 그래서 우리가 지나갈 때면 술집에서 누군가가 "아 바소 글리 우피치알리![66]"라며 욕지거리를 퍼붓곤 했다. 때로는 한 사람이 더 같이 가서 우리 일행은 다섯이 되기도 했다. 그 무렵 그는 코가 없어, 재건 수술을 하기로 되어 있었기 때문에 검은 실크 손수건으로 얼굴을 가리고 다녔다. 사관학교에서 전선에 투입되었는데 처음 전선에 나간 지 한 시간도 안 돼 부상을 입고 말았던 것이다. 그는 결국 안면 재건 수술을 받았으나, 워낙 유서 깊은 가문 출신이라 코는 원래 형태를 완전히 회복하지 못했다. 그는 뒷날 남아메리카에 가서 은행원이 되었다. 그러나 그것은 오래전의 일이었고, 또 그때는 우리 중 어느 누구도 장래 일을 알지 못했다. 우리가 알았던 것이라고는 그 무렵이면 언제나 전쟁이 벌어졌지만 우리는 더 이상 전쟁터에 나가지 않았다는 사실이었다.

얼굴에 검은 실크 손수건을 두른 청년을 제외하고는 우리는 모두 같은 훈장을 받았다. 그 청년은 훈장을 받을 만큼 전선에 오래 머물지 않았다. 변호사 지망생으로 얼굴이 몹시 창백하고 키가 컸던 청년은 아르디티[67] 부대의 중위였는데, 우리가 하나밖에 받지 못한 훈장을 무려 세 개나 받았다. 아주

---

66) "장교 놈들을 때려눕혀라!"라는 뜻의 이탈리아어.
67) 1차 세계 대전 중 이탈리아 육군 엘리트 돌격 부대.

오랫동안 죽음과 함께 살아온 그한테서는 어딘지 모르게 조금 초연한 분위기가 풍겼다. 물론 우리도 모두 조금씩은 초연했지만, 매일 오후 병원에서 만난다는 사실 말고는 우리에겐 아무런 공통점이 없었다. 어둠 속에서 시내의 가장 난폭한 지역을 지나 코바까지 걸어갈 때면 술집에서는 불빛과 노랫소리가 새어 나왔다. 가끔 사람들이 인도에서 밀치락달치락하여 그들을 밀어 헤치고 나아가야 할 때는 한길로까지 들어가 걸어야만 했다. 그런데 그때 우리는 우리를 싫어하는 사람들이 이해하지 못하는 그 무엇을 겪었다는 사실 때문에 서로 유대감을 느끼기도 했다.

우리는 모두 코바 카페를 잘 알았다. 그곳은 화려하면서도 따뜻했고, 조명이 너무 밝지도 않았으며, 때로는 시끄럽고 담배 연기가 자욱했다. 테이블에는 언제나 아가씨들이 있었고, 벽의 신문걸이에는 삽화가 그려진 신문이 있었다. 코바의 아가씨들은 애국심이 무척 강했다. 이탈리아에서 가장 애국심이 강한 사람들은 카페 아가씨들이라는 사실을 나는 알게 되었다. 그리고 나는 그들이 지금도 여전히 애국심이 강하다고 믿는다.

청년들은 처음에는 내 훈장에 대해 매우 정중한 태도를 취했으며, 어떤 공훈을 세웠기에 그것을 받았느냐고 물었다. 나는 그들에게 기록 서류를 보여 주었다. 그 서류에는 '우애'와 '극기' 같은 말이 가득한 온갖 미사여구가 적혀 있었지만, 형용사를 빼고 나면 결국 내가 미국인이기 때문에 훈장을 받았다고 쓰여 있을 뿐이었다. 그 뒤부터는 그들이 나를 대하는 태도가 조금씩 달라지기 시작했다. 물론 다른 국외자들에 비하면 나는 여전히 그들의 친구였지만 말이다. 그러나 친구라 할지라도 그들이 훈장기(勳章記)를 읽은 뒤부터 나는 진정으로 그들 중 한 사람이 될 수 없었다. 그들의 경우는 사정이 달랐고 훈장을 받기 위해서도 나와는 매우 다른 행동을 했기 때문이다. 물론 나도 분명히 전쟁터에서 부상을 입었지만 그 부상이라는 것이 결국 우연한 사건에 지나지 않았다는 것을 우리 모두는 잘 알고 있었다. 그러나 나는 훈장에 대해 한 번도 부끄럽게 생각해 본 적이 없었고, 칵테일을 마신 뒤에는 가끔 그들이 훈장을 타기 위해 세운 공훈을 나도 세웠다고 상상해 보기도 했다. 그러나 찬바람이 휘몰아치고 모든 상점이 문을 닫는 밤에 텅 빈 거리를 가로등 가까이 걸으려고 애쓰면서 집으로 돌아올 때면 나는 그런 행위를 도저히 해내지 못하리라는 걸 깨달았다. 나는 죽는 게 몹시 두려웠다. 밤에 홀로 누워 있으면 죽는 게 겁이 났고 다시 전선으로 돌아가면 어떻게 될까 하고 자주 생각했다.

훈장을 받은 세 사람은 사냥매와 같았다. 사냥해 본 일이 없는 사람에게는 나도 매처럼 보였을지 모르지만 나는 사냥매는 아니었다. 그들 세 사람이 어리석지 않았던 만큼 우리 관계는 점점 소원해졌다. 그러나 나는 전선에 나간 첫날에 부상을 당한 청년과는 계속 친하게 지냈다. 그 무렵 그는 자신이 어느 쪽에 속하는지 모르고 있었다. 그래서 그는 어느 편에도 속할 수가 없었다. 나는 그가 결코 사냥매 과는 아니라고 생각했기 때문에 그를 좋아했다.

전에 훌륭한 펜싱 선수였던 소령은 용기라는 것 자체를 믿지 않았는데, 우리가 함께 기계에 앉아 있는 동안 내 문법을 바로잡아 주는 데 많은 시간을 할애했다. 그는 내가 이탈리아어를 잘한다고 칭찬해 주었으며, 우리 두 사람은 아주 수월하게 대화를 나누었다. 그러던 어느 날 나는 이탈리아어가 너무 쉬운 언어라서 별로 흥미를 느낄 수 없다고 털어놓았다. 모든 표현이 말하기가 너무 쉽다고 말이다. "아, 그래. 그렇다면 이제는 문법에 맞는 표현을 써 보지 않을 텐가?"라고 소령이 말했다. 그래서 우리는 문법에 맞는 표현을 사용했는데, 그러고 나자 곧 이탈리아어는 내게 너무 어려운 언어가 되어 머릿속으로 문법을 정리하고 난 뒤가 아니고서는 그에게 말을 거는 걸 꺼리게 되었다.

　소령은 매우 규칙적으로 병원에 나왔다. 하루도 거르는 일이 없었던 것 같다. 그러나 그가 기계를 믿지 않았던 것만은 확실했다. 한때 우리 모두가 기계의 효능을 믿지 않았던 적이 있는데, 어느 날 소령은 기계 따위는 하나같이 말도 안 되는 물건이라고 말했다. 그 무렵 그 기계는 새로 개발되어 바로 우리가 그 효능을 입증하기로 되어 있었다. 그런 짓은 바보 같은 발상이며 "다른 이론과 마찬가지로 또 하나의 이론"에 지나지 않는다고 그는 말했다. 나는 끝내 문법을 익히지 못했다. 그러자 그는 나를 구제 불능의 수치스러운 인간이라고 말하면서 나 같은 사람을 데리고 애쓴 자신이 어리석었다고 말했다. 몸집이 작은 그가 기계 속에 오른손을 밀어 넣고 의자에 똑바로 앉아서 정면의 벽을 응시하는 동안 가죽 띠가 그의 손가락들

위아래로 찰싹찰싹 움직였다.

"전쟁이 끝나면 자네는 무슨 일을 할 작정인가?" 그가 내게 물었다. "자, 어디 문법에 맞게 대답해 봐!"

"미국에 갈 겁니다."

"결혼은 했나?"

"아뇨, 그렇지만 하고 싶습니다."

"자네는 더더욱 바보로군. 남자는 결혼해서는 안 돼." 그가 말했다. 매우 화가 나 있는 것 같았다.

"왜 그런가요, '시뇨르 마조레[68]'?"

"나를 '시뇨르 마조레'라고 부르지 마."

"남자는 왜 결혼을 하면 안 되나요?"

"사나이는 결혼을 하면 안 돼. 절대로 결혼해선 안 된다고." 그가 화를 내면서 말했다. "만약 모든 걸 잃을 수도 있다면 잃게 될 입장에 서선 안 되지. 잃어버릴 입장엔 서질 말아야 해. 잃어버릴 수 없는 것을 찾아내야 해."

소령은 몹시 화가 나서 비통한 표정으로 말했고, 말하는 동안 앞쪽을 똑바로 응시했다.

"하지만 어째서 꼭 잃어버릴 거라고 생각하십니까?"

"잃게 될 거야." 소령이 대답했다. 그는 벽을 바라보고 있었다. 그러고 나서 기계 쪽으로 시선을 떨어뜨리더니 갑자기 가죽 띠에서 조그마한 손을 빼내 자기 허벅지를 호되게 때렸다. "잃게 될 거야. 더 이상 토 달지 마!" 그의 목소리는 거의 외침

---

68) '소령님'이라는 뜻의 이탈리아어.

에 가까웠다. 그러고 나서 그는 기계를 작동시키던 보조원에게 큰 소리로 말했다. "이리 와서 이놈의 기계 좀 꺼 버려."

그는 광선 치료와 안마를 받기 위해 다른 방으로 돌아갔다. 이어서 군의관에게 전화를 사용해도 괜찮겠냐고 물어보는 소리가 들리더니 그가 문을 닫았다. 소령이 방으로 돌아왔을 때 나는 다른 기계에 앉아 있었다. 그는 외투를 입고 모자를 쓰고는 곧장 내가 있는 기계 쪽으로 걸어와 내 어깨에 팔을 올려놓았다.

"미안하네." 이렇게 말한 뒤 그는 성한 손으로 내 어깨를 가볍게 두들겼다. "화를 내지 말았어야 하는데. 내 아내가 방금 죽었다네. 용서해 주게."

"아…… 저런, 정말 뭐라고 말씀드려야 할지." 나는 그가 안됐다고 생각하며 말했다.

그는 아랫입술을 깨물며 그 자리에 서 있었다. "아주 힘이 드는군. 도저히 단념이 안 돼." 그가 말했다.

소령은 내 얼굴을 똑바로 지나쳐 창문 밖을 바라보았다. 그러고 나서 그는 울기 시작했다. "도저히 단념이 안 돼." 이렇게 말하는 그의 목이 메어 왔다. 마침내 그는 머리를 들어 허공을 바라보고 울면서, 군인답게 몸을 똑바로 가누고 두 뺨에 눈물을 흘린 채 입술을 깨물면서 기계 옆을 지나 문밖으로 나갔다.

군의관은 내게 소령의 젊은 아내가 폐렴으로 사망했다고 말해 주었다. 소령이 전쟁터에서 확실하게 불구가 되어 돌아온 뒤에야 비로소 결혼했던 아내가 말이다. 그녀가 아팠던 시간은 단 며칠뿐이었다. 아무도 그녀가 죽으리라고는 생각하지 않았다. 소령은 사흘 동안 병원에 나오지 않았다. 그러고 나서 군복 소매에 검은 상장(喪章)을 달고 여느 때와 같은 시간에 나왔다. 그가 병원에 돌아왔을 때 벽에는 큼직한 사진들이 액자에 끼워져 사방에 걸려 있었다. 기계 치료를 받기 전과 받은 후의 온갖 상처 부위를 찍어 놓은 사진이었다. 소령이 사용하는 기계 앞에는 완전히 제 모습을 찾은, 소령의 손과 같은 사진이 석 장 걸렸다. 군의관이 어디서 그런 사진들을 입수했는지는 모를 일이었다. 나는 전부터 늘 우리가 이 기계를 최초로 사용한다고 알고 있었다. 늘 창밖만 바라보는 소령에게야 그 사진들이 있든 없든 아무 상관이 없었을 테지만 말이다.

병사의 집

크레브스는 캔자스 주에 있는 어느 감리교 대학에 다니던 중 1차 세계 대전에 참전했다. 대학의 사교 클럽 형제들[69]과 함께 찍은 사진 한 장이 있는데, 그 사진 속에서 그는 똑같은 스타일의 깃을 단 똑같은 키의 학생들 틈에 섞여 있었다. 그는 1917년에 해병대에 입대하여 1919년 여름 제2사단이 라인 강에서 철수할 때 비로소 미국으로 귀환했다.

라인 강변에서 독일 아가씨 두 명과 다른 하사관과 함께 찍은 사진도 한 장 있다. 군복 때문에 크레브스와 그 하사는 몸집이 몹시 커 보였다. 독일 아가씨들은 그다지 예쁘지 않았다. 또 사진에는 라인 강도 보이지 않았다.

---

69) 미국 남자 대학생들의 친목 단체에 소속된 학생들. 서로를 의형제로 간주하기 때문에 '형제'라고 부른다.

크레브스가 오클라호마 주의 고향 집에 돌아왔을 때는 전쟁 영웅들을 환영하는 분위기가 모두 끝나 있었다. 그가 너무 늦게 귀환했기 때문이었다. 소집되었던 병사들이 처음 고향에 돌아왔을 때 마을 사람들은 그들을 열렬히 환영했다. 광적이라고 할 만큼 아주 뜨거운 환영을 말이다. 그러나 지금은 오히려 반작용이 일어났다. 마을 사람들은 크레브스가 전쟁이 끝나고도 이렇게 한참이 지나서야 돌아온 것을 우습게 생각하는 것 같았다.

벨로 숲, 수아송, 샹파뉴, 생미엘 그리고 아르곤[70]에서 벌어진 전투에 참가한 크레브스는 처음에는 아무한테도 전쟁 이야기를 꺼내고 싶어 하지 않았다. 그 뒤 그가 이야기를 하고 싶어졌을 때는 어느 누구도 그의 말에 귀를 기울이려 하지 않았다. 마을 사람들은 이미 끔찍한 이야기를 하도 많이 들어서 실제 경험담을 듣고도 스릴을 느끼지 못했다. 크레브스는 이야기에 귀를 기울이게 하려면 이야기를 꾸며 내야 한다는 것을 깨달았으며, 거짓말을 두 번 하고 나니 스스로 전쟁과 전쟁 이야기에 대해 반감을 느꼈다. 거짓말을 한 탓으로 자기가 전쟁에서 겪은 모든 일이 혐오스럽게 느껴졌다. 생각하는 것만으로도 내면에서 냉철하고 분명하게 느낄 수 있던 모든 세월, 다른 일을 할 수 있음에도 인간으로서 쉽고 자연스럽게 할 수 있는 단 한 가지 일을 하던 지난날들은 이제 냉철하고도 가치 있는 특성을 상실했으며, 그러고 난 뒤에는 그 자체도 말끔히

---

70) 모두 프랑스 북동부 지역.

사라져 버리고 말았다.

크레브스가 한 거짓말은 별로 대수롭지 않은 것들로, 다른 사람들이 보고 듣고 당한 것을 자신이 경험한 것처럼 말한다든지, 군인들한테는 잘 알려져 있지만 출처가 의심스러운 사건들을 사실처럼 이야기하는 정도였다. 심지어 그의 거짓말은 당구장에서도 감흥을 일으키지 못했다. 아르곤 숲에서 독일 여자들이 기관총에 쇠사슬로 묶인 채 발견되었다는 얘기를 자세히 들어 온 친구들과, 또 쇠사슬에 묶여 있지 않았던 독일 기관총 사수들을 이해할 수 없거나 애국심 때문에 그런 것에 흥미를 느끼지 못하는 친구들은 그의 이야기를 듣고도 전혀 스릴을 느끼지 않았다.

크레브스는 거짓이나 과장으로 만들어 낸 경험에 대해 욕지기를 느꼈다. 어쩌다 댄스파티에서 정말 군대에 갔던 전우를 만나 탈의실에서 몇 분이라도 이야기를 나눌 때면 그는 다른 전우들과 함께 있는 옛 군인이라는 편안한 태도에 빠져들었다. 즉 그는 넌더리가 날 정도로 끔찍하게 항상 공포감에 사로잡혀 있었던 것이다. 이런 식으로 그는 모든 것을 잃고 말았다.

이 무렵은 늦은 여름철이어서 크레브스는 늦게까지 침대에 드러누워 잠을 자다가 일어나 시내까지 걸어가 도서관에서 책 한 권을 빌려 집에 돌아와서는 점심을 먹고 현관 앞에서 싫증이 날 때까지 읽고, 그런 뒤 시내를 빠져나가 당구장에 가서 서늘하고 어두운 곳에서 제일 무더운 시간을 보냈다. 그는 당구 치는 것을 좋아했다.

저녁이 되면 그는 클라리넷 연습을 하고 읍내 거리를 따라 산책하고 책을 읽고 잠자리에 들었다. 두 누이동생한테 그는 여전히 용감한 군인이었다. 그의 어머니는 그가 원하면 침대까지 아침 식사를 날라다 주곤 했다. 그가 침대에 누워 있으면 어머니는 수시로 방에 들어와 전쟁 이야기를 해 달라고 했지만 정작 이야기를 시작하면 듣는 둥 마는 둥 했다. 아버지는 조금도 간섭하지 않았다.

전쟁에 나가기 전만 해도 크레브스는 자기 집 자동차의 운전을 허락받은 적이 한 번도 없었다. 부동산업을 하는 아버지가 고객을 데리고 시골 땅을 보러 다녀야 해서 언제든 자동차를 사용할 수 있어야 했기 때문이다. 그래서 자동차는 퍼스트내셔널 은행 건물 바깥에 늘 대기했다. 아버지는 그 건물의 2층을 썼다. 전쟁이 끝난 지금도 마찬가지였다.

어린 아가씨들이 성장했다는 것 외에 마을은 달라진 게 하나도 없었다. 그러나 그 아가씨들도 이미 한계가 정해진 인맥과 변하기 쉬운 반목의 관계라는, 매우 복잡한 세계 속에서 살고 있어 크레브스는 그 속으로 비집고 들어갈 정력도 용기도 나지 않았다. 그러나 아가씨들을 쳐다보면 기분이 좋았다. 예쁜 아가씨들이 너무 많았다. 아가씨들은 대부분 단발로 머리카락을 짧게 잘랐다. 그가 전쟁에 나갈 무렵만 해도 나이 어린 소녀들이나 행실이 좋지 않은 여자들만 그렇게 머리를 짧게 잘랐다. 그들은 모두 스웨터에 네덜란드식 깃이 달린 블라우스를 입고 있었다. 그것이 이 무렵의 유행이었다. 그는 앞 현관에서 맞은편 한길로 지나다니는 여자들을 바라보는 게 좋았다. 스웨터에 달린 둥근 네덜란드식 깃이 마음에 들었다. 그들의 실크 스타킹과 평평한 구두도 마음에 들었다. 그들의 단발머리와 걷는 모습도 마음에 들었다.

읍내로 들어가면 아가씨들이 풍기는 매력이 그다지 크게 느껴지지 않았다. 그리스인이 경영하는 아이스크림 가게의 여자들은 별로 마음에 들지 않았다. 그는 사실 여자들을 손에 넣고 싶은 생각이 없었다. 그들은 너무 복잡했다. 물론 그것 말고도 다른 무엇이 있었다. 막연히 여자를 원하기는 했지만 여자를 얻기 위해 실제로 작업을 걸기가 싫었다. 여자를 손에 넣고 싶었지만 그 때문에 오랜 시간을 허비하기도 싫었다. 호기심을 끌기 위해 음모를 꾸미고 용의주도하게 굴기도 싫었다. 구애 같은 것을 해야 하는 게 싫었다. 이제 더는 거짓말을 하기가 싫었다. 하나같이 부질없는 짓이었다.

크레브스는 결과라는 것 자체가 모두 싫었다. 두 번 다시 어떤 결과건 맛보고 싶지 않았다. 결과 없는 인생을 살고 싶었다. 게다가 그에겐 정말 여자가 필요하지 않았다. 군대에서 그것을 배웠던 것이다. 마치 여자를 사귀어야 하는 것처럼 포즈를 취하기만 하면 그만이었다. 남자들은 대개 그런 포즈를 취하지만 사실은 그렇지 않다. 그들에겐 여자가 필요치 않았다. 웃기는 일이었다. 처음에는 한 친구가 자기에게는 여자란 아무런 의미가 없다든지, 여자에 대해서는 한 번도 생각해 본 적이 없다든지, 여자들이 자기에게 손가락 하나 대지 못한다든지 하면서 뻐겼다. 그런가 하면 여자들 없이는 도저히 살 수 없다든지, 한순간도 여자 곁을 떠나서는 지낼 수 없다든지, 여자 없이는 잠을 잘 수 없다든지 하고 뻐기는 녀석도 있었다.

모두 다 거짓말이었다. 양쪽 모두 거짓말이었다. 여자에 대해 생각해야 비로소 여자를 필요로 하게 되는 것이다. 그는 군대에서 그것을 배웠다. 이르건 늦건 어차피 여자란 손에 넣게 되는 법이다. 한 여자에게 정말로 마음이 쏠리면 언제든 손에 넣게 될 것이다. 곰곰이 생각할 필요조차 없는 일이었다. 조만간 그렇게 되고 말 것이다. 그는 군대에서 그것을 배웠다.

지금의 그로서는 한 아가씨가 자기한테 오면 그 여자를 좋아하겠지만 이야기를 나누고 싶지 않았다. 그러나 이곳 고향 마을에서 여자란 너무나 복잡했다. 그는 이 복잡한 과정을 처음부터 다시 밟을 수 없다는 것을 잘 알았다. 그렇게 수고를 들일 만한 가치가 없었다. 프랑스나 독일 아가씨라면 사정이 달랐다. 그곳에서는 얘기를 나눌 일이 전혀 없었다. 많이 얘기할 수도 없었고, 또 얘기할 필요도 없었다. 그들과의 관계는 단순했으며 쉽게 친구가 되었다. 그는 프랑스에 대해 생각하고 그다음에는 독일에 대해 생각했다. 대체로 그는 독일을 더 좋아하는 편이었다. 독일을 떠나기가 싫었다. 고향에 돌아오기가 싫었다. 그런데도 그는 귀국했다. 그래서 지금 앞쪽 현관에 앉아 있는 것이다.

크레브스는 길 건너편을 지나다니는 아가씨들이 마음에 들었다. 프랑스나 독일 아가씨들보다 그들의 모습이 한결 마음에 들었다. 그러나 여자들이 사는 세계는 자신이 사는 세계와 달랐다. 그는 아가씨 중 한 사람과 사귀고 싶었다. 그러나 그럴 만한 가치가 없었다. 아가씨들의 모습은 참으로 아름다웠다. 그는 그런 모습이 좋았다. 가슴을 설레게 하는 모습이었다. 그러나 그는 귀찮게 말을 걸고 싶지가 않았다. 그렇다고 어느 한 아가씨를 몹시 바라는 것도 아니었다. 그러나 그들을 바라보는 것이 좋았다. 부질없고 가치 없는 짓이었다. 일이 다시 잘되어 나가고 있는 지금에야 더더욱 쓸데없는 짓이었다.

그는 현관에 앉아 전쟁에 관한 책을 읽었다. 전쟁사(戰爭史) 책이었는데 그는 자신이 참전한 전쟁 부분을 하나도 빠뜨리지 않고 꼼꼼히 읽었다. 지금껏 읽었던 것 중 가장 흥미진진한 책이었다. 지도가 좀 더 많이 삽입되었더라면 더 좋았을 것 같았다. 언젠가 상세한 지도가 붙은 책이 출판되면 그런 훌륭한 전쟁사 책을 모두 읽어 보자고 흐뭇한 마음으로 다짐했다. 지금 그는 정말 전쟁에 대해 공부하고 있었다. 그는 훌륭한 군인이었다. 중요한 건 바로 그 점이었다.

고향에 돌아온 지 한 달쯤 지난 어느 날 아침 어머니가 침실에 들어와 침대에 앉았다. 어머니는 앞치마의 주름을 펴고 있었다.

"엊저녁에 네 아버지하고 상의했다, 해럴드. 저녁에는 자동차를 몰고 나가도 좋다고 하시더라." 어머니가 말했다.

"그래요? 자동차를 몰고 나가도 괜찮대요? 정말요?" 아직도 잠이 덜 깬 크레브스가 물었다.

"그럼. 네 아버지는 얼마 전부터 저녁에 나가고 싶을 때는 네가 자동차를 써도 좋다고 생각했어. 아버지하고 내가 이야기한 건 엊저녁이었지만."

"틀림없이 어머니가 설득하셨겠죠." 크레브스가 말했다.

"아냐. 네 아버지가 먼저 말해서 함께 의논한 거야."

"아니, 어머니가 설득하신 게 틀림없어요." 크레브스가 침대에서 일어나 앉으며 말했다.

"아래층에 내려가 아침 식사 할래, 해럴드?" 어머니가 물었다.

"옷 입고 곧 내려갈게요." 크레브스가 대답했다.

그의 어머니는 방에서 나갔다. 식당으로 아침을 먹으러 내려가려고 세수를 하고 면도를 하는 동안 어머니가 아래층에서 무언가를 기름에 튀기는 소리가 들렸다. 식사하는 동안 누이동생이 우편물을 갖고 들어왔다.

"어머나, 핼71)! 잠꾸러기 오빠. 왜 이렇게 일찍 일어난 거예요?" 그녀가 물었다.

크레브스는 누이동생을 쳐다보았다. 그는 그녀를 좋아했다. 제일 사이좋은 동생이었다.

"신문 가져온 거야?" 그가 물었다.

누이동생이 그에게 《캔자스시티 스타》72)를 건네주자 그는 갈색 포장지를 벗기고 스포츠란을 펼쳤다. 신문을 펼쳐 접어 물주전자로 받치고 움직이지 않게 시리얼 접시로 고여 놓으니 식사를 하면서도 신문을 읽을 수 있었다.

"해럴드. 해럴드, 제발 신문을 뒤섞어 놓지 마라. 뒤섞어 놓으면 아버지가 읽을 수 없잖아." 부엌 입구에 서 있던 그의 어

---

71) '해럴드'의 애칭.

72) 어니스트 헤밍웨이는 고등학교를 졸업한 직후 이 신문사에서 여섯 달 정도 수습기자로 근무했다.

머니가 말했다.

"뒤섞어 놓지 않을게요." 크레브스가 대답했다.

누이동생은 식탁에 앉아 신문을 읽고 있는 오빠의 얼굴을 빤히 바라보았다.

"오늘 오후에 우리 학교에서 실내 야구 해. 내가 투수야." 그녀가 말했다.

"그거 근사한데. 그래, 야구 솜씨는 어때?" 크레브스가 물었다.

"웬만한 남자애들보다 내가 더 잘 던져. 애들한테는 오빠가 가르쳐 줬다고 그랬지. 다른 여자애들은 형편없어."

"그래?" 크레브스가 말했다.

"오빠가 내 애인이라고 말해. 내 애인이 되지 않을래, 핼?"

"그래, 좋아."

"오빠는 정말 애인이 될 수 없는 거야?"

"잘 모르겠는걸."

"잘 알면서. 내가 어른이고 만약 오빠가 원한다면 내 애인이 될 수 없어?"

"왜 없겠어. 지금도 내 애인이잖아."

"정말, 내가 오빠 애인이라고?"

"그렇고말고."

"나를 사랑해?"

"으, 응."

"언제까지라도 사랑할 거야?"

"그럼."

"내가 실내 야구 하는 거 보러 올래?"

"글쎄."

"어머, 헬. 나를 사랑하지 않네. 사랑한다면, 내가 실내 야구 하는 걸 보러 오고 싶을 텐데."

크레브스의 어머니가 부엌에서 식당으로 들어왔다. 달걀 프라이 두 개와 아삭하게 구운 베이컨 접시와 메밀 팬케이크 접시를 들고 있었다.

"그만 가 봐, 헬렌. 오빠하고 할 얘기가 있으니까." 어머니가 말했다.

어머니는 달걀과 베이컨 접시를 그의 앞에 내려놓고 팬케이크에 뿌릴 단풍나무 시럽 병을 가져왔다. 그런 뒤 크레브스와 마주 앉았다.

"잠깐 신문을 내려놓지, 해럴드." 어머니가 말했다.

크레브스는 신문을 내리고 접었다.

"무슨 일을 할 건지 이제 결심이 섰니, 해럴드?" 어머니가 안경을 벗으면서 말했다.

"아뇨." 크레브스가 대답했다.

"이젠 그럴 때가 되었다고 생각하지 않니?" 어머니가 이 말을 비꼬듯이 한 것은 아니었다. 걱정하는 듯한 목소리였다.

"아직 생각해 본 일 없어요." 크레브스가 대답했다.

"하느님은 누구에게나 알맞은 일거리를 주신단다.[73]" 어머

---

73) "각 사람은, 주님께서 나누어 주신 그대로, 하나님께서 그를 부르신 그대로 살아가십시오. 이것이 모든 교회에서 명하는 나의 지시입니다."(「고린도전서」 7장 17절)

니가 말을 이어 나갔다. "하느님의 왕국에는 빈둥빈둥 노는 사람이 단 한 사람도 없어."

"난 하느님의 왕국에 살고 있지 않은걸요." 크레브스가 말했다.

"우린 모두 하느님의 왕국에 살고 있단다."

크레브스는 여느 때처럼 당혹스럽고 화가 치밀었다.

"엄마는 너 때문에 근심이 많아, 해럴드. 네가 지금까지 온갖 유혹을 받았다는 걸 알아. 인간이 얼마나 연약한 존재인지도 잘 알지. 네 할아버지인 내 아버지가 남북 전쟁에 대해 많이 얘기해 주셨거든. 그래서 난 너를 위해 늘 기도드렸어. 지금도 하루 종일 너를 위해 기도드리고 있어, 해럴드." 어머니가 말했다.

크레브스는 접시에 담긴 베이컨의 기름이 굳어 가는 것을 바라보고 있었다.

"아버지도 걱정하고 있어." 그의 어머니가 말을 이었다. "네가 야망을 잃었다고, 인생의 확고한 목표가 없다고 생각하셔. 너와 동갑인 찰리 시먼스를 좀 봐라. 그 애는 좋은 일자리도 얻었고, 곧 결혼도 한다더라. 사내아이들이 다들 자리를 잡아 가고 있어. 모두들 성공하려고 마음을 굳게 먹고 있잖니. 너도 알겠지만, 찰리 시먼스 같은 애들은 정말 사회에 뭔가 도움이 되려고 해."

크레브스는 아무 말도 하지 않았다.

"딴 데 보지 말고, 해럴드." 그의 어머니가 말했다. "우리는 너를 사랑해. 그래서 네가 잘됐으면 해서 돌아가는 상황을 애기해 주고 싶은 거야. 네 아버지는 네 자유를 구속하고 싶어하지 않아. 네가 자동차를 운전해도 좋다고 생각하잖니. 훌륭한 아가씨를 데리고 드라이브라도 한다면야 우리로서는 기쁠 따름이지. 우린 네가 재미있게 지내 줬으면 해. 하지만 어서 자리를 잡고 일을 해야 해, 해럴드. 아버지는 네가 어떤 일을 시작하든 상관하지 않아. 아버지 말씀대로 모든 일은 신성하니까. 어쨌든 무슨 일이라도 해 봐야지.[74] 아버지가 오늘 아침 나더러 네게 말하라고 부탁하더라. 그리고 아버지 사무실에 들러 만나 봐도 좋을 거야."

"이제 말씀 다 하셨어요?" 크레브스가 물었다.

"그래. 너 엄마를 사랑하지 않는 거니, 얘야?"

"예, 사랑하지 않아요." 크레브스가 대답했다.

그의 어머니는 식탁 너머로 그를 쳐다보았다. 어머니의 두 눈이 반짝거렸다. 눈물을 흘리기 시작했던 것이다.

"전 누구도 사랑하지 않아요." 크레브스가 말했다.

부질없는 짓이었다. 그는 어머니에게 말할 수도 없었고, 어머니를 이해시킬 수도 없었다. 그런 말을 하다니 어리석었다. 어머니 마음만 상하게 했을 뿐이다. 그는 어머니 있는 곳으로 돌아가 어머니의 팔을 잡았다. 어머니는 두 손으로 얼굴을 가리고 울고 있었다.

"그런 뜻이 아니었어요. 전 다만 어떤 일에 화가 나 있을 뿐

---

74) "우리가 여러분에게 명령한 대로, 조용하게 살기를 힘쓰고, 자기 일에 전념하고, 자기 손으로 일을 하십시오."(「데살로니가전서」 4장 11절)

이에요. 어머니를 사랑하지 않는다는 뜻이 아니에요." 그가
말했다.

어머니는 울음을 그치지 않았다. 크레브스는 어머니의 어
깨에 팔을 올려놓았다.

"제 말을 못 믿으시겠어요, 어머니?"

어머니는 고개를 내저었다.

"제발, 제발 어머니. 제발 저를 믿어 주세요."

"그래, 그래." 어머니는 목이 멘 소리로 말했다. 그녀는 아
들을 쳐다보았다. "암, 믿고말고, 해럴드."

크레브스는 어머니 머리카락에 키스를 했다. 어머니는 그
를 향해 얼굴을 쳐들었다.

"난 네 엄마야. 네가 아기였을 때는 내가 너를 꼭 안고 있었
지." 어머니가 말했다.

크레브스는 메스껍고 어쩐지 토할 것 같은 기분이 들었다.

"알아요, 엄마. 착한 아들이 되려고 노력할게요." 그가 말했다.

"그럼 무릎 꿇고 나와 함께 기도드리지 않겠니, 해럴드?"
어머니가 그에게 물었다.

어머니와 아들은 식탁 옆에 무릎을 꿇었고, 크레브스의 어
머니는 기도를 드렸다.

"자, 기도드리렴, 해럴드." 어머니가 말했다.

"그럴 수가 없어요." 크레브스가 대답했다.

"한번 해 봐, 해럴드."

"못하겠어요."

"너 대신 내가 기도드릴까?"

"네."

그래서 그의 어머니가 그를 대신해 기도를 드리고 난 뒤 두 사람은 일어났다. 크레브스는 어머니에게 키스를 하고 집 밖으로 나왔다. 그는 자신의 삶이 복잡해지지 않도록 무척 조심해 왔다. 그런데도 삶은 어느 것 하나 그에게 감동을 주지 않았다. 그는 어머니에게 미안한 생각이 들었고, 어머니는 그에게 거짓말을 하도록 만들었다. 그는 캔자스시티에 가서 일자리를 구해 볼 것이고, 그러면 어머니는 그에 대해 만족할 것이다. 어쩌면 떠나기 전에 한 번 더 야단법석이 날지도 모른다. 아버지 사무실에는 들르고 싶지 않았다. 그곳은 피하고 싶었다. 그는 자신의 삶이 순조롭게 진행되기를 바랐고, 이제 막 그렇게 되려던 참이었다. 어쨌든 이제는 모든 게 끝나고 말았다. 그는 학교 운동장에 가서 헬렌이 실내 야구 하는 모습을 지켜보고 싶었다.

깨끗하고 밝은 곳

늦은 밤 카페 손님도 모두 돌아갔는데 노인 한 사람이 전등 불빛에 나뭇잎이 만들어 내는 그림자 아래 앉아 있었다. 낮에는 먼지가 많이 이는 거리지만 밤에는 이슬이 내려서 그 먼지를 가라앉혀 주었기 때문에 노인은 밤늦도록 앉아 있기를 좋아했다. 노인은 귀가 들리지 않았지만 사방이 고요한 밤이면 미세하게나마 차이를 느낄 수 있었다. 카페 안쪽에 있는 두 웨이터는 노인이 조금 취했다는 것을 잘 알았다. 노인은 좋은 손님이었지만 많이 취하면 돈을 내지 않고 가는 버릇이 있어서 그들은 노인을 경계했다.

"저 영감 말이지, 지난주에 자살하려고 했대." 한 웨이터가 말했다.

"뭣 때문에요?"

"절망감 때문이지."

"뭣 때문에 절망했는데요?"

"아무것도 아닌 일이었다는군."

"아무것도 아닌 일인지는 어떻게 알아요?"

"돈이 꽤 많거든."

두 사람은 카페 입구에서 가까운 벽 옆 테이블에 앉아 테라스를 바라보고 있었다. 바람에 조금 흔들리는 나뭇잎 그림자 아래 노인 한 사람이 앉아 있는 자리를 제외하고 테라스의 테이블은 모두 텅 비어 있었다. 젊은 아가씨와 군인이 거리를 지나갔다. 군인의 놋쇠 계급장이 가로등에 반짝거렸다. 젊은 아가씨는 머리에 아무것도 쓰지 않고 군인 옆에서 바삐 걸음을 옮겼다.

"순찰병한테 잡힐 것 같은데." 한 웨이터가 말했다.

"얻고 싶은 걸 얻었으니 무슨 상관이겠어요?"

"지금 옆 골목으로 새면 좋을 텐데. 순찰병한테 들키고 말 거야. 순찰병들이 오 분 전에 막 지나갔잖아."

그림자 속에 앉아 있던 노인이 글라스로 받침 접시를 톡톡 두드렸다. 좀 더 젊은 웨이터가 그에게 다가갔다.

"뭘 갖다 드릴까요?"

노인은 웨이터를 쳐다보았다. "브랜디 한 잔 더."

"취하실 텐데요." 웨이터가 말했다. 그러자 노인은 그를 쳐다보았다. 웨이터는 물러났다.

"저 영감, 밤새도록 앉아 있을 모양인데요." 웨이터가 동료 웨이터에게 말했다. "난 이제 졸린데. 3시 전에는 잠을 자 본 일이 없는 신세니, 원. 저놈의 영감, 지난주에 콱 죽어 버렸어야 되는데.”

웨이터는 카페 안쪽의 카운터에서 브랜디 병과 받침 접시를 하나 집어 들고 노인의 테이블로 성큼성큼 걸어갔다. 그는 받침 접시를 내려놓고 글라스에 브랜디를 가득 따랐다.

“영감님은 지난주에 죽는 게 나을 뻔했어요.” 그가 귀머거리 노인에게 말했다. 노인은 손가락으로 신호했다. “조금만 더 따라.” 웨이터가 글라스에 더 따르자 브랜디가 넘쳐 글라스 밑에 놓인 받침 접시로 흘러내렸다. “고맙네.” 노인이 말했다. 웨이터는 병을 들고 카페 안으로 돌아왔다. 그는 다시 동료 웨이터와 테이블에 앉았다.

“저 영감 이제 많이 취했는걸요.” 그가 말했다.

“밤마다 많이 취하지.”

“도대체 뭣 때문에 자살하려 했을까요?”

“난들 어떻게 알겠어?”

“어떻게 죽으려 했대요?”

“밧줄에 목을 매려고 했대.”

“누가 밧줄을 끊고 구해 줬죠?”

“영감의 조카딸이래.”

“뭣 때문에 구해 줬을까요?”

“자살하면 영혼이 구원받지 못하기 때문이지.[75]”

---

[75] “나는 그리스도와 함께 십자가에 못 박혔습니다. 이제 사는 것은 내가 아닙니다. 그리스도께서 내 안에 사시는 것입니다. 내가 지금 육신 안에 사는 것은 나를 사랑하셔서 나를 위해 자신의 몸을 내주신 하나님의 아들을 믿는 믿음 안에서 사는 것입니다.”(「갈라디아서」 2장 20절)

"돈은 얼마나 있는데요?"

"아주 많대."

"나이가 여든 살은 됐을 거예요."

"여든은 틀림없이 됐을 거야."

"그만 돌아가 줬으면 좋겠네요. 난 3시 전에 잠을 자 본 적이 없어요. 잠자는 시간이 왜 이래야 돼요?"

"영감은 좋아서 저렇게 버티는 거야."

"영감은 혼자 몸이죠. 하지만 난 그렇지가 않잖아요. 마누라가 잠자리에서 기다리고 있는데."

"저 영감한테도 한때는 마누라가 있었어."

"이제는 있어 봐야 쓸모도 없겠죠."

"글쎄, 어떨지 누가 알아. 그래도 아내가 있는 게 좋을지도 모르지. 아내가 있다면 말이야."

"조카딸이 돌보고 있잖아요."

"그건 나도 알아. 조카딸이 밧줄을 끊어 줬다고 했잖아."

"저런 늙은이가 되고 싶지 않아요. 늙은이는 추잡해 보여."

"꼭 그렇다고 할 수만은 없어. 저 노인은 깨끗해. 마실 때도 흘리지 않고. 지금같이 몹시 취해도 말이지. 저 봐, 저걸 좀 보라고."

"이젠 쳐다보기도 싫어요. 아, 제발 안 가려나? 우리같이 일을 해야 하는 사람한텐 정말 인정머리라곤 털끝만큼도 없는 사람이네요."

노인은 글라스에서 얼굴을 들고 광장 쪽을 보고 나서 웨이터들 쪽을 쳐다보았다.

"브랜디 한 잔 더 줘." 노인이 글라스를 가리키며 말했다. 조급해하던 웨이터가 다가갔다.

"이제 영업 끝났어요." 그는 멍청한 사람들이 술에 취한 사람이나 외국인에게 말할 때 그러듯이 구문을 생략해 말했다. "오늘 밤은 끝이에요. 이제 문 닫아야 해요."

"한 잔만 더 줘." 노인이 말했다.

"안 돼요. 영업 끝났다고요." 웨이터는 행주로 테이블 모서리를 훔치면서 고개를 저어 보였다.

그러자 노인은 자리에서 일어나 천천히 받침 접시의 수를 세고는 주머니에서 가죽 지갑을 꺼내더니 술값을 치르고 반 페세타[76]를 팁으로 남겨 놓았다. 웨이터는 거리를 걸어가는 노인을 지켜보았다. 노쇠한 탓에 비틀거렸지만 어딘지 품위가 있어 보였다.

"좀 더 마시게 두지 그랬어." 조급하지 않은 웨이터가 물었다. 두 사람은 덧문을 닫고 있었다. "아직 2시 30분도 안 됐는데."

"난 자러 가고 싶어요."

"한 시간 정도야 뭐 그리 대순가?"

"저 영감보다 젊은 나한테는 소중한 시간이죠."

"한 시간이긴 마찬가지야."

"영감 같은 말을 하는군요. 그 영감은 술을 사다가 집에서 마시면 되잖아요."

"그것하고는 다르지."

---

76) 스페인의 과거 화폐 단위.

"그렇죠, 다르죠." 아내가 있는 웨이터가 맞장구쳤다. 그도 말도 안 되는 억지를 피울 생각은 없었다. 다만 서둘러 집에 가고 싶을 뿐이었다.

"그럼 자네는 어때? 평소보다 일찍 집에 돌아가는 게 두렵지 않은가?"

"저를 모욕하는 겁니까?"

"아냐, 옴브레![77] 그냥 농담한 거야."

"두려울 게 뭐겠어요." 조급한 웨이터가 덧문을 내리고 일어나면서 말했다. "자신 있어요. 자신만만하다고요."

"젊고, 자신감 있고, 일자리도 있다 이건가." 나이 많은 웨이터가 말했다. "만사에 부족한 게 없군."

"그럼 아저씨는 뭐가 부족한데요?"

"일자리만 빼고는 모든 게 부족하지."

"저처럼 모든 게 있잖아요."

"아냐, 자신감이라는 건 가져 본 적도 없고, 또 이젠 예전처럼 젊지도 않아."

"자, 이제 쓸데없는 얘기는 그만하고 자물쇠나 채우세요."

"나는 늦게까지 카페에 남고 싶어." 나이 많은 웨이터가 말했다. "잠들고 싶어 하지 않는 모든 사람들과 함께. 밤에 불빛이 필요한 모든 사람들과 함께 말이야."

"난 집에 가서 자고 싶어요."

"우리는 다른 종류의 인간이군." 나이 많은 웨이터가 말했

---

77) "이 사람아!"라는 뜻의 스페인어. 이어지는 외국어는 모두 스페인어이다.

다. 그는 이제 옷을 갈아입고 집으로 돌아갈 준비를 하고 있었다. "젊음도 자신감도 아주 아름다운 것이긴 하지만 그것들만의 문제는 아니야. 매일 밤 가게를 닫을 때마다 어쩐지 망설이게 돼. 카페가 필요한 누군가가 있을지 모른다고 생각하면 말이지."

"옴브레! 보데가[78]는 얼마든지 있잖아요."

"자네는 이해 못 해. 이곳은 깨끗하고 기분 좋은 카페 아닌가. 불이 환하고. 불빛도 좋은 데다 나무 그늘이 있거든."

"그럼 안녕히 주무세요." 젊은 웨이터가 작별 인사를 했다.

"잘 가게." 다른 웨이터가 말했다. 전등을 끄면서 나이 많은 웨이터는 자신과 대화를 계속했다. 물론 불빛도 중요하지만 깨끗하고 아늑해야 해. 너한테는 음악은 필요 없어. 그래, 정말로 음악은 필요 없지. 또 이런 시간에 열려 있는 곳은 바밖에 없지만 너는 바 앞에서 품위를 지키며 서 있을 수 없지. 도대체 그가 두려워하는 게 무엇일까? 그것은 두려움도 공포도 아니야. 그것은 그가 너무나도 잘 알고 있는 허무라는 거지. 그것은 모두 허무였고, 인간도 한낱 허무에 지나지 않거든. 모든 것이 오직 허무뿐, 필요한 것은 밝은 불빛과 어떤 종류의 깨끗함과 질서야. 허무 속에 살면서 전혀 그것을 알아채지 못하는 사람들도 있지만 그는 그것을 잘 알고 있지. 모든 것은 '나다[79]'이면서 '나다'이고 또 '나다'와 '나다'이면서 '나

---

78) '밤새 술을 파는 술집.'
79) '무(無).'

다'일 뿐이지. '나다'에 계신 우리 '나다', '나다'의 이름을 거룩하게 하시며, 아버지의 나라가 '나다'하게 하시며, 아버지의 뜻이 '나다'에서와 같이 '나다'도 이루어지게 하소서. 오늘 우리에게 일용할 '나다'를 주시고, 우리가 우리에게 우리 '나다'를 '나다'하여 주시고, 우리를 '나다'에 '나다'하지 않게 하시고, '나다'에서 구하소서.[80] 무(無)가 가득하신 무(無)님, 기뻐하소서. 무(無)께서 함께 계시니.[81] 그는 미소를 지으며 반들반들 빛이 나는 에스프레소 기계가 있는 바 앞에 이르러 발걸음을 멈췄다.

"뭘 드시겠습니까?" 바텐더가 물었다.

"나다를 주게."

"오트로 로코 마스.[82]" 바텐더가 말하고 고개를 돌렸다.

"작은 걸로 한 잔." 웨이터가 말했다.

그러자 바텐더가 그에게 술을 따라 주었다.

"불빛도 꽤 밝고 기분도 좋긴 한데 스탠드를 제대로 닦지 않았군." 웨이터가 말했다.

바텐더는 그를 쳐다보았지만 아무런 대꾸도 하지 않았다. 대화하기에는 너무 늦은 시간이었다.

"한 잔 더 따를까요?" 바텐더가 물었다.

---

80) "하늘에 계신 우리 아버지, 이름을 거룩하게 하옵시며……."로 시작하는 개신교의 주기도문에 '나다(nada)'를 넣어 패러디한 것이다.
81) "은총이 가득하신 마리아님, 기뻐하소서……."로 시작하는 가톨릭교의 성모송에 '무(無)'를 넣어 패러디한 것이다.
82) "미친놈이 또 하나 있군."

"아냐, 이제 됐네." 웨이터가 이렇게 대답하고는 밖으로 나왔다. 바도 그렇고 술집도 그렇고 도무지 마음에 들지가 않았다. 깨끗하고 불빛이 밝은 카페라면 전혀 얘기가 달랐을 것이다. 이제 그는 더 생각하지 않고 집에 가서 방으로 들어갈 것이다. 침대에 누워 마침내 날이 샐 무렵이 되어서야 겨우 잠이 들 것이다. 따지고 보면 어쩌면 이것은 단순한 불면증일지도 몰라, 하고 그는 혼잣말을 했다. 많은 사람이 불면증에 시달리고 있음에 틀림없었다.

와이오밍 주의 포도주

와이오밍 주의 뜨거운 오후였다. 산은 아득히 멀었고 정상의 눈(雪)은 보였지만 산 그림자 하나 드리워져 있지 않았다. 골짜기의 곡물 밭은 누렇게 익어 갔고, 도로는 오가는 자동차로 먼지가 뽀얗게 일었으며, 읍내 변두리의 조그마한 목조 가옥들이 뜨거운 햇볕을 받아 데워졌다. 퐁탕 씨네 집 뒤 현관에는 나무 그늘이 드리워졌는데 나는 그곳 테이블에 앉아 있었고, 퐁탕 부인이 지하실 술 창고에서 차가운 맥주를 날라 왔다. 갑자기 자동차 한 대가 중심 도로를 벗어나 골목길로 들어와서 집 옆에 멈춰 섰다. 사내 둘이 차에서 내려 문으로 들어왔다. 나는 술병을 테이블 밑에 숨겼다. 퐁탕 부인이 자리에서 일어났다.

"샘은 어디 있습니까?" 사내 중 하나가 방충문 가에서 물었다.

"지금 이곳에 없어요. 광산에 가 있습니다."

"맥주는 있나요?"

"없습니다. 맥주 같은 건 없어요. 저게 마지막 병이에요. 다 팔렸거든요."

"저 양반이 마시는 건 뭐요?"

"그게 마지막 병이에요. 모두 팔렸어요."

"자, 그러지 말고 맥주 좀 내놓으시죠. 나 알잖아요."

"없다니까요. 저게 다예요. 이제 품절이에요."

"자, 진짜 맥주를 마실 수 있는 곳으로 가세." 한 사내가 이렇게 말하고는 자동차 있는 곳으로 나아갔다. 그중 한 사람의 걸음이 비틀거렸다. 자동차는 쏜살같이 출발하더니 도로를 내달려 금방 사라졌다.

"맥주를 테이블 위에 올려놓아요. 왜 그러세요? 이제 괜찮아요. 안 그래도 돼요. 땅바닥에 놓고 마시지 마세요." 퐁탕 부인이 말했다.

"모르는 사람들이어서요." 내가 대꾸했다.

"취한 사람들이었어요. 저런 사람들은 꼭 문제를 일으켜요. 나중에 딴 데 가서 우리 집에서 술을 마셨다고 하거든요. 기억조차 못하면서 말이에요." 그녀는 프랑스어로 지껄였는데 사실은 간혹 프랑스어가 섞여 있을 정도로 영어가 많았고 때로는 구문조차도 영어 구문이었다.

"퐁탕 씨는 지금 어디 있나요?"

"일 페 드 라 방당주.[83] 아, 맙소사! 일 에 크레이지 푸르

_____

83) "포도 따러 갔어요."라는 뜻의 프랑스어. 이어지는 외국어는 모두 프랑스어.

르 뱅.[84)]"

"하지만 아주머니는 맥주를 좋아하시죠?"

"위, 젬 라 비에르, 메 퐁탕, 일 에 크레이지 푸르 르 뱅.[85)]"

그녀는 나이가 지긋하고 통통한 여성이었는데 불그스레하게 혈색 좋은 얼굴에 머리카락이 희었다. 사람도 매우 단정했고 집도 깨끗하게 잘 정돈되었다. 그녀는 랑스[86)] 출신이었다.

"식사는 어디서 했어요?"

"호텔에서 했죠."

"망제 이시. 일 느 포 파 망제 아 로텔 우 오 레스토랑. 망제 이시![87)]"

"폐를 끼치고 싶지 않아서요. 그리고 호텔 식사도 꽤 먹을 만해요."

"난 호텔에서는 절대로 식사 안 해요. 다른 사람들은 먹을 만한지 몰라도요. 꼭 한 번 미국식 레스토랑에서 식사를 한 적이 있었죠. 그런데 어떤 음식이 나왔는지 아세요? 날돼지고기가 나오더라고요!"

"설마 그럴 리가요?"

"거짓말하는 게 아니에요. 요리도 하지 않은 돼지고기였어

---

84) "포도라면 사족을 못 써요." '크레이지'라는 영어를 섞어 썼다.
85) "예, 나는 맥주를 좋아하지만, 퐁탕 그 양반은 포도주라면 사족을 못 쓴답니다."
86) 프랑스 서중부의 소도시.
87) "여기 와서 드세요. 호텔이나 레스토랑에서 드시면 안 돼요. 여기 와서 드세요."

요. 에 몽 피스 일 에 마리에 아베크 윈 아메리켄, 에 투 르 탕 일 아 망제 레 빈스 앙 캔.[88]"

"결혼하신 지는 얼마나 됐나요?"

"어머, 이런! 잊어먹었는걸. 며느리 체중은 100킬로그램이 넘어요. 통 일을 하지 않지요. 요리도 하지 않고요. 남편에게 통조림 콩만 먹이는 거예요."

"며느리가 뭘 하는데요?"

"늘 책만 읽어요. 리엥 크 데 북스.[89] 투 르 탕 엘[90] 침대에 드러누워서 책만 읽는다고요. 이제는 아기도 낳지 못해요. 살이 너무 쪄서요. 애가 들어설 수가 없는 거죠."

"며느리한테 무슨 문제가 있나요?"

"늘 책만 읽어요. 아들은 착해요. 일도 열심히 하고요. 광산에서 일했는데 지금은 목장에서 일하죠. 전에 목장에서 일해 본 적도 없는데요. 목장 주인이 바깥양반에게 목장에서 그 아이보다 일 잘하는 사람은 본 적이 없다고 말하더랍니다. 그런데 아들이 집에 돌아와도 며느리가 아무것도 먹이질 않는 거예요."

"왜 이혼하지 않나요?"

"이혼하자니 돈이 없는 거죠. 게다가 일 에 크레이지 푸르 엘.[91]"

---

88) "내 아들 녀석이 미국 여자와 결혼했는데 늘 통조림 콩만 얻어먹고 살아요." '빈스'와 '캔'이라는 영어를 섞어 썼다.
89) "오로지 책만 읽는 거죠." '북스'라는 영어를 섞어 썼다.
90) "언제나 그녀는."
91) "그 아이는 제 마누라한테 홀딱 빠져 있거든요."

"예쁘게 생겼나요?"

"우리 아이는 그렇게 생각하죠. 우리 애가 그 애를 처음 집에 데려왔을 때 난 그만 죽고 싶은 심정이었어요. 우리 아들은 착한 데다 언제나 열심히 일하고 바람도 피우지 않고 나쁜 짓도 한 적이 없어요. 그러다가 유전(油田)으로 일하러 가더니 자그마치 83킬로그램이나 나가는 인디언 여자를 데리고 온 겁니다."

"엘 에 인디엔?[92]"

"인디언이에요. 맙소사, 인디언이라니. 늘 상스러운 욕을 입에 달고 살아요. 일이라곤 도무지 하지 않으면서요."

"지금 어디 있나요?"

"쇼를 보러 갔어요."

"어디서 하는데요?"

"쇼 하는 데죠. 영화 보여 주는 데 말이에요. 며느리가 하는 일이라곤 책을 읽거나 영화관에 가는 게 전부예요."

"맥주 더 있습니까?"

"아, 그럼요, 있다마다요. 얼마든지 있죠. 오늘 저녁에는 우리 집에 와서 식사하세요."

"그러죠. 뭐 가져올 게 없을까요?"

"아무것도 가져올 필요 없어요. 정말 아무것도요. 아마 바깥양반이 포도주를 내놓을 거예요."

---

92) "그 여자가 인디언이에요?"

그날 밤 나는 퐁탕 씨네 집에서 저녁 식사를 했다. 식당에서 먹었는데 깨끗한 식탁보가 덮여 있었다. 새 포도주도 마셔 보았다. 맛이 매우 산뜻하고 순수하고 훌륭했으며, 아직도 포도 맛이 감돌았다. 그 자리에는 퐁탕 씨와 그의 아내와 사내아이 앙드레가 있었다.

"오늘은 무슨 일을 했나요?" 퐁탕 씨가 물었다. 광산 일에 지친 조그마한 체격의 그는 희끗희끗한 수염이 늘어지고 밝은 눈을 한 노인으로 생테티엔[93] 근처 샹트르 지역 출신이었다.

"책 일을 했지요."

"책 일은 잘됐나요?" 부인이 물었다.

"이분은 작가처럼 책을 쓴다는 말씀이야. 소설 말이지." 퐁탕 씨가 설명했다.

"아빠, 쇼 보러 가도 돼요?" 앙드레가 물었다.

"그럼 되고말고." 퐁탕 씨가 대답했다. 앙드레가 나를 쳐다보았다.

"아저씨, 제가 몇 살이나 돼 보여요? 열네 살로 보여요?" 그 아이는 마르고 몸집이 조그마했지만 얼굴은 열여섯 살쯤 되어 보였다.

"그래, 열네 살로 보이는구나."

"쇼에 갈 때는 이렇게 몸을 숙여 작아 보이게 하죠." 아이의 목소리는 아주 높고 갈라졌다. "제가 25센트 내면 잔돈을 내

---

93) 프랑스 남부 리옹 근처의 소도시.

주지 않지만 15센트만 내도 들여보내 주거든요."

"그럼 15센트만 주마." 퐁탕 씨가 말했다.

"안 돼요. 25센트 주세요. 가는 길에 잔돈으로 바꿀 거예요."

"일 포 르브니르 투 드 쉬트 아프레 르 쇼.[94]" 부인이 말했다.

"곧바로 돌아올게요." 앙드레가 문밖으로 나갔다. 밤공기가 서늘해지고 있었다. 아이가 열어 놓은 문으로 서늘한 바람이 들어왔다.

"드세요! 아무것도 드시질 않는군요." 부인이 말했다. 나는 닭고기와 감자튀김을 두 접시나 먹었고, 프렌치프라이, 옥수수 세 개, 얇게 썬 오이, 거기다 샐러드도 두 접시나 먹었다.

"케이크라면 드실지도 몰라." 퐁탕 씨가 말했다.

"그럴 줄 알았으면 케이크를 만들어 놓을걸. 망제 뒤 프로마주. 망제 뒤 크림치즈. 부 나베 리엥 망제.[95] 케이크를 만들어 둘 걸 그랬어요. 미국인들은 늘 케이크를 먹으니까요." 부인이 말했다.

"메 제 뤼드망 비엥 망제.[96]"

"망제! 부 나베 리엥 망제.[97] 모두 드세요. 저흰 음식을 남기지 않아요. 모두 드세요."

"샐러드를 좀 더 들어요." 퐁탕 씨가 말했다.

"맥주를 더 가져올게요. 하루 종일 제본소에서 일하시려면

---

94) "영화가 끝나는 대로 곧바로 돌아와야 해."
95) "치즈를 드세요. 크림치즈를 드세요. 무엇 하나 드시질 않는군요."
96) "하지만 아주 많이 먹었습니다."
97) "드셨다고요! 하나도 안 드시던걸요."

시장할 테니까요." 부인이 말했다.

"엘 느 콩프랑 파 크 부 제트 에크리벵.[98]" 퐁탕 씨가 말했다. 그는 속어를 사용할 줄 아는 눈치 빠른 노인으로 1890년대 말 군대에 근무했던 시절의 유행가를 잘 알았다. "직접 책을 쓰시는 분이야." 그가 아내에게 설명해 주었다.

"댁이 직접 책을 쓰신다고요?" 부인이 물었다.

"가끔요."

"어머나! 어머나! 직접 글을 쓰시다니. 어머나! 아, 그렇다면 그런 일을 하시면 시장하겠네요. 망제! 주 베 셰르셰 드 라 비에르.[99]" 그녀가 말했다.

술 창고 계단을 내려가는 그녀의 발소리가 들렸다. 퐁탕 씨는 나를 쳐다보고 미소를 지었다. 그는 자기만큼 경험도 없고 세상 물정도 잘 모르는 사람들에 대해 아주 너그러웠다.

앙드레가 영화를 보고 돌아왔을 때까지도 우리는 부엌에 앉아서 사냥 이야기를 나누고 있었다.

"노동절[100]에는 모두들 클리어 크릭에 갔었죠. 아, 맙소사, 정말 댁도 그곳에 같이 갔어야 했는데. 다들 트럭을 타고 갔어요. 투르 몽드 에 탈레 당 르 트럭. 누 솜 파르티 르 디망슈. 세르 트럭 드 찰리.[101]" 부인이 말했다.

---

98) "집사람은 댁이 작가라는 걸 모르는 겁니다."
99) "맥주를 가져올게요."
100) 유럽의 5월과 달리 미국에서는 9월의 첫째 월요일을 노동절로 지킨다.
101) "모두 트럭을 타고 갔어요. 우린 일요일에 떠났어요. 트럭은 찰리 것이었죠."

"옹 아 망제, 옹 아 뷔 뒤 뱅, 드 라 비에르, 에 일 이 아베 오 시 웡 프랑세 키 아 아포르테 드 랍생트. 웡 프랑세 드 라 칼리 포니!102)" 퐁탕 씨가 말했다.

"맙소사! 누 자봉 샹테.103) 농부 하나가 도대체 무슨 일인 가 싶어 보러 왔다가 술을 주었더니 한동안 놀다 가더군요. 이 탈리아인들도 찾아와서 우리와 같이 어울리고 싶어 했죠. 우 리가 이탈리아인들에 관한 노래를 불렀지만 이해를 못하더군 요. 우리가 같이 있고 싶어 하지 않는다는 걸 모르더라고요. 우리가 아예 상대를 안 해 주니까 얼마 있다 가 버렸죠."

"물고기는 얼마나 낚았나요?"

"트레 쀠.104) 잠시 낚시질하러 나섰다가 곧 돌아와서 또 노 래판을 벌였지. 누 자봉 샹테, 부 사베.105)"

"밤에는 말이에요. 투트 레 팜 종 도르미 당 르 트럭. 레 좀 아 코테 뒤 쀠.106) 한밤중에 이이가 포도주를 더 가지러 오는 소리가 나기에 내가 말했죠. '저런, 내일 몫은 남겨 두세요. 내 일 마실 술이 없으면 실망들 할 거예요.' 하고 말이죠." 부인이 말했다.

"메 누 자봉 투 뷔. 에 르 랑드멩 일 느 레스트 리엥.107)" 퐁

---

102) "음식을 먹고 포도주와 맥주를 마시고, 그래, 압생트까지 가져온 프랑스 인이 있었지. 캘리포니아에서 온 프랑스인이었어요!"
103) "우리는 노래를 불렀어요."
104) "아주 조금요."
105) "알다시피, 우리는 노래를 불렀어요."
106) "여자들은 트럭에서 잤어요. 남자들은 불 옆에 있었고요."
107) "그런데도 우린 다 마셔 버렸지. 그래서 이튿날에는 아무것도 남아 있질

탕 씨가 말했다.

"그래, 그 뒤에는 어떻게 했나요?"

"누 자봉 페셔 세리외즈망.[108]"

"멋진 송어를 잡았어요. 맙소사, 정말이에요. 모두가 똑같았죠. 300그램이나 되는 놈들이었어요."

"얼마만했다고요?"

"300그램요. 꼭 먹기 좋은 크기죠. 하나같이 똑같은 크기로 300그램이 나갔죠."

"미국이라는 나라를 좋아해요?" 퐁탕 씨가 내게 물었다.

"우리나라인걸요. 그러니 좋아하죠. 우리나라니까요. 메 옹느 망주 파 트레 비엥. 당탕, 위. 메 멩트낭, 노.[109]"

"맞아요." 부인이 이렇게 말하고는 고개를 내저었다. "옹느 망주 파 비엥. 에 오시, 일 이 아 트로 드 폴락. 캉 제테 프티트 마 메르 마 디, '부 망제 콤 레 폴락.[110]' 주 네 자메 콩프리스 크 세 킁 폴락. 메 멩트낭 앙 아메리크 주 콩프랑. 일 리 아 트로 드 폴락. 에, 일 송 살, 레 폴락.[111]"

"사냥하고 낚시질하기에는 더없이 좋은 나라죠." 내가 말

않았어요."

108) "열심히 낚시질을 했지."

109) "음식이 아주 형편없어요. 옛날에는 좋았죠. 하지만 지금은 아녜요."

110) 폴란드인들을 업신여기거나 얕잡아 일컫는 말.

111) "이곳 사람들은 음식을 잘 못 먹어요. 게다가 폴란드인들이 너무 많아요. 내가 어릴 적엔 어머님이 이렇게 말씀하시곤 했죠. '너 폴란드인처럼 먹는구나.' 그땐 폴란드인이 뭘 의미하는지 잘 몰랐어요. 그러다 미국에 와서 알게 됐죠. 폴란드인들이 너무 많아요. 게다가 폴란드인들은 지저분해요."

했다.

"위. 사, 세 르 메예르. 라 샤스 에 라 페슈. 케스 크 부 자베 콤 퓌질?[112]" 퐁탕 씨가 말했다.

"12구경 연발총입니다."

"일 에 봉, 르 퓜프.[113]" 퐁탕 씨가 고개를 끄덕였다.

"주 뵈 알레 아 라 샤스 무아멤.[114]" 앙드레가 어린애처럼 높은 목소리로 말했다.

"튀 느 푀 파.[115]" 퐁탕 씨가 이렇게 말하고 나서 내 쪽으로 몸을 돌렸다.

"일 송 데 소바주, 레 보이스, 부 사베. 일 송 데 소바주. 일 뵐 슈테 레 죙 레 조트르.[116]"

"주 뵈 알레 투 쇨.[117]" 앙드레가 흥분한 표정으로 몹시 날카로운 목소리를 내며 말했다.

"그건 안 돼. 그러기에는 아직 나이가 어려." 퐁탕 부인이 말했다.

"주 뵈 알레 투 쇨. 주 뵈 슈테 레 라 도.[118]" 앙드레가 날카로운 목소리로 말했다.

---

112) "그래요, 다시없이 좋은 나라지. 사냥과 낚시질에는. 총은 뭘 사용하나요?"
113) "연발총, 그거 좋지."
114) "나도 혼자서 사냥을 가고 싶어요."
115) "아직 안 돼."
116) "야만인이에요, 사내아이들이란. 야만인이라고요. 당장 저희들끼리 총질을 하고 싶어 하거든요."
117) "나 혼자 가고 싶어요."
118) "나 혼자 가고 싶어요. 물쥐를 쏘고 싶어요."

"라 도가 뭐죠?" 내가 물었다.

"모르세요? 분명히 알 텐데요. 사향쥐 말이잖아요."

앙드레는 장롱에서 22구경 소총을 꺼내 와 전등불 밑에서 두 손으로 들고 있었다.

"일 송 데 소바주. 일 뵐 슈터 레 칭 레 조트르." 퐁탕 씨가 설명했다.

"주 뵈 알레 투 쇨." 앙드레가 날카롭게 소리를 질렀다. 그는 절망적인 표정으로 총신을 따라 바라보고 있다. "주 뵈 슈테 레 라 도. 주 코네 보쿠 드 라 도.[119]"

"총 이리 내." 퐁탕 씨가 말했다. 그는 다시 나를 향해 설명했다. "어린아이들은 난폭해요. 저희들끼리 총질을 해 댄다니까요."

앙드레는 총을 꼭 붙잡고 놓지 않았다.

"옹 푀 루커. 옹 느 페 파 드 말. 옹 푀 루커.[120]"

"일 에 크레이지 푸르 르 슈팅. 메 일 에 트로 죈.[121]" 퐁탕 부인이 말했다.

앙드레는 22구경 소총을 장롱에 도로 갖다 놓았다.

"좀 더 크면 사향쥐와 산토끼를 잡을 거예요." 그가 영어로 말했다. "한번은 아빠와 함께 사냥을 갔는데, 아빠가 산토끼를 살짝 맞힌 걸 내가 쏘아 맞힌 적이 있어요."

---

119) "물쥐를 쏘아 보고 싶어요. 물쥐가 있는 곳은 얼마든지 알아요."
120) "보는 건 괜찮아요. 나쁜 짓은 안 해요. 보기만 하는 거니 괜찮아요."
121) "이 애는 사냥이라면 사족을 못 써요. 하지만 아직 어린애인걸요."

"세 브레. 일 아 튀에 욍 잭.[122]" 퐁탕 씨가 말했다.

"하지만 처음 맞힌 건 아빠예요." 앙드레가 말했다. "난 혼자 사냥을 나가서 혼자 잡고 싶어요. 내년이면 그럴 수 있겠죠." 그는 귀퉁이에 가서 앉더니 책을 읽기 시작했다. 저녁 식사를 마치고 앉아 있으려고 부엌에 들어올 때 내가 고른 책이었다. 도서관에서 빌린 『포함에 탄 프랭크』라는 책이었다.

"이 아이는 책 읽는 걸 좋아해요. 다른 아이들하고 밤에 쏘다니면서 물건을 훔치는 것보다야 낫죠." 퐁탕 부인이 말했다.

"책은 좋은 거지. 무슈 일 페 레 북스.[123]" 퐁탕 씨가 말했다.

"물론 그렇죠. 그렇고말고요. 하지만 책도 너무 많으면 골칫거리예요." 퐁탕 부인이 말했다. "이시, 세 튑 말라디, 레 북스. 세 콤 레 처치스. 이시 일 리 아 트로 드 처치스. 앙 프랑스 일 리 아 쉴망 레 카톨리크 에 레 프로테스탕…… 에 트레 쾨드 프로테스탕. 메 이시 리엥 크 드 처치스. 캉 제테 브뉘 이시 주 디제.[124] '오, 맙소사, 웬 교회가 이렇게 많담.' 하고요."

"세 브레. 일 리 아 트로 드 처치스.[125]" 퐁탕이 맞장구쳤다.

"며칠 전에 말이죠, 어린 프랑스 여자아이가 자기 어머니하고, 그러니까 퐁탕 씨의 사촌하고 같이 왔을 때 제게 이렇

---

122) "그건 사실이오. 얘가 산토끼를 맞혔지."

123) "이 양반은 책을 쓰시는 분이야."

124) "미국에선 책도 병 같은 거라고요. 교회와 마찬가지죠. 여기는 교회가 너무 많아요. 프랑스에는 개신교하고 가톨릭밖에는 없어요…… 그나마 개신교는 아주 조금밖에 없고요. 그런데 여기는 어디를 가나 교회 천지예요. 미국에 처음 도착했을 때 제가 이렇게 말했죠." '처치'라는 영어를 섞어 썼다.

125) "그래 맞아. 교회가 너무 많아."

게 말하더군요. '앙 아메리크 일 느 포 파 에트르 카톨리크.[126) 미국인들은 가톨릭이 되는 걸 싫어해요. 금주법 같은 거죠.' 그래서 제가 이렇게 말해 줬어요. '그럼 뭐가 되겠다는 거지? 응? 네가 가톨릭이면 가톨릭 쪽에 있는 게 나은 거야.' 그랬더니 그 아이가 '아녜요, 미국에선 가톨릭 신자가 되는 건 좋지 않아요.' 하고 대답하는 거예요. 하지만 가톨릭을 믿는 사람은 그대로 있는 편이 낫다는 생각이 들어요. 스 네 파 봉 드 상제 사 를리지옹.[127) 그럼요, 농담이 아니라고요."

"여기서도 미사에 나가나요?"

"아뇨. 미국에선 나가지 않아요. 간혹 어쩌다 나가는 것 말고는요. 메 주 레스트 카톨리크.[128) 종교를 바꾸는 건 좋지 않아요."

"옹 디 크 슈미트[129) 에 카톨리크.[130)" 퐁탕 씨가 말했다.

"옹 디, 메 옹 느 세 자메.[131) 그래요. 하지만 댁은 프랑스에도 있어 봤잖아요?" 퐁탕 부인이 말했다. "슈미트가 가톨릭이라는 생각이 들지가 않아요. 미국에는 가톨릭 신자가 많지 않거든요."

"우린 가톨릭입니다." 내가 말했다.

---

126) "미국에서는 가톨릭은 안 돼요."
127) "종교를 바꾸는 건 좋지 않지요."
128) "하지만 나는 여전히 가톨릭 신자예요."
129) 앨버트 슈미트(Albert Schmidt, 1902~1986). 뒷날 앨버트 스미스로 개명한 그는 가톨릭 신자로는 처음으로 미국 대통령 후보에 지명되었다.
130) "슈미트도 가톨릭 신자라지."
131) "말은 그렇지만 아무도 알 수 없죠."

"네, 하지만 선생님은 프랑스에 살았죠. 주 느 크루아 파 크 슈미트 에 카톨리크.[132] 그 사람, 프랑스에서 산 적이 있나요?"

"레 폴락 송 카톨리크.[133]" 퐁탕 씨가 말했다.

"그건 그래요. 그들은 교회에 나갔다가, 교회에서 돌아오는 길에 칼을 들고 싸움을 시작해서 일요일 내내 사람들을 죽이죠. 하지만 그 사람들은 진짜 가톨릭이 아녜요. 그건 폴란드식 가톨릭인 거죠." 부인이 말했다.

"가톨릭은 모두가 똑같아. 어느 곳이든 가톨릭은 똑같다고." 퐁탕 씨가 말했다.

"슈미트가 가톨릭이라는 생각이 들지가 않아요. 만약 가톨릭이라면 정말 우스운 노릇이죠. 무아, 주 느 크루아 파.[134]" 퐁탕 부인이 대꾸했다.

"일 레 카톨리크.[135]" 내가 말했다.

"슈미트가 가톨릭이라고요? 아무래도 믿기지가 않아요. 맙소사, 그 사람이 가톨릭이라니." 퐁탕 부인이 생각에 잠긴 듯 말했다.

"마리 바 셰르셰 드 라 비에르. 무슈 아 수아프, 무아 오시.[136]" 퐁탕 씨가 말했다.

"예, 그러죠." 부인이 옆방에서 말했다. 그녀가 지하실로 내

---

132) "슈미트가 가톨릭 신자라니 믿어지지 않아요."
133) "폴란드인들은 가톨릭이지."
134) "나는 믿을 수가 없어요."
135) "그 사람 가톨릭 맞습니다."
136) "여보, 맥주를 가져와요. 선생이 목이 마르셔, 나도 그렇고."

려가자 계단이 삐걱거리는 소리가 들렸다. 앙드레는 한쪽 구석에서 책을 읽고 있었다. 퐁탕 씨와 나는 테이블에 앉아 있었는데, 그가 우리 잔에 마지막 병에서 맥주를 따르자 바닥에 조금밖에 남지 않았다.

"세 룅 봉 페이 푸르 라 샤스. 젬 보쿠 슈테 레 카나르.[137]" 퐁탕 씨가 말했다.

"메 일 리 아 트레 본 샤스 오시 앙 프랑스.[138]" 내가 말했다.

"세 브레. 누 자봉 보쿠 드 지비에 라바.[139]" 퐁탕 씨가 말했다.

퐁탕 부인이 맥주병을 손에 들고 계단을 올라왔다. "일 에 카톨리크. 맙소사, 슈미트가 가톨릭 신자라니 원."

"그 사람이 대통령이 될 수 있으리라 생각하나요?" 퐁탕 씨가 물었다.

"아마 안 될걸요." 내가 대답했다.

이튿날 오후 나는 자동차를 몰고 읍내의 그늘진 곳을 빠져나와 먼지가 자욱이 이는 도로를 지나 골목으로 꺾어 들어가 퐁탕 씨네 집의 울타리 옆에 차를 세웠다. 그날도 날씨가 무더웠다. 퐁탕 부인이 뒷문으로 나왔다. 장밋빛 안색과 백발을 하고 뒤뚱뒤뚱한 걸어 다니는 말쑥한 모습이 흡사 여자 산타클로스 같았다.

"어머, 어서 오세요. 맙소사, 참 더운 날이군요." 그녀가 말

---

137) "사냥하기엔 더없이 좋은 나라지. 난 오리 사냥을 아주 좋아해요."
138) "하지만 프랑스에서도 꽤 괜찮은 사냥을 할 수 있어요."
139) "그건 맞는 말이야. 그곳에도 사냥감은 많으니까."

했다. 그녀는 맥주를 가지러 집 안으로 들어갔다. 나는 뒤쪽 현관에 앉아서 방충문을 통해 따가운 햇살을 받고 있는 나뭇잎과 그 너머 먼 산들을 바라보았다. 주름이 진 것 같은 갈색 산들로 산봉우리 세 개와 눈 덮인 빙하가 나무들 사이로 보였다. 눈은 새하얗고 믿어지지 않을 만큼 깨끗했다. 퐁탕 부인이 나와서 테이블에 맥주병을 놓았다.

"저 멀리 뭘 보시나요?"

"눈을 보고 있어요."

"세 졸리 라 네주.[140]"

"한잔 드시죠."

"좋습니다."

그녀는 내 옆 의자에 앉았다. "만약 슈미트가 대통령이 된다면 포도주와 맥주를 마실 수 있을까요?" 그녀가 물었다.

"물론이죠. 슈미트를 믿으십시오." 내가 말했다.

"남편이 체포되었을 때 우린 벌써 벌금을 755달러나 물었어요. 두 번이나 경찰에 체포됐고, 한 번은 정부에 끌려갔어요. 그이가 광산에서 일하고 내가 빨래를 해서 모은 돈을 고스란히 빼앗겼죠. 하지만 다 갚았어요. 남편은 감옥에 갇혔었죠. 일 나 자메 페 드 말 아 페르손.[141]"

"퐁탕 씨는 좋은 사람입니다. 하지만 그건 위법 행위죠." 내가 말했다.

---

140) "눈이 참 아름답군요."
141) "누구에게든 나쁜 짓이라곤 한 적이 없는 사람인데."

"턱없이 높은 값을 받은 것도 아니에요. 포도주는 1리터에 1달러를 받죠. 맥주는 한 병에 10센트를 받고요. 우린 발효가 덜 된 맥주를 판 적도 없어요. 다른 곳에는 만든 지 얼마 안 되는 맥주를 바로 파는 집도 많아요. 그런 술을 마시면 머리가 쑤셔요. 뭐가 문제일까요? 남편만 감옥에 처넣고, 755달러나 빼앗아 갔어요."

"고약한 일이죠. 퐁탕 씨는 지금 어디 있나요?" 내가 물었다.

"줄곧 포도주에 매달려 있어요. 때를 잘 맞춰야 하기 때문에 신경 써서 보지 않으면 안 되거든요." 부인이 생긋 웃으면서 대답했다. 그녀는 돈에 대해서는 더 이상 생각하고 있지 않았다. "부 사베, 일 에 크레이지 푸르 르 뱅.[142] 엊저녁에는 집에 조금 갖고 와 선생님한테도 드렸죠. 새 술을 말이에요. 갓 빚은 거예요. 아직 발효도 안 끝났는데 그이는 벌써 조금 마시고 오늘 아침에는 커피에 조금 타더라고요. 당 송 카페, 부 사베! 일 에 크레이지 푸르 르 뱅! 일 에 콤 사. 송 페이 에 콤 사.[143] 제가 살던 북쪽에선 포도주를 전혀 마시지 않아요. 모두들 맥주를 마시죠. 우리 집 바로 이웃에 커다란 맥주 공장이 있었는데, 어릴 적엔 수레에 실은 홉 냄새도 싫었어요. 밭에서 자라는 홉 냄새도 싫었고요. 주 넴 파 레 우블롱.[144] 아, 맙소사, 정말 싫었죠. 그런데 맥주 공장 주인이 나하고 내 여동

---

142) "알다시피, 그 양반은 포도주라면 사족을 못 써요."
143) "알다시피, 커피에다 말이에요. 그이는 포도주라면 사족을 못 써요. 언제나 그 모양이죠. 그 양반 고향이 그래요."
144) "전 홉을 좋아하지 않아요."

생한테 하는 말이 공장에 와서 맥주를 한번 마셔 보면 홉을 좋아하게 될 거라는 거예요. 그 말이 옳았어요. 그때부터 맥주를 좋아하게 됐죠. 공장에서 맥주를 얻어 마셨더니 그 뒤로 거짓말처럼 좋아지는 거예요. 하지만 우리 퐁탕 씨로 말하면, 일에 크레이지 푸르 르 뱅. 언젠가 산토끼를 잡아 와서 포도주를 넣은 소스로 요리해 달라는 거예요. 포도주에 버터랑 버섯이랑 양파 같은 온갖 것을 넣은 소스를 말이에요. 맙소사, 그래서 만들어 줬더니 깨끗이 먹어 치우고는 이렇게 말하는 게 아니겠어요. '라 소스 에 메예르 크 르 잭.[145]' 당 송 페이 세 콤 사. 일 리 아 보쿠 드 지비에 에 드 뱅. 무아, 젬 레 폼 드 테르, 르 소시송, 에 라 비에르. 세 봉, 라 비에르. 세 트레 봉 푸르 라 상테.[146]"

"좋죠. 맥주도 좋고, 포도주도 좋아요." 내가 말했다.

"선생님도 우리 집 영감하고 같아요. 하지만 이곳에 와서 처음 본 게 있어요. 선생님도 보지 못했을 거예요. 미국인들이 우리 집에 와서 맥주에다 위스키를 타더라고요."

"설마 그럴 리가요!" 내가 말했다.

"네, 정말로 그랬어요. 맙소사, 사실이라고요. 에 오시 윈 팜 키 아 보미 쉬르 라 타블!"[147]"

"그럴 수가!"

---

145) "토끼보다 소스가 더 맛있군."
146) "그이 고향에선 그런 식이랍니다. 사냥감도 포도주도 넘치거든요. 하지만 전 감자랑 소시지랑 맥주가 더 좋더군요. 맥주는 참 좋아요. 몸에도 좋답니다."
147) "게다가 한 여자가 식탁 위에 토하기까지 했어요!"

"세 브레. 엘 아 보미 쉬르 라 타블. 에 아프레 엘 아 보미 당세 슈즈.[148] 그런 뒤 그 사람들이 다시 찾아와 다음 토요일에 또 파티를 열고 싶다고 하지 않겠어요. 그래서 절대로 안 된다고 거절했죠.! 그들이 왔을 때는 문을 잠가 버렸어요."

"그 사람들은 술에 취하면 엉망이 돼요."

"겨울이 오면 춤추러 가는 젊은이들이 차를 타고 와 밖에서 기다리면서 우리 영감한테 이렇게 말하는 겁니다. '이봐요, 샘, 포도주 한 병만 파세요.' 혹은 맥주를 산 다음 주머니에서 병에 담긴 밀주를 꺼내 함께 타서 마시는 거예요. 그런 건 머리털 나고 처음 봤어요. 맥주에다 위스키를 타더라니까요. 맙소사, 정말로 이해할 수 없는 일이에요!"

"녀석들은 메스꺼워질 정도가 돼야 술을 마신 것 같은 기분이 드는 거죠."

"한번은 우리 집에 자주 오는 남자가 찾아와 음식을 듬뿍 장만해 달라더니 포도주 한두 병을 부탁한다면서 여자들을 데리고 왔더군요. 그 뒤에 춤추러 갈 거라는 거예요. 그래서 좋다고 그랬죠. 그런데 녀석들이 올 때부터 이미 거나하게 취했지 뭐예요. 게다가 포도주에 위스키를 타는 거예요. 맙소사, 정말 어처구니가 없었죠. 그래서 남편한테 말했어요. '옹 바에트르 말라드!'[149] '그렇겠지.' 하고 그이도 말하더군요. 아니나 다를까 얼마 되지 않아 여자들이, 단정하고 멀쩡하던 아

---

148) "정말이에요. 식탁 위에다 토했다니까요. 그러고 나서는 자기 신발에도 토했고요."
149) "아마 속이 메스꺼워질 거예요."

가씨들이 이상해지더군요. 식탁에 앉아 있다 속이 메스꺼워졌던가 봐요. 우리 집 영감이 팔을 잡고 화장실로 데려다 주려했지만, 괜찮다는 거예요. 그러더니 앉은 채로 토하기 시작하지 뭐예요."

그때 퐁탕 씨가 집에 돌아왔다. "녀석들이 두 번째로 왔을때는 자물쇠를 채워 놓았죠. 그러고는 '안 돼요. 150달러를 준대도 절대로 안 돼요.' 하고 내가 말했지요. 맙소사, 정말 농담이 아니었거든요."

"그런 짓을 한 녀석들을 가리키는 프랑스 말이 있지요. 녀석들은 좋아하지 않겠지만." 퐁탕 씨가 말했다. 서 있는 그는 더위 때문인지 몹시 지치고 늙어 보였다.

"뭐라고 하는데요?"

"코숑¹⁵⁰⁾이라고 하죠." 그가 그 혹독한 말을 입에 올리기 주저하며 부드럽게 말했다. "돼지 같은 놈들이죠, 세 욍 모 트레 포르.¹⁵¹⁾" 그는 변명하듯 말했다. "메 보미르 쉬르 라 타블…….¹⁵²⁾" 그는 서글픈 듯 고개를 내저었다.

"돼지라. 바로 그거죠……. 코숑. 살로.¹⁵³⁾"

퐁탕 씨는 상스러운 말을 싫어했다. 그래서 화제를 바꾸려했다.

"일 리 아 데 장 트레 장티유, 트레 상시블, 키 비엔 오

---

150) '돼지.'
151) "표현이 좀 강하지만."
152) "식탁에 앉은 채 토했으니……."
153) '개자식.'

시.[154]" 그가 말했다. "군 기지의 장교들도 옵니다. 정말 훌륭한 사람들이죠. 좋은 친구들입니다. 프랑스에 갔던 적이 있는 이들은 모두 우리한테 와서 포도주를 마시고 싶어 해요. 모두들 포도주를 좋아하니까요."

"글쎄, 이런 분도 있더라니까요. 부인이 도무지 외출을 시켜 주지 않아서 부인한테는 피곤하다고 하고 잠자리에 들었다가 부인이 영화 구경을 가면 곧바로 우리 집에 오는 거죠. 어떤 때는 잠옷 위에다 윗도리만 걸치고 온 적도 있어요. 그러고는 '마리아, 제발 맥주 좀 줘요.' 이렇게 말하는 겁니다. 잠옷 바람으로 앉아서 맥주를 마시고는 기지로 돌아가 부인이 영화 구경에서 돌아오기 전에 잠자리에 들어가는 거죠."

"세 텡 오리지날, 메 브레망 장티유.[155] 훌륭한 친구예요." 퐁탕 씨가 말했다.

"맙소사, 정말 그래요. 좋은 사람이죠." 퐁탕 부인이 맞장구쳤다. "부인이 영화관에서 돌아오기 전까지는 언제나 잠자리에 들어가 있는 거예요."

"전 내일 떠납니다. 크로 보호 구역으로 갑니다. 뇌조(雷鳥) 사냥철 개시 행사에 참가하게 됐어요." 내가 말했다.

"그래요? 떠나기 전에 한번 들르세요. 오실 수 있죠?"

"물론이죠."

"그때쯤이면 포도주가 다 발효되어 있을 거요. 둘이서 한

---

154) "아주 점잖고 아주 세련된 분들도 오죠."
155) "괴짜지만 정말로 품위 있는 사람이죠."

병 비웁시다."퐁탕 씨가 말했다.

"세 병은 비워야죠."퐁탕 부인이 대꾸했다.

"그럼 다시 오겠습니다."내가 말했다.

"기다리겠소."퐁탕 씨가 말했다.

"그럼 안녕히 계십시오."내가 말했다.

우리는 사냥을 끝내고 이른 오후에 돌아왔다. 새벽 5시부터 일어나 돌아다녔기 때문이다. 전날에는 사냥을 잘했지만 그날은 오전 내내 뇌조를 한 마리도 구경하지 못했다. 오픈카를 탄 탓에 너무 더워서 햇살을 피해 길가 나무 그늘에 차를 세워 놓고 점심을 먹었다. 해가 높이 떠서 나무 그늘이 별로 없었다. 우리는 샌드위치하고, 크래커에 샌드위치 속을 얹은 것을 먹고는 목도 마르고 피곤하기도 하여 마지막에 사냥터를 빠져나왔다. 읍내로 통하는 중심 도로에 들어서자 기뻤다. 마침 프레어리도그[156]의 군서지 뒤쪽으로 나온 터여서 우리는 차를 세우고 권총으로 사냥을 했다. 두 마리를 잡고는 그만두었다. 유탄이 바위와 진흙에 맞아 튀고 총소리가 들판 너머까지 울려 퍼지는 데다 들판 저편으로는 수로를 따라 나무들이 서 있고 집이 한 채 있어 혹시 유탄이 집 쪽으로 날아가 문제가 생기지나 않을까 걱정이 됐기 때문이다. 그래서 우리는 계속 자동차를 달려 마침내 읍내 교외에 있는 집들을 향해 언덕을 따라 내려갔다. 들판 너머로는 산들이 보였다. 그날 산들은 푸르

---

156) 북아메리카 대초원 서식하는 마멋 유의 동물.

고, 높은 산 위의 눈은 유리처럼 빛났다. 이제 여름도 끝나 가고 있었지만 새로 눈이 내려 높은 산 위에 쌓이지는 않았다. 햇볕에 녹은 묵은 눈과 얼음뿐이었다. 멀리서 보니 아주 찬란하게 반짝이고 있었다.

우리에겐 뭔가 시원한 것과 그늘이 필요했다. 햇볕에 몹시 그을린 데다 태양과 알칼리성 모래 먼지 탓으로 입술이 부르텄다. 우리는 퐁탕 씨네 집으로 통하는 골목으로 접어들어 집 바깥에 차를 세우고 안으로 들어갔다. 식당 안은 서늘했다. 퐁탕 부인이 혼자 있었다.

"맥주가 두 병밖에 안 남았어요. 다 팔렸거든요. 새것은 아직 발효가 되지 않았고요." 그녀가 말했다.

나는 그녀에게 새 몇 마리를 주었다. "좋아요. 정말 고마워요. 뭐라고 감사드려야 할지." 그녀는 새들을 좀 더 시원한 곳에 두려고 갖고 나갔다. 맥주를 다 마시고 나서 나는 자리에서 일어났다. "자, 이제 그만 가 봐야겠습니다." 내가 말했다.

"오늘 밤엔 꼭 오시는 거죠? 바깥양반이 포도주를 준비해 놓을 거예요."

"떠나기 전에 들르겠습니다."

"그런데 벌써 돌아가시려고요?"

"예, 내일 아침에 떠납니다."

"벌써 돌아가시다니 섭섭하네요. 그럼 오늘 저녁에 꼭 오세요. 그이가 포도주를 준비해 놓을 테니까요. 가시기 전에 크게 파티를 벌여야죠."

"떠나기 전에 꼭 들르겠습니다."

그러나 오후에는 전보도 쳐야 하고 차도 점검해 두어야 해서(타이어가 돌에 찢겨 수리를 해야 했다.) 나는 자동차 없이 읍내까지 걸어가서 출발 전에 해 둬야 할 일들을 마쳤다. 저녁 식사를 할 때쯤에는 너무 피곤해 외출할 엄두가 나지 않았다. 외국어를 지껄이기도 귀찮았다. 일찍 잠자리에 들고 싶은 생각뿐이었다.

여름에 쓰던 온갖 물건을 꾸리기 좋게 쌓아 두고 창문을 열어젖히자 산에서 시원한 공기가 불어 들어왔다. 잠들기 전 침대에 누워서 생각하니 퐁탕 씨네 집에 가지 않은 게 많이 미안했다. 그러나 곧 잠이 들어 버렸다. 이튿날 아침 내내 짐을 꾸리고 여름 동안의 뒤처리를 하느라고 분주했다. 점심을 먹고 나서 2시가 되자 출발 준비가 끝났다.

"퐁탕 씨네 집에 작별 인사를 하러 가야겠는걸." 내가 말했다.

"꼭 그래야지."

"지난밤에 우리를 기다렸을 텐데."

"가려면 갈 수도 있었는데 말이야."

"갈 걸 그랬어."

우리는 호텔 프런트 직원과 래리와 읍내 친구들과 작별 인사를 하고 퐁탕 씨네 집으로 자동차를 몰았다. 퐁탕 부부가 함께 집에 있었다. 그들은 우리를 반갑게 맞아 주었다. 퐁탕 씨는 늙고 피로해 보였다.

"우린 엊저녁에 오실 줄 알았는데요. 퐁탕 씨가 포도주를 세 병 준비해 놓았거든요. 하지만 오시지 않아 혼자서 마셔 버렸어요." 퐁탕 부인이 말했다.

"잠깐밖에 시간이 없습니다. 잠시 작별 인사 하러 들렀어요. 엊저녁엔 저도 오고 싶었어요. 이리로 올 생각이었는데 사냥 여행을 한 뒤라 몹시 피곤했습니다."

"포도주를 가져와요." 퐁탕 씨가 말했다.

"포도주가 없어요. 당신이 다 마셔 버렸잖아요."

퐁탕 씨는 몹시 당황한 표정이었다.

"내가 가져오지. 몇 분이면 돌아올 수 있어. 지난밤에 내가 다 마셔 버렸어. 선생을 위해 갖다 놓았었는데."

"피곤하실 거라고 생각했죠. 그래서 내가 이렇게 말했어요. '그래요. 너무 피곤해서 못 오시나 봐요.'" 퐁탕 부인이 말했다. "포도주 가져오세요, 여보."

"제가 차로 태워다 드리죠." 내가 말했다.

"그럽시다. 그러면 빨리 갈 수 있을 테니." 퐁탕 씨가 말했다.

우리는 자동차를 타고 도로를 곧장 달려 1, 2킬로미터쯤 가서 골목길을 꺾어 돌았다.

"그 포도주라면 좋아할 거요. 잘 익었거든. 오늘 저녁에 반주로 들면 좋을 거요." 퐁탕 씨가 말했다.

우리는 목조 가옥 앞에서 차를 세웠다. 퐁탕 씨가 문을 두드렸다. 그러나 아무런 반응이 없었다. 우리는 뒤쪽으로 돌아갔다. 뒷문에도 자물쇠가 채워져 있었다. 뒷문께에는 빈 깡통들이 흩어져 있었다. 창문으로 안을 들여다보았다. 안에는 아무도 없었다. 부엌은 더럽고 지저분했지만 문과 창은 꼭 잠겨 있었다.

"빌어먹을 암캐 같은 년! 또 어디 갔군." 퐁탕 씨가 말했다.

그는 필사적이었다.

"열쇠 있는 데를 알고 있지. 여기서 잠깐 기다려요." 그가 말했다. 그가 길 아래에 있는 옆집으로 내려가서 문을 두드리고 밖으로 나온 여자와 얘기를 나눈 뒤 마침내 다시 돌아오는 모습을 나는 물끄러미 지켜보았다. 그는 열쇠를 들고 있었다. 우리는 현관문과 뒷문을 열려고 했지만 열리지 않았다.

"빌어먹을 암캐 같은 년! 이렇게 해 놓고 집을 비우다니." 퐁탕 씨가 내뱉었다.

창문으로 들여다보니 포도주가 저장되어 있는 곳이 보였다. 창에 얼굴을 바짝 갖다 대자 집 안의 냄새가 풍겼다. 인디언 오두막에서 나는 듯한 달짝지근하고 메스꺼운 냄새였다. 갑자기 퐁탕 씨가 느슨해진 판자를 뜯어 내어 뒷문 옆의 땅을 파기 시작했다.

"들어갈 수 있어. 빌어먹을 암캐 같은 년! 들어갈 수 있다고." 그가 말했다.

옆집 뒤뜰에서는 사내 하나가 낡은 포드 자동차의 앞바퀴 한쪽에 뭔가를 하고 있었다.

"그만두시는 게 좋겠어요. 저 사람한테 들킵니다. 이쪽을 보고 있어요." 내가 말렸다.

그러자 퐁탕 씨는 몸을 일으켰다. "다시 한 번 자물쇠를 열어 봅시다." 그가 말했다. 우리는 열쇠로 열어 보려고 했지만 열리지 않았다. 좌우 양쪽으로 중간까지밖에는 들어가지 않았다.

"들어갈 수 없겠는데요. 그냥 돌아가는 게 좋겠어요." 내가 말했다.

"뒤쪽을 파 보겠어." 퐁탕 씨가 제안했다.

"안 돼요. 그러시면 안 됩니다."

"해 보겠어."

"안 된다니까요. 저 사람이 볼 거예요. 그러면 경찰이 기회를 잡을 겁니다."

우리는 자동차로 돌아와 도중에 열쇠를 돌려주러 옆집에 들렀다가 퐁탕 씨네 집으로 돌아갔다. 퐁탕 씨는 영어로 욕설을 내뱉을 뿐 다른 말은 하지 않았다. 완전히 좌절하여 멍청해진 상태였다. 우리는 집 안으로 들어갔다.

"빌어먹을 암캐 같은 년! 포도주를 꺼내 올 수 없게 하다니. 내 손으로 담근 내 포도주를 말이야."

퐁탕 부인의 얼굴에서 행복한 표정이 모두 사라졌다. 퐁탕 씨는 구석에 앉아 머리를 싸안았다.

"이만 가 봐야겠습니다. 포도주는 마신 것과 다름없습니다. 나중에 우리를 위해 건배해 주십시오."

"그 미치광이 년이 도대체 어디를 간 거죠." 퐁탕 부인이 물었다.

"난들 어떻게 알겠어. 어딜 싸돌아다니는지 알 수가 있어야지. 그러니 포도주도 못 마시고 헤어지잖아."

"괜찮습니다." 내가 말했다.

"괜찮지가 않아요." 퐁탕 부인이 말했다. 그녀는 고개를 저었다.

"이제 그만 가 봐야겠어요. 그럼 안녕히 계십시오. 그동안 즐거웠습니다." 내가 말했다.

퐁탕 씨는 고개를 내저었다. 그는 창피해하고 있었다. 퐁탕 부인은 슬픈 표정을 지었다.

"포도주 때문에 너무 속상해하지 마십시오." 내가 말했다.

"저 양반은 자기가 빚은 포도주를 마시게 하고 싶었던 겁니다. 내년에 오실 수 있지요?" 퐁탕 부인이 물었다.

"아뇨. 어쩌면 내후년에는 올 수 있을지 모르겠어요."

"이제 알겠지?" 퐁탕 씨가 아내에게 말했다.

"그럼 안녕히 계십시오. 포도주에 대해선 생각하지 마세요. 우리가 간 뒤에 우리를 위해 건배해 주십시오." 내가 말했다. 퐁탕 씨는 고개를 흔들었다. 그는 미소를 짓지 않았다. 그는 자신이 언제 망가졌는지 잘 알고 있었다.

"빌어먹을 암캐 같은 년!" 퐁탕 씨는 혼잣말을 했다.

"어젯밤에 그이는 세 병이나 마셨어요." 그를 위로하려고 퐁탕 부인이 말했다. 그러나 그는 고개를 내저었다.

"그럼 잘 가시오." 그가 말했다.

퐁탕 부인의 두 눈에 눈물이 고였다.

"그럼 잘 가세요." 그녀가 말했다. 그녀는 퐁탕 씨를 안쓰럽게 생각하고 있었다. 부부는 문가에 서 있었고, 우리는 자동차를 탄 뒤 시동을 걸었다. 우리는 손을 흔들었다. 그들은 슬픈 표정으로 현관에 서 있었다. 퐁탕 씨는 아주 늙어 보였고 퐁탕 부인은 슬퍼 보였다. 그녀는 우리를 향해 손을 흔들었고, 퐁탕 씨는 집 안으로 들어갔다. 우리는 도로 위쪽으로 돌아갔다.

"기분이 많이 상했나 봐. 퐁탕 씨도 몹시 마음이 상했지."

"우리가 어젯밤에 올걸 그랬어."

"그래, 그랬어야 했는데 말이야."

우리는 읍내를 통과한 뒤 그 너머 부드러운 도로를 따라 달렸다. 길 양쪽에는 그루터기만 남은 밭이 펼쳐져 있었고 오른쪽으로는 저 멀리 산들이 보였다. 스페인 풍경 같았지만 이곳은 와이오밍 주였다.

"그들에게 좋은 일이 많이 생겼으면 좋겠군."

"그럴 일은 없을걸. 슈미트도 대통령이 되지 않을 거고." 내가 말했다.

시멘트로 포장한 도로가 끝났다. 이제 도로는 자갈길로 바뀌어 있었다. 우리는 들판을 뒤로한 채 산기슭의 작은 언덕 사이를 올라가기 시작했다. 언덕의 흙은 황토색이었고, 쑥이 잿빛 덤불로 자라고 있었다. 도로 위쪽으로 올라가는 동안 언덕 너머로 계곡의 들판이 보였고 또 들판 너머로는 산맥들이 보였다. 이제 더 멀어진 산맥들은 이전보다 더 스페인과 닮아 보였다. 도로는 커브를 돌아 다시 위쪽으로 올라갔다. 앞쪽에서 뇌조 몇 마리가 도로에서 먼지를 일으키고 있었다. 우리가 가까이 다가가자 뇌조들은 빠른 속도로 날개를 치며 날아가더니 길고 비스듬하게 미끄러지듯 비상하여 아래쪽 언덕바지에 내려앉았다.

"참 크고 잘생겼군. 유럽 꿩보다도 더 크잖아."

"퐁탕 씨 말마따나 사냥하기에는 그만인 고장이야."

"그리고 사냥이 끝나면?"

"그러면 죽겠지."

"아들은 죽지 않을걸."

"그건 아무도 증명 못하지." 내가 말했다.

"우린 엊저녁에 그 집에 갔어야 했어."

"아, 그러게. 꼭 갔어야 했어." 내가 말했다.

흰 코끼리 같은 언덕

에브로 강[157] 골짜기 건너편 언덕들은 길쭉한 데다 흰색이
었다. 이쪽 편에는 그늘도 없고 나무도 없었으며, 내리쬐는 햇
볕 아래 양쪽으로 선로를 둔 역이 있었다. 역 건물의 그림자로
약간 무더운 그늘이 있었고, 건물 술집의 열린 문에는 대나무
를 짧게 잘라 구슬처럼 꿰맨 주렴이 파리를 막기 위해 걸려 있
었다. 미국인과 그와 동행한 아가씨가 건물 밖 그늘진 테이블
에 앉아 있었다. 날씨가 몹시 무더웠다. 바르셀로나에서 오는
급행열차는 사십오 분만 있으면 도착할 참이었다. 이 분 동안
간이역에 정거한 뒤 마드리드로 떠날 기차였다.

"뭘 시킬까요?" 아가씨가 물었다. 그녀는 모자를 벗어 테이
블 위에 올려놓았다.

---

157) 스페인 동남부를 흘러 지중해로 들어가는 강.

"날씨가 꽤 덥군." 사내가 말했다.

"맥주 마셔요."

"도스 세르베사.[158]" 남자가 주렴 안에 대고 주문했다.

"큰 잔으로 드릴까요?" 문 쪽에서 한 여자가 물었다.

"네. 큰 잔으로 두 개 줘요."

술집 여자가 맥주 두 잔과 펠트 잔 받침 두 개를 가지고 왔다. 펠트 잔 받침과 맥주잔을 테이블에 내려놓고는 사내와 아가씨를 쳐다보았다. 아가씨는 저 멀리 언덕의 능선을 바라보고 있었다. 언덕의 양지바른 곳은 흰색을 띠고 있었고, 그 주변 지역은 갈색으로 메말라 있었다.

"능선들이 꼭 흰 코끼리처럼 생겼네요." 아가씨가 말했다.

"난 코끼리를 본 적이 없어." 사내가 맥주를 들이켰다.

"그래요. 그럴 수도 있겠군요."

"봤을지도 모르지. 당신이 내가 못 봤을 수도 있다고 말한다고 해서 증명되는 건 아무것도 없어." 사내가 말했다.

아가씨는 주렴을 바라보았다. "페인트로 뭐라고 적어 놓았네요. 뭐라고 쓰여 있는 거예요?" 그녀가 물었다.

"'아니스 델 토로'[159]라고 적혀 있군. 술 이름이야."

"한번 마셔 볼 수 있나요?"

사내는 주렴 너머로 "여봐요." 하고 불렀다.

그러자 술집 여자가 술집에서 나왔다.

---

158) "맥주 두 잔."이라는 뜻의 스페인어.
159) '황소의 아니스'라는 뜻의 스페인어.

"4레알레스[160]입니다."

"아니스 델 토로 두 잔 줘요."

"물을 타 드릴까요?"

"물을 탈까?"

"잘 모르겠어요. 물을 타면 맛이 좋아지나요?" 아가씨가 물었다.

"그러면 좋지."

"물을 타 드릴까요?" 술집 여자가 물었다.

"네, 물을 타 줘요."

"감초 맛이 나요." 아가씨가 이렇게 말하고는 잔을 내려놓았다.

"모든 게 다 그렇지."

"그래요. 무엇이든 감초 맛이 나죠. 특별히 당신이 오랫동안 기다려 왔던 것은 모두 그렇죠. 마치 압생트처럼 말이에요."

"아, 그만둬."

"당신이 먼저 말을 꺼냈어요. 난 즐기고 있었어요. 재미있는 시간을 보내고 있었다고요." 아가씨가 대꾸했다.

"그럼, 한번 신나게 놀아 볼까."

"좋아요. 안 그래도 그러려고 애쓰던 참인걸요. 저 산맥이 흰 코끼리같이 생겼다고 했잖아요. 참 그럴듯한 표현 아닌가요?"

"그래, 그럴듯하군."

---

160) 스페인의 과거 화폐 단위로, 1레알은 8분의 1페소이다.

"난 이 새로운 술을 마시고 싶었어요. 이런 게 우리가 하는 일의 전부죠……. 이것저것 바라보고 새로운 술을 마셔 보고."

"그런 것 같군."

아가씨는 건너편 언덕 쪽을 쳐다보았다.

"아름다운 언덕이에요. 실제로는 흰 코끼리처럼 보이지 않아요. 나무숲 사이로 흰 코끼리 거죽 같은 색을 띤다는 뜻이었어요."

"한 잔 더 할까?"

"그러죠."

후텁지근한 바람이 불어와 주렴을 테이블 쪽으로 날렸다.

"맥주가 아주 차갑군." 사내가 말했다.

"맛있네요." 아가씨가 맞장구쳤다.

"그건 정말 아주 간단한 수술이야, 지그. 사실 수술이랄 것도 없어." 사내가 말했다.

아가씨는 테이블이 놓인 땅바닥을 바라보고 있었다.

"당신이 걱정하지 않으리라는 건 알아, 지그. 정말 아무것도 아냐. 그냥 공기만 집어넣는 거야."

아가씨는 아무 말이 없었다.

"나도 같이 가서 수술하는 동안 계속 함께 있을 거야. 의사들이 공기만 조금 넣고 나면 모든 게 말끔히 정상으로 돌아오는 거지."

"그리고 난 뒤에 우린 뭘 하는 거죠?"

"그리고 나면 우린 좋아질 거야. 전처럼 똑같이 말이지."

"어째서 그렇게 생각하나요?"

"우리를 괴롭히는 건 그것뿐이니까. 우리를 불행하게 하는 건 그것 하나뿐이거든."

아가씨는 주렴을 바라보고 한 손을 내밀어 구슬 두 개를 잡았다.

"그렇게 되면 우리가 다시 정상으로 돌아와 행복해질 거라고 생각하는 거죠."

"두말하면 잔소리지. 두려워할 필요 없어. 얼마나 많은 사람이 그걸 했는지 난 잘 알아."

"그건 나도 알아요. 그리고 그 뒤론 모두들 아주 행복해졌다고." 아가씨가 말했다.

"마음이 내키지 않으면 안 해도 돼. 당신이 원하지 않으면 억지로 시킬 생각은 없어. 하지만 식은 죽 먹기만큼이나 간단한 일이야."

"당신은 정말 그러길 원해요?"

"그게 최선의 방법이라고 생각해. 하지만 당신이 정말 하고 싶지 않다면 안 해도 돼."

"내가 그걸 하면 당신은 행복해지고 모든 일이 옛날처럼 되고, 당신은 나를 사랑해 줄 건가요?"

"지금도 당신을 사랑하고 있어. 내가 사랑하고 있는 걸 당신도 잘 알잖아."

"알아요. 하지만 내가 그걸 하면, 뭔가를 보며 흰 코끼리처럼 생겼다고 말해도 다시 아무렇지도 않아지고, 당신은 좋아할 건가요?"

"좋아할 거야. 지금도 좋아하지만, 그것에 대해 생각할 수

없을 뿐이야. 내가 걱정에 빠지면 어떻게 되는지는 당신도 알
잖아."

"내가 그걸 하면 당신은 이제 걱정하지 않는 거죠?"

"난 그 일에 대해 걱정하지 않아. 아주 간단한 일이니까."

"그럼 할래요. 내 몸이야 어찌 되든 상관없어요."

"그게 무슨 뜻이야?"

"나야 어찌 되든 상관없다고요."

"저런, 난 당신을 걱정하는 건데."

"아, 물론 그렇겠죠. 하지만 난 어찌 되든 상관없어요. 그러
니까 하겠다는 거예요. 그래야 모든 일이 잘 풀릴 테니까요."

"그런 기분이라면 하지 않는 게 좋아."

아가씨는 자리에서 일어나 역 끄트머리까지 걸어갔다. 반
대편 너머에는 곡식이 자라는 밭과 에브로 강둑을 따라 나무
들이 서 있었다. 강 건너 저 멀리에 산들이 있었다. 구름 한 점
이 그림자를 드리우며 곡식밭을 가로질러 지나고 있었고, 아
가씨는 나무 사이로 강을 바라보고 있었다.

"그리고 이 모든 것을 차지할 수 있었어요. 우린 모든 것을
가질 수도 있었다고요. 그런데 날이 갈수록 우린 더욱더 그것
을 불가능하게 만들고 있어요." 그녀가 말했다.

"그게 무슨 소리야?"

"우리가 모든 걸 소유할 수도 있었다고 했어요."

"우린 지금도 모든 걸 소유할 수 있어."

"아뇨. 전혀 그렇지 않아요."

"우린 온 세상을 소유할 수도 있어."

"아뇨. 전혀 그렇지 않아요."

"우린 어느 곳이라도 갈 수 있어."

"아뇨. 전혀 그렇지 않아요. 이제는 우리 것이 아니에요."

"우리 것이야."

"아뇨. 전혀 그렇지 않아요. 일단 빼앗기면 두 번 다시는 찾아올 수 없어요."

"하지만 아직 빼앗긴 건 아니야."

"어디 두고 봐요."

"그늘로 돌아와. 그런 식으로 생각해선 안 돼." 사내가 말했다.

"아무런 생각도 하지 않아요. 다만 상황을 깨달았을 뿐이죠." 아가씨가 대꾸했다.

"난 당신이 원하지 않는 건 어떤 것도 안 했으면 해······."

"또는 내게 좋지 않은 것도 말이죠. 알아요. 맥주 한 잔 더할 수 있어요?" 그녀가 말했다.

"좋아. 하지만 당신이 분명히 깨달아야 할 건······."

"깨닫고 있어요. 이런 얘기 이제 그만하면 안 돼요?" 아가씨가 말했다.

두 사람은 테이블에 앉아 있었다. 아가씨는 골짜기의 메마른 쪽 언덕을 쳐다보았다. 사내는 아가씨를 보고 난 뒤 테이블로 시선을 옮겼다.

"당신이 깨달아야 할 건 말이지, 만약 당신이 그 일을 하고 싶지 않다면 나도 당신이 안 했으면 한다는 거야. 애를 낳는게 당신에게 중요한 일이라면 나도 기꺼이 받아들일 거야."

"애가 생겨도 당신은 아무렇지 않다는 건가요? 그래도 우린 잘 지낼 수 있겠죠?"

"물론이지. 하지만 난 당신 말고는 아무도 필요하지 않아. 다른 사람은 원하지 않아. 게다가 내가 알기로, 그 일은 누워서 떡 먹기만큼이나 아주 간단하거든."

"아무렴요. 당신은 아주 간단한 일로 알고 있네요."

"당신이 그렇게 말하는 것도 당연하지만 난 그에 대해 잘 알아."

"부탁 한 가지만 들어줄래요?"

"당신을 위해서라면 뭐든지 다 들어주지."

"제발, 제발, 제발, 제발, 제발, 제발, 제발, 입 좀 다물어 줄래요?"

그는 아무 말도 하지 않고 잠자코 건물 벽에 기대 놓은 가방을 바라보았다. 가방에는 그들이 함께 밤을 지낸 호텔의 라벨이 다닥다닥 붙어 있었다.

"하지만 난 당신이 싫으면 안 했으면 해. 난 조금도 상관하지 않아." 그가 말했다.

"고함을 지르겠어요." 아가씨가 말했다.

술집 여자가 맥주 두 잔을 들고 주렴 안에서 나와 축축한 펠트 잔 받침 위에 올려놓았다.

"오 분 있으면 기차가 도착합니다." 그녀가 말했다.

"지금 뭐라고 했나요?" 아가씨가 물었다.

"오 분 있으면 기차가 도착한대."

아가씨는 고맙다는 인사로 술집 여자에게 밝게 미소를 지어 보였다.

"역 반대편으로 가방을 갖다 놓는 게 좋겠어." 사내가 말했다. 그러자 그녀가 그를 보고 미소를 지었다.

"그렇게 해요. 갔다 와서 맥주를 마저 마시죠."

사내는 무거운 가방 두 개를 들고 역을 돌아서 다른 선로 쪽으로 갔다. 그는 선로 위쪽을 쳐다보았지만 기차는 아직 보이지 않았다. 돌아오면서 술집을 통과했는데 그곳에는 기차를 기다리는 사람들이 술을 마시고 있었다. 사내는 스탠드에서 아니스를 한 잔 마시고 사람들을 훑어보았다. 모두들 얌전하게 기차를 기다리고 있었다. 그는 주렴을 빠져나왔다. 그녀는 테이블에 앉은 채 그에게 미소를 지어 보였다.

"기분이 좀 좋아졌나?" 그가 물었다.

"좋아요. 나한테는 아무 문제가 없잖아요. 기분이 좋아요." 그녀가 말했다.

킬리만자로의 눈

킬리만자로는 해발 6000미터의 눈 덮인 산으로 아프리카 대륙에서 가장 높은 산이라고 한다. 서쪽 정상은 마사이어[161]로 '응가예 응가이', 즉 신(神)의 집이라고 부른다. 이 서쪽 봉우리 가까이에는 바짝 말라 얼어붙은 표범의 시체가 하나 있다. 그 높은 곳에서 표범이 도대체 무엇을 찾고 있었는지 설명해 주는 사람은 지금껏 아무도 없다.

"고통이 사라지다니 참으로 신기한 노릇이야. 그래서 사람들은 그것이 다가올 때를 아는 모양이지." 사나이가 말했다.

"정말이에요?"

"그럼 정말이고말고. 그런데 이렇게 고약한 냄새를 피워서 정말 미안하군. 당신도 아마 견디기 어려울 거야."

---

161) 케냐와 탕가니카 지방에 사는 마사이 족이 사용하는 언어.

"제발! 제발 그런 말 하지 마요!"

"저것들 좀 봐. 저것들이 저렇게 모여드는 건 내 꼴을 보았기 때문일까, 아니면 냄새를 맡았기 때문일까?" 그가 말했다.

그가 누워 있는 침상은 미모사 나무의 넓은 그늘 속에 놓여 있었다. 그늘 건너편 눈이 부시게 반짝거리는 들판을 바라보니 큼직한 새 세 마리가 흉측하게 웅크리고 있는 한편 하늘에도 열서너 마리가 더 날면서 지나갈 때마다 재빠르게 움직이는 그림자를 땅에 드리웠다.

"저놈들은 트럭이 고장 난 날부터 줄곧 저기에 있었어. 땅에 내려앉은 건 오늘이 처음이야. 어느 때고 저놈들을 단편소설에 써 보고 싶은 날이 올 것 같아서 처음에는 날아다니는 모양을 무척 유심히 관찰했거든. 생각해 보니 우습군." 그가 말했다.

"그렇게 생각하지 마요." 그녀가 말했다.

"그냥 지껄여 본 것뿐이야. 지껄이고 있으면 한결 편해지니까. 하지만 당신을 성가시게 하고 싶진 않아." 그가 대꾸했다.

"성가실 리가 있나요." 그녀가 말했다. "아무 일도 할 수 없다는 게 무척 안타까울 뿐이에요. 비행기가 올 때까지 사태를 최대한 편하게 할 수 있을 거예요." 그녀가 말했다.

"아니면 비행기가 오지 않을 때까지거나."

"내가 할 일이나 좀 일러 줘요. 분명 내가 할 수 있는 일이 있을 테니까요."

"내 다리를 잘라 줘. 그러면 고통이 사라질지도 모르니. 그것도 장담은 못 하지만. 아니면 총으로 나를 쏴 죽이든지. 이젠 당신도 사격에 능숙하니까. 내가 당신에게 총 쏘는 법을 가르쳐 주지 않았나?"

"제발 그런 식으로 말하지 마요. 책 읽어 줄까요?"

"무슨 책을 읽으려고?"

"책가방 속에서 뭐든지 읽지 않은 걸로요."

"책 읽는 걸 듣고 있을 수가 없어. 지껄이는 게 제일 편해. 입씨름이라도 하고 있으면 시간이 지나갈 테니까." 그가 말했다.

"입씨름은 안 할래요. 입씨름하고 싶은 생각은 추호도 없어요. 그러니 이제 그 얘기는 그만둬요. 아무리 화가 나더라도 말이에요. 오늘쯤 아마 사람들이 다른 트럭을 갖고 돌아올 거예요. 어쩌면 비행기도 도착할지 모르죠."

"난 꼼짝도 하기 싫어. 당신을 좀 더 편하게 해 주기 위해서라면 몰라도 이젠 움직이는 것 자체가 쓸데없는 짓이야." 그가 대꾸했다.

"비겁해요."

"공연히 험담하지 않고 마음 편히 죽게 나 좀 내버려 둘 순 없나? 나한테 욕을 해 봐야 무슨 소용이겠어?"

"당신은 안 죽어요."

"어리석은 소리 마. 난 지금 죽어 가고 있어. 저 빌어먹을 놈들에게 물어봐." 그는 고약하게 생긴 큼직한 새들이 둥글게 구부린 털 속에 벌거숭이 대가리를 파묻고 앉아 있는 쪽을 바라보았다. 네 번째 새가 미끄러지듯 땅으로 내려와 앉아 잽싸게 발을 놀려 달린 뒤 다른 새들이 있는 곳으로 뒤뚱거리며 천천히 걸어갔다.

"저 새들은 어느 캠프 주위에서나 볼 수 있어요. 다만 당신 눈에 띄지 않았을 뿐이죠. 삶을 포기하지 않는 한, 인간은 죽지 않는 법이에요."

"그런 건 어디서 읽었지? 정말 형편없는 바보로군."

"다른 사람들에 대해 생각해 봐요."

"빌어먹을. 그건 내 직업이었다고." 그가 대꾸했다.

그러고 나서 그는 드러누워 얼마 동안 조용히 있더니 열기에 아지랑이가 이는 벌판 건너편 잡목 숲을 바라보았다. 노란 벌판을 배경으로 산양 몇 마리가 작고 하얗게 보였으며, 더 멀리 저쪽에는 푸른 숲을 배경으로 얼룩말이 떼 지어 있는 모습이 보였다. 이곳은 언덕을 등지고 큰 나무 그늘 밑에 자리 잡은 훌륭한 캠프장으로 물이 좋고 바로 곁에는 물이 말라 버리다시피 한 샘물이 있어 아침이면 사막 뇌조들이 날아다니곤 했다.

"책이라도 읽어 줄까요?" 여자가 물었다. 여자는 그의 침상 옆 캔버스 의자에 앉아 있었다. "산들바람이 불어요."

"아니, 읽을 필요 없어."

"아마 트럭이 올 거예요."

"빌어먹을, 트럭 같은 건 아무래도 좋아."

"난 그렇지 않아요."

"당신은 참 많은 일에 관심이 있군. 나는 신경도 안 쓰는 일에."

"그렇게 많은 일은 아니죠, 해리."

"술 한잔은 어떨까?"

"당신에겐 해로울 거예요. 블랙[162]의 책에도 알코올 성분은 모두 피하라고 쓰여 있어요. 그러니 마셔선 안 돼요."

"몰로!" 그가 큰 소리로 불렀다.

"네, 브와나.[163]"

"위스키소다를 가져와."

"네, 브와나."

"그러면 안 돼요. 아까 말했던 삶을 포기한다는 게 바로 그런 거예요. 책에도 술이 나쁘다고 적혀 있어요. 당신에게 해롭다는 건 저도 잘 알고요." 여자가 말했다.

"아냐. 술은 나한테 이로워." 그가 우겼다.

이제 모든 게 끝났어, 하고 그는 생각했다. 이제 그에겐 그것을 끝맺을 기회가 영영 없을 것이다. 술 한잔 마시는 것을 두고 시비를 하다 이렇게 끝나 버릴 것이었다. 오른쪽 다리에 괴저(壞疽)가 발생한 뒤로 고통은 전혀 느껴지지 않았고, 고통과 더불어 공포감까지도 사라져, 지금 느끼는 것이라곤 오직 격심한 피로감과 이렇게 끝나는 것에 대한 분노뿐이었다. 지금 다가오고 있는 이 죽음이라는 것에 대해 그는 호기심을 느껴 본 적이 거의 없었다. 지난 몇 해 동안 죽음은 강박관념처럼 그의 마음속에서 떠나지 않았지만 이제는 그것 자체가 아무런 의미가 없었다. 심한 피로감이 죽음을 이렇게 쉬운 것으로 만들다니 참으로 이상한 일이었다.

---

162) A & C 블랙 출판사가 1906년에 출간한 『가정 의학서』를 가리킨다.
163) '나리' 또는 '주인님'을 뜻하는 스와힐리어.

그는 확실히 파악한 뒤 훌륭하게 쓰고 싶은 생각에 안 쓰고 아껴 두었던 작품들을 이제는 영원히 쓰지 못할 것이다. 그렇다면 써 보려다가 실패하는 일도 없겠지. 어쩌면 이제는 그 작품들을 끝내 못 쓸지도 모른다. 그러기에 차일피일 미루기만 하고 미처 시작하지도 못한 것이다. 아무튼 지금에 와서는 도무지 알 수 없는 일이었다.

"차라리 이곳에 오지 않는 게 좋을 뻔했어요." 여자가 말했다. 그녀는 손에 술잔을 들고 입술을 깨물며 그를 바라보고 있었다. "파리에 그냥 머물렀더라면 이런 일은 당하지 않았을 거 아니에요. 당신은 늘 파리가 좋다고 했죠. 파리에 그냥 머물 수도 있었고, 또 어디든 다른 곳에 갈 수도 있었어요. 난 어디든지 갔을 거예요. 당신이 원하는 곳이라면 어디든지 가겠다고 말했잖아요. 만약 당신이 사냥을 원한다면 헝가리에 가서 사냥을 했을 테고, 그랬더라면 편했을 거예요."

"당신의 그 빌어먹을 돈으로 말이지." 그가 내뱉었다.

"그건 옳은 말이 아네요. 돈은 언제나 내 것인 동시에 당신 것이기도 했어요. 난 모든 걸 버리고 당신이 가자는 대로 어디나 따라갔고, 또 원하는 일이라면 뭐든 해 왔어요. 하지만 이곳만은 오지 말았어야 했어요." 그녀가 말했다.

"당신도 이곳이 좋다고 했잖아."

"그건 당신 몸이 성할 때 얘기죠. 하지만 지금은 끔찍이 싫어요. 어쩌다 당신 다리가 이 모양이 됐는지 모르겠어요. 우리가 이런 변을 당하다니, 우리가 뭘 잘못했나요?"

"처음 살갗이 긁혔을 때 소독약 바르는 걸 잊었던 탓이겠지. 난 한 번도 병독에 감염된 적이 없어서 전혀 주의를 하지 않았던 거야. 나중에 상처가 악화됐을 때는 다른 방부제가 떨어져서 약한 석탄산액(石炭酸液)을 사용했고. 그래서 모세혈관이 마비돼 괴저가 발생한 거야." 그는 그녀를 쳐다보았다. "그것 말고 무슨 까닭이 있겠어?"

"내 말뜻은 그게 아니에요."

"그 어설픈 키쿠유 족[164] 운전기사 대신에 훌륭한 운전기사를 고용했더라면 엔진 오일 상태를 점검했을 거고, 또 트럭의 베어링을 태우는 일도 없었을 테지."

"내 말은 그런 뜻이 아니라니까요."

"당신이 당신 가족이랑 그 빌어먹을 올드 웨스트버리,[165] 새러토가,[166] 팜비치[167] 패거리들과 헤어져 나를 따라오지만 않았어도……."

"어머, 그건 다 당신을 사랑했기 때문에 한 일이죠. 그런 말은 공평하지 않아요. 지금도 난 당신을 사랑해요. 그리고 언제까지나 당신을 사랑할 거예요. 당신은 날 사랑하지 않나요?"

"그래. 당신을 사랑한다는 생각이 들지 않아. 한 번도 사랑해 본 적이 없어." 사내가 대답했다.

"해리, 지금 무슨 말을 하고 있는 거예요? 당신, 머리가 돌았나 봐요."

---

164) 케냐에 사는 부족.
165) 뉴욕시 북쪽에 위치한 소도시로 주로 부유한 사람들이 산다.
166) 뉴욕주 북쪽에 있는 휴양 도시.
167) 플로리다주 동남부 해안의 피한지.

"아냐. 돌고 싶어도 돌 머리가 없어."

"그걸 마시면 안 돼요. 여보, 제발 좀 마시지 마요. 우리가 할 수 있는 일은 다 해 봐야 해요."그녀가 말했다.

"당신이나 해. 난 지금 피곤해."그가 내뱉었다.

지금 그는 마음속에서 카라가치[168] 역을 바라보고 있었다. 손에 짐을 들고 서 있었는데, 지금 어둠을 뚫고 들어오는 것은 심플론 오리엔트 호(號) 열차에서 비치는 헤드라이트였다. 퇴각한 뒤 그는 트라키아[169]를 막 떠나던 참이었다. 이것은 그가 뒷날 작품으로 쓰려고 간직해 두었던 소재 중의 하나였다. 그날 아침 식사 때 창밖을 바라보다가 불가리아의 산에 눈이 쌓인 것을 바라보던 일 말이다. 또 난센[170]의 비서가 노인에게 저것이 눈이냐고 묻자 노인은 창밖을 바라보면서 아냐, 저건 눈이 아냐, 눈이 내리기엔 아직 일러, 하고 대답하던 일 말이다. 그러자 비서는 다른 아가씨들에게 이것 좀 봐, 눈이 아니래, 하고 되풀이한다. 그러면 아가씨들은 일제히 저건 눈이 아녜요, 우리가 잘못 봤어요, 하고 말한다. 하지만 그것은 틀림없이 눈이었고, 주민 교환 계획을 전개할 때 그는 그들을 눈 속으로 보냈다. 그들은 눈 속을 헤매고 다녔고, 결국 그해 겨울 사망했다.

그해 크리스마스 주일 동안에도 가데르탈[171] 고지대에는 계속 눈

168) 터키의 소도시.
169) 발칸 반도 동부, 오늘날의 그리스 동부와 터키 서부 지방.
170) 프리드쇼프 난센(Fridtjof Nansen, 1861~1930). 노르웨이 출신의 탐험가 및 정치가. 이 무렵 그는 국제 연맹의 난민 교환에 종사했다.
171) 오스트리아 산악 지방에 있는 마을.

이 퍼부었다. 그해 그들은 크고 네모난 사기 난로가 방 절반을 차지하는 벌목꾼 집에 살면서 밤나무 잎사귀를 잔뜩 넣은 매트리스를 깔고 잤는데, 그때 발이 피투성이가 된 탈영병 한 사람이 눈 속에서 나타났다. 탈영병은 헌병이 자기를 뒤쫓고 있다고 말했다. 그들은 그에게 털양말을 주어 달아나게 해 놓고 그 발자국이 눈으로 뒤덮일 때까지 헌병을 붙들고 이야기를 늘어놓았다.

슈룬츠[172]에서는 크리스마스 날 눈이 너무 환하게 반짝였기 때문에 술집에서 밖을 내다보면 눈이 시릴 정도였고, 사람들이 교회에서 집으로 돌아오는 모습이 보였다. 그들은 가파른 소나무 언덕으로 둘러싸인 강기슭을 따라 썰매로 다져 미끄러지고 말 오줌으로 노랗게 물든 눈길을 어깨에 무거운 스키를 짊어지고 올라갔다. 그리고 그때 마들레너 하우스 산장 위쪽 빙하 아래로 멋지게 이어진 슬로프를 단숨에 내려 달리면 눈은 케이크에 입힌 설탕처럼 부드럽고 흰 가루처럼 가벼웠다. 또 스피드를 내어 소리 없이 전속력으로 달려 내려오다 보면 마치 새처럼 아래로 미끄러지던 기억이 났다.

그때 눈보라가 닥쳐 사람들은 모두 일주일 동안 마들레너 하우스 산장에서 오도 가도 못하고 갇혀 자욱한 담배 연기 속에 초롱불을 밝히고 트럼프 놀이만 했다. 그런데 렌트 씨는 게임에서 지면 질수록 더 많은 돈을 걸더니 결국 돈을 몽땅 잃고 말았다. 갖고 있던 모든 것을 말이다. 스키 교습료로 받은 돈이며, 시즌에서 얻은 이익금이며, 밑천까지도 모두 말이다. 코가 길쭉한 그 사내가 카드를 집어 들고는 "상 부아르[173]"라

---

172) 오스트리아 산악 지방으로 스키로 유명하다.
173) 체스 게임의 한 방식으로 체스가 놓인 위치를 보거나 만지지 않고 승부를 겨룬다. 여기에서는 카드 게임에 이 방식을 적용하겠다는 뜻이다.

고 말하며 열어 보던 모습이 눈에 선하다. 그때는 자나깨나 늘 노름을 했다. 눈이 오지 않아도 노름을 했고, 눈이 너무 내려도 노름을 했다. 그는 자신이 여태까지 노름으로 낭비한 모든 시간을 생각했다.

그러나 그는 그것에 대해서는 글 한 줄 써 본 일이 없었다. 또 바커가 비행기를 몰고 산맥이 뚜렷이 보이는 평원을 가로질러 전선을 넘어가서는 휴가를 받아 돌아가는 오스트리아 장교들이 탄 열차를 포격한 것, 뿔뿔이 흩어져 도망치는 병사들을 기관총으로 쏘아 대던 그 춥고 맑게 갠 크리스마스 날에 대해서도 아직 써 본 일이 없다. 그 뒤에 바커가 식당에 들어와서 그 이야기를 늘어놓기 시작하던 때의 얼굴이 생각났다. 그때 모두들 조용히 듣고만 있었는데, 마침내 어느 누군가가 이렇게 말했다. "에이, 이 무지막지한 살인마 같으니!"

그러나 그 뒤 그와 같이 스키를 타던 사람들은 당시 그들이 죽인 같은 오스트리아인이었다. 아니, 똑같은 사람들은 아니었다. 겨우내 같이 스키를 탔던 한스는 카이저 경보 부대 소속이었다. 제재소 위쪽 협곡으로 같이 토끼 사냥을 갔을 때 두 사람은 파수비오 전투와 페르티카라와 아살로네[174) 공격에 대해 얘기를 나누었다. 그렇지만 그것에 대해서도 그는 아직 글 한 줄 쓰지 못했다. 몬테코로나[175)며, 세테코무니[176)며 아르시에로[177)에 대해서 역시 한 줄도 못 썼다.

몇 해 겨울을 포어아를베르크와 아를베르크[178)에서 살았던가? 네

---

174) 파수비오, 페르티카라, 아살로네는 이탈리아 북부에 위치한 도시들.
175) 이탈리아 중동부 페루기아에 위치한 산.
176) 이탈리아 비첸차 북서부 고원에 위치한 일곱 자치구.
177) 바첸차에 위치한 도시.
178) 둘 다 오스트리아 티롤 지방에 위치한 겨울 휴양지.

겨울을 그곳에서 보냈다. 그들이 걸어서 선물을 사러 블루덴츠[179]에 갔을 때 여우를 팔러 온 사나이를 만났던 일이 머리에 떠올랐다. 또 버찌 씨 맛이 나던 키르슈[180]의 맛이 기억났다. 그리고 딱딱하게 얼어붙은 땅 위에 쌓인 가루눈을 휘날리면서 미끄러지며 "히호! 롤리는 부르짖었네!" 하고 노래 부르면서 가파른 골짜기로 마지막 코스를 달려가다 다시 길을 바로잡고 과수원을 세 번 돌아 빠져나와 도랑을 넘어서 숙소 뒤 빙판 길로 나오던 일도 생각났다. 동여맨 끈을 툭툭 쳐서 늦추고 스키를 집어던지듯 벗어서 숙소 판자벽에 기대 놓으면 창문에서는 램프 불빛이 흘러나오고, 안에서는 담배 연기와 새 포도주 냄새가 풍기는 따뜻한 분위기 속에서 사람들이 아코디언을 연주했다.

"파리에선 어디서 머물렀지?" 지금은 아프리카에서 자기 옆 캔버스 의자에 앉아 있는 여자에게 그가 물었다.

"크리용[181]에요. 당신도 알잖아요."

"내가 어떻게 안단 말이야?"

"우린 언제나 그곳에 머물렀으니까요."

"아냐, 언제나 머무른 건 아니었어."

"그곳하고, 생제르맹 거리에 있는 앙리 4세관(館) 두 군데였죠. 당신은 그곳이 좋다고 말했는걸요."

"사랑은 똥 더미야. 난 그 똥 더미 위에 올라앉아서 우는 수

---

179) 포어아를베르크에 있는 마을.
180) 버찌를 증류한 과일 브랜디.
181) 유럽에서 가장 큰 호텔 중 하나.

닭이지."[182] 해리가 말했다.

"당신이 가야 한다고 해서 당신 뒤에 남는 것들까지 죄다 때려 부술 필요 있나요? 내 말은요, 그러니까 모든 걸 갖고 가야만 하는 거냐고요? 당신이 타던 말도 아내도 다 죽이고, 안장도 갑옷도 다 불살라 버려야 하는 거예요?" 그녀가 따졌다.

"그래 맞아. 당신의 그 빌어먹을 돈이 바로 내 갑옷이었어. 내 스위프트[183]며 내 아머[184]였지." 그가 대꾸했다.

"그만둬요."

"좋아, 그만두지. 더는 당신을 괴롭히고 싶지 않으니까."

"이제는 좀 늦었어요."

"그렇다면 좋아. 좀 더 괴롭혀 줄까. 그게 더 재미있는데. 당신과 정말로 좋아서 하던 그 한 가지마저도 이제는 못 하게 됐어."

"아녜요. 그건 사실이 아녜요. 당신은 여러 가지 일을 좋아했고, 당신이 하고 싶은 일이라면 전 뭐든지 했는걸요."

"아, 제발 자기 자랑은 그만두는 게 어때?"

그는 여자를 쳐다보았고, 여자는 울고 있었다.

"이봐, 당신은 내가 장난으로 이런 말을 하고 있다고 생각

---

182) "자기 똥 더미 위에 올라서면 모든 수탉은 소리 내어 운다."라는 서양 속담을 염두에 두고 한 말이다.

183) 구스타부스 프랭클린 스위프트(Gustavus Franklin Swift, 1839~1903). 육류 포장업으로 돈을 많이 번 시카고의 대부호.

184) 필립 댄포스 아머(Phillip Danforth Armour, 1832~1901). 육류 포장업으로 막대한 돈을 번 미국의 사업가. '아머(Armour)'라는 이름과 앞에 나온 갑옷을 뜻하는 '아머(armour)'가 동음이의어인 점을 살린 말장난이다.

하는 거야?" 그가 말했다. "나도 내가 왜 이러는지 모르겠어. 자기 삶을 유지하려고 남을 해치는 건 괴로운 일이야. 얘기를 시작할 적엔 나도 괜찮았어. 이런 식으로 시작할 의도는 아니었는데 이제는 완전히 돌아 버렸어. 그래서 당신에게 최대한 잔인하게 굴고 있는 거야. 그러니 내가 무슨 말을 하든 조금도 신경 쓰지 마. 정말 당신을 사랑해. 여태껏 당신을 사랑한 것만큼 다른 누구를 사랑해 본 적이 없어."

그는 자기도 모르는 사이에 식은 죽 먹듯 입버릇처럼 해 오던 거짓말을 하기 시작했다.

"당신은 내게 참 다정해요."

"요 암캐 같은 년! 이 돈 많은 암캐 년! 이건 시(詩)야. 내 머릿속엔 지금 시가 가득해. 헛소리와 시가. 헛소리 같은 시라고나 할까." 그가 말했다.

"그만둬요. 해리, 어째서 당신은 자꾸만 악마로 변해 가는 거죠?"

"난 뭐든 남겨 두고 가긴 싫어. 그 무엇도 남기고 가기 싫다고." 그가 내뱉었다.

* * *

어느덧 저녁이 되었고 그는 이제 잠이 들었다. 태양이 언덕 너머로 지면서 벌판을 가로질러 그늘이 뒤덮였고, 조그마한 짐승들이 캠프 근처에서 먹이를 먹고 있었다. 그는 짐승들이 머리를 재빨리 떨어뜨리고 꼬리를 휘휘 저으면서 이제는 수풀에서 꽤 먼 이곳까지 와 있는 것을 지켜보았다. 새들은 더 이상 땅 위에 있지 않았다. 모두가 나무 위에 육중한 모습으로 올라가 앉아 있었다. 전보다 숫자가 훨씬 불어나 있었다. 몸시 중을 드는 소년이 그의 옆에 앉아 있었다.

"멤사힙185)은 사냥 가셨어요. 브와나, 뭘 도와드릴까요?" 소년이 물었다.

"아니, 도와줄 거 없어."

여자는 식사거리로 짐승을 잡으러 갔다. 그가 사냥 구경을 좋아하는 건 잘 알았지만 그가 바라볼 수 있는 이 수풀 속의 작은 골짜기 같은 지역을 소란스럽게 하지 않으려고 먼 곳으로 갔던 것이다. 언제나 생각이 깊은 여자지, 하고 그는 생각했다. 알고 있는 것이며, 책에서 읽은 것이며, 또 들은 것에 대해 무엇이든 사려 깊은 여자였다.

그가 그녀에게 접근했을 때 작가로서의 생명이 이미 끝나 있었던 것은 그녀의 책임이 아니었다. 남자가 마음에도 없는 소리를 늘어놓고 있다는 것을 여자가 어떻게 알았겠는가? 그저 입버릇처럼 말하고 편안하려고 지껄인다는 것을 여자가 어떻게 알 수 있었겠는가? 그가 마음에도 없는 소리를 지껄인 뒤부터 그의 거짓말은 오히려 진실을 얘기할 때보다 여자들에게 더 효력을 발휘했다.

거짓말을 한 것이 아니라 그에겐 얘기할 만한 진실이 별로

---

185) '마님'이라는 뜻으로, 원래 인도에서 백인 지배층 부인에게 붙이는 호칭이 널리 퍼져 일반화되었다.

없었다. 그는 마음껏 삶을 즐겼고 이제는 그것도 끝나 버렸다. 그러고 나서 그는 다른 종류의 사람들과 더 많은 돈, 같은 장소라도 최상의 사람들, 그리고 새로운 사람들과 어울려 다시금 삶을 계속했던 것이다.

정말 신통하게도 그는 생각하기를 단념했다. 내면이 단단하다 보면 대부분의 사람처럼 정신적으로 파산에 빠지는 일은 없었다. 이제 더 할 수도 없게 되었으니 지금까지 해 오던 일에 대해서는 조금도 흥미가 없는 듯한 태도를 취했다. 그러면서도 내심으로는 언젠가 이 사람들, 엄청난 부자들에 대한 얘기를 써 보리라고 중얼거렸다. 너는 실제로 그들에 속한 사람이 아니고 다만 그들 사회의 스파이에 지나지 않는다고, 그렇기에 그 사회를 떠나 그것에 대해 작품을 써 보리라고 말이다. 언제든 한번은 자신의 소재를 잘 알고 있는 누군가가 그것에 대해 쓰게 되리라고 그는 생각했다. 그러면서도 그는 결코 쓸 생각을 하지 않았다. 아무것도 쓰지 않고 안일만을 추구하며 자신이 경멸해 마지않는 그런 인간이 되어 보낸 하루하루의 생활은 그의 재능을 우둔하게 만들었고 집필에 대한 의욕마저 약화시켰다. 그래서 결국 그는 아무것도 쓰지 못하게 되고 말았던 것이다. 그가 지금 알고 지내는 사람들은 하나같이 글을 쓰지 않을 때 훨씬 편하게 만날 수 있는 인물들이다. 아프리카는 그가 잘나가던 시절 좀 더 행복하게 지내던 곳이어서 이곳에서 새 출발을 하기 위해 그는 이곳으로 왔다. 그래서 이번 사파리 여행에서는 안락을 최소한으로 줄였다. 고생스러운 일은 없었지만 호화스러운 사치도 없었다. 이렇게 함으로써 그는 다시 단련된 생활로 돌아갈 수 있으리라고 생각했다. 이런 식으로 그는 마치 권투 선수가 자기 육체의 지방을 없애기 위해 산중으로 들어가 노동하고 훈련하듯이 자신도 영혼에 붙은 비곗살을 제거할 수 있으리라고 생각했던 것이다.

여자도 그런 생활을 좋아했다. 자극적이고 장면이 바뀌는 일이라면 무엇이든, 또 새로운 사람들을 만나게 되고 재미있는 일이 있으면 무엇이든 좋아한다고 말했다. 그래서 그는 창작 의지가 되살아나는 것 같은 착각에 빠져 있었다. 그러나 지금 이런 식으로 삶을 마쳐야 한다 해도(그 자신도 그 사실을 잘 알고 있었다.) 제 등뼈가 부러졌다고 하여 제 몸뚱이를 물어뜯는 뱀처럼 자기 자신에게 맞서서는 안 될 일이었다. 이 여자에게는 잘못이 없었다. 이 여자가 아니었더라면 다른 여자가 문제의 발단이 되었을 것이다. 거짓말로 이어 왔으니 죽을 때도 거짓말을 해야 할 것 아닌가. 그때 언덕 저 너머에서 총성이 한 발 들려왔다.

여자는 사격을 아주 잘했다. 이 착하고 돈 많은 암캐, 그의 재능을 친절하게 관리해 주는 사람이자 파괴자. 이 무슨 허튼소리란 말인가! 그의 재능은 그 자신이 파괴하지 않았던가. 너를 잘 보살펴 주었다는 이유로 왜 그 여자가 비난을 받아야 한단 말인가? 그가 자신의 재능을 망치고 만 것은 그 재능을 활용하지 않았기 때문이고, 자신을 배신하고 자신이 믿는 바를 배신했기 때문이며, 지각의 칼날이 무디어질 정도로 술을 과하게 마셨기 때문이고, 나태와 안일과 속물근성 때문이고, 교만과 편견과 그 밖의 여러 방법 때문이 아닌가? 도대체 이건 뭐란 말인가? 고서(古書)의 목록인가? 도대체 그의 재능이란 어떤 것인가? 그것은 하나의 재능임에 틀림없었지만, 그는 그것을 활용하는 대신 악용했던 것이다. 그의 재능이란 그가 한 번도 실제로 성취한 것이 아니라 언제든지 하면 할 수 있다는 잠재적 가능성이었다. 그리고 그가 생활하기 위해 선택한 것은 펜이나 연필이 아니고 다른 그 무엇이었다. 그가 새로 사랑하게 되는 여자가 지난번 여자보다 으레 돈이 많은 사람이었다는 것은 이상한 일 아닌가? 그러나 그녀는 누구보다도 가장 돈이 많고, 모든 돈을 갖고 있었으며, 과거에는 남편과 자식들이 있었고 애인들도 있었지만 그들에게 만족하지 못했으며, 지금 그를 한 작가로서, 한 남성으로서, 한 친구로서, 또는 자랑스러운 하나의 소유물로 극진히 사랑하고 있었다. 그 여자를 전혀 사랑하지도 않고 오직 거짓말만 일삼고 있는 바로 지금, 그가 진실로 사랑하던 때보다도 그 여자의 돈의 대가로 그녀에게 더 많은 것을 줄 수 있다니 참으로 불가사의한 일이었다.

우리는 모두 우리가 하는 일에 맞게 태어나야 하는 거야, 하고 그는 생각했다. 어떤 방식으로 생계를 이어 가든 거기에는 각자의 재능이 있는 거지. 그는 지금까지 살면서 이런저런 형태로 자신의 생명력을 팔아 왔다. 애정에 너무 깊이 빠지지 않아야 금전을 제대로 평가하는 법이다. 그는 그 사실을 알아차렸지만 지금 역시 그것에 대해 작품을 쓸 수는 없었다. 쓸 만한 가치가 아무리 충분하다 해도 쓰고 싶지 않았다.

바로 그때 그녀의 모습이 시야에 들어왔다. 빈터를 가로질러 캠프 쪽으로 걸어오고 있었다. 그녀는 승마용 바지를 입고 엽총을 들고 있었다. 소년 둘이 숫양 한 마리를 어깨에 걸메고 여자 뒤를 따라왔다. 아직 얼굴이 예쁘고 몸매도 아름답군, 하고 그는 생각했다. 잠자리에서도 훌륭한 기술과 감수성을 발휘하지. 미인은 아니지만 그는 그녀의 얼굴이 마음에 들었다. 상당한 독서가인 데다 승마와 사냥을 좋아했고 누가 봐도 지나치게 술을 마셨다. 여자의 남편은 그녀가 비교적 젊었을 때 세상을 떠났으며, 그녀는 한동안 이제 막 자라는 두 아이들에게만 몰두했다. 하지만 애들은 어머니를 필요로 하지 않았고 그녀가 옆에 있는 것을 귀찮아했다. 그래서 그녀는 승마와 독서와 술에 빠져 지냈다. 저녁 식사 전 오후에는 독서를 즐겼고, 책을 읽으며 위스키소다를 마셨다. 식사 때까지는 상당히 취하게 되었고 식사 때 포도주 한 병을 더 마시고 나면 보통 만취해서 잠들곤 했다.

그것은 애인들이 생기기 전의 일이었다. 애인들이 생긴 뒤로는 과음까지는 하지 않았는데 굳이 술에 취해서 잠들 필요가 없었기 때문이다. 그러나 애인들은 이 여자를 싫증 나게 했다. 결혼했던 예전 남자는 한 번도 그녀를 싫증 나게 한 적이 없었는데 이 사람들은 정말 그녀를 싫증 나게 했다.

그때 두 아이 중 하나가 비행기 추락 사고로 사망했다. 그 일이 있은 뒤로는 애인을 갖고 싶지 않은 데다 술도 마취제가 되지 않았기 때문에 그녀는 다른 삶을 살아야 했다. 갑자기 자신이 고독하다는 것을 느끼고 그녀는 소스라치게 놀랐다. 그녀에게는 이제 존경을 바칠 남자가 필요했다.

일은 지극히 단순하게 시작되었다. 그녀는 그의 작품을 좋아했고, 그가 영위하는 삶을 늘 부러워했다. 그야말로 자기가 원하는 일을 하고 있다고 생각했다. 그녀가 그를 손에 넣은 절차와 마침내 그와 사랑에 빠지게 된 경위는, 그녀로서는 자신을 위해 새로운 삶을 이룩하고, 또 그로서는 자신의 옛날 삶 중에서 잔재를 팔아 버린 통상적인 과정의 일부에 지나지 않았다.

그가 그것을 판 것은 생활의 안정과 안락을 얻기 위해서였다. 그것은 부인할 수 없는 일이었다. 그 밖에 달리 무엇이 있을 수 있단 말인가? 자신도 알 수 없는 일이었다. 그녀는 그가 원하는 것이라면 뭐든지 사 주었을 것이다. 그도 그것을 잘 알고 있었다. 게다가 그녀는 대단히 멋진 여자였다. 그는 다른 어느 누구보다 그 여자와 잠자리를 함께하고 싶었다. 다른 여자보다 그녀 쪽을 택하고 싶었던 것은 그녀가 누구보다 돈이 많은 데다 아주 유쾌하며 감수성이 풍부했고, 추태를 벌이는 일도 없었기 때문이었다. 그런데 이 여자가 다시 만들어 놓은 이 삶이 지금 종말을 향해 치닫고 있었다. 이 주 전 영양(羚羊) 떼가 머리를 치켜들고 콧구멍을 벌름거리면서 귀를 쭉 뻗고는 무슨 소리만 나면 숲속으로 도망쳐 들어갈 태세로 서 있는 모습을 찍으려고 앞으로 나아가다가 그만 무릎이 가시에 긁혔을 때 소독약을 바르지 않았기 때문이었다. 미처 사진을 찍기도 전에 영양들은 갑작스럽게 달아나 버리고 말았다.

그때 여자가 가까이 다가왔다.

그는 간이침대 위에서 머리를 돌려 여자 쪽을 바라다보았다. "여보!" 그가 불렀다.

"숫양 한 마리를 잡았어요. 당신에게 좋은 수프거리가 될

거예요. 아이들에게 클림[186]과 함께 감자를 으깨도록 시킬게
요. 한데 기분은 어때요?"

"훨씬 좋아졌어."

"그러니까 얼마나 좋아요? 나도 좋아질 거라고 생각했어
요. 내가 사냥 나갈 때 당신은 자고 있더군요."

"한잠 잘 잤어. 멀리 갔었나?"

"아뇨. 저 언덕 뒤쪽으로 돌아갔다만 왔어요. 양을 한 방에
멋지게 맞혔어요."

"사격 솜씨가 정말 대단해."

"내가 사냥을 좋아하잖아요. 그래서 아프리카가 좋아요. 정
말이에요. 당신 몸만 성하면 사냥이야말로 이 세상에서 제일
재미있을 텐데. 당신과 함께 사냥 떠나는 게 얼마나 재미있었
는지 당신은 모를 거예요. 난 이 지방이 좋아졌어요."

"나도 좋아."

"여보, 당신 기분이 좋아진 걸 보니 얼마나 기쁜지 몰라요. 당
신이 아까 같은 기분이라면 정말 견딜 수 없을 것 같아요. 다시
는 내게 그런 식으로 말하지 않을 거죠? 약속해 주는 거죠?"

"그래, 약속해. 내가 무슨 말을 했는지 기억이 안 나." 그가
대답했다.

"나를 짓밟을 필요는 없잖아요. 안 그래요? 난 당신을 사랑
하고 또 당신이 원하는 것을 해 주고 싶은 중년 여자일 뿐이에
요. 그런데도 당신은 벌써 두세 번이나 나를 짓밟았어요. 그러

---

186) 미국산 분말 우유 상표.

니 다시는 짓밟지 않을 거죠?"

"당신을 잠자리에서 두서너 번 늘씬하게 짓밟아 주고 싶군." 그가 말했다.

"그렇게 해요. 그거야말로 기분 좋게 짓밟히는 것이죠. 우린 그렇게 짓밟히도록 만들어져 있는걸요. 내일은 비행기가 도착할 거예요."

"그걸 어떻게 알지?"

"확실해요. 오기로 돼 있으니까요. 아이들은 벌써 나무를 베고 연막을 피워 올릴 풀을 준비해 놨어요. 오늘도 아래쪽에 내려가 보고 왔는걸요. 비행기가 착륙할 땅도 충분하고, 양쪽 끝에 연막을 피워 올릴 준비도 해 놓았어요."

"왜 비행기가 내일 온다고 생각하는 거지?"

"꼭 올 거예요. 이미 예정된 날짜가 지났잖아요. 그러면 읍내에 가서 당신 다리를 치료하고, 그러고 나선 우리 둘이서 멋지게 서로를 짓밟기로 해요. 전처럼 끔찍한 말은 하지 말고요."

"같이 술이나 한잔할까? 해도 저물었으니."

"꼭 한잔해야겠어요?"

"이미 한잔했는걸."

"그럼 한 잔씩 같이 해요. 몰로, 레티 두이 위스키소다![187]" 그녀가 소리를 질렀다.

"모기 물리지 않게 장화를 신는 게 좋을걸." 그가 그녀에게 말했다.

---

187) "위스키소다 두 잔을 가져와!" 영어를 섞어 사용한 아프리카어.

"기다리고 있다가 목욕한 뒤에……."

어둠이 점점 짙어 가는 동안 두 사람은 술을 마셨다. 아주 캄캄해지기 직전, 이미 총을 쏠 수 없을 만큼 햇빛이 없을 때 하이에나 한 마리가 들판을 가로질러 언덕을 돌아 제 길을 갔다.

"저 빌어먹을 놈은 매일 밤 저기를 가로질러 가는군." 사내가 말했다. "두 주일 동안 매일 밤 말이야."

"밤에 소리를 지르는 게 저놈이로군요. 난 상관하지 않아요. 하지만 징그러운 짐승이에요."

함께 술을 마시면서 같은 자리에 누워 있는 게 불편하다는 것을 제외하고는 아무런 고통도 느끼지 않은 채, 또 소년들이 불을 피우자 그림자가 텐트 위에서 너울너울 춤을 추는 가운데, 그는 이승의 모든 것을 유쾌하게 묵묵히 체념하고 싶은 기분이 되살아나는 것을 느꼈다. 그녀는 정말로 그에게 친절하게 대해 주었다. 그런데 오늘 오후 그는 부당하고 잔인하게 굴었던 것이다. 그녀는 멋지고, 정말로 훌륭한 여자였다. 그러나 바로 그때 자신이 죽을 것이라는 생각이 갑자기 그의 머리를 스쳐 갔다.

그 생각은 갑자기 떠올랐다. 물이 세차게 흐르거나 바람이 불어닥치듯 그렇게 온 것이 아니라, 느닷없이 고약한 냄새를 풍기는 공허감처럼 갑자기 내습한 것이다. 그런데 이상야릇하게도 하이에나가 그 공허감의 한 끝자락을 따라 미끄러지듯이 가볍게 스쳐 가는 게 아닌가.

"왜 그래요, 해리?" 그녀가 그에게 물었다.

"아무것도 아냐. 당신은 반대쪽으로 자리를 옮기는 게 좋겠어. 바람이 불어오는 쪽으로 말이야." 그가 말했다.

"몰로가 붕대를 갈아 줬나요?"

"응. 지금은 붕산만 쓰고 있어."

"기분은 좀 어때요?"

"조금 어지러워."

"목욕을 해야겠어요. 곧 올게요. 같이 식사하고 침상을 안으로 들여놓기로 해요." 그녀가 말했다.

입씨름을 그만둔 건 참 잘한 일이야, 하고 사내는 혼잣말로 중얼거렸다. 이 여자와는 그다지 싸움을 하지 않았다. 그가 사랑했던 다른 여자들과는 싸움이 너무 잦아서 부식 작용처럼 언제나 그들이 서로 공유하고 있던 것까지 갉아먹곤 했다. 그는 너무 많이 사랑했고, 너무 많은 것을 요구했고, 그래서 그 모든 것을 마모시켜 버렸던 것이다.

그는 파리에서 싸움을 한 뒤에 콘스탄티노플로 혼자 갔던 때의 일을 떠올렸다. 그곳에 있는 동안 그는 줄곧 창녀들과 지냈고, 그 짓도 지치자 마음의 고독이 억제되기는커녕 더욱더 심해졌다. 그러자 그는 첫 번째 여자, 자기를 버리고 달아난 그 여자에게 도저히 쓸쓸한 마음을 억제할 수 없다고 편지를 써 보냈다……. 언젠가 한번은 레장스[188] 밖에서 그녀를 본 것 같은 생각이 들어 깜짝 놀라서 기절할 것만 같았다든지, 속이 울렁거렸다든지, 어딘지 모르게 그녀와 비슷한 여자를 불바르[189]에서 만나 뒤따라가 보려고도 했지만 혹시 그녀가

---

188) 파리에 있는 고급 호텔.
189) 파리 샹젤리제 대로.

아니면 어쩌나 하는 생각이 들고 기분을 망칠까 봐 두려웠다든지 하고 말이다. 어떤 여자를 데리고 자도 그녀가 더욱 그리워지기만 할 뿐이라고도 했다. 그녀를 사랑하는 마음을 도저히 버릴 수 없다는 사실을 알게 된 이후 지금까지 지난날 그녀의 처사는 조금도 문제가 되지 않는다고도 했다. 그는 아주 말짱한 기분으로 클럽에서 이 편지를 써서 뉴욕으로 부치면서 답장은 파리의 자기 사무소로 보내 달라고 부탁했다. 그러는 편이 안전할 것 같았다. 그리고 그날 밤은 그녀가 너무 그리워 공허할 정도로 마음이 울렁거려 막심[190] 레스토랑 위쪽을 배회하다 여자 하나를 꾀어 같이 저녁 식사를 하려고 데리고 갔다. 식사를 마친 뒤에 춤을 추러 갔지만 여자의 춤이 서툴러서 기분이 나지 않아 정열적인 아르메니아 창녀로 상대를 바꾸었는데, 그녀가 어쩌나 배를 비벼 대는지 불이 날 지경이었다. 그녀는 영국 포병대 장교와 싸운 끝에 빼앗은 여자였다. 장교는 그에게 밖으로 나가자고 했고, 두 사람은 컴컴한 어둠 속 자갈길 위에서 격투를 벌였다. 그가 포병대 장교의 턱 옆쪽을 두 번이나 세게 갈겼는데도 그놈이 나가떨어지지 않자 그는 본격적으로 싸움이 시작된 것을 알았다. 상대는 그의 몸통을 갈기고 이어 눈언저리를 때렸다. 그는 다시 왼손을 치켜들어 장교를 한 대 갈겼다. 그러자 장교는 그의 위에 엎어지며 그의 윗도리를 움켜쥐더니 소매를 잡아 찢었다. 그는 포병 장교의 뒤통수를 두 번 갈기고 이어 그를 떼밀면서 후려갈기자 장교는 머리를 땅에 부딪히며 나자빠졌다. 그때 헌병들이 달려오는 소리가 들렸기 때문에 그는 여자를 데리고 달아났다. 택시를 잡아타고 보스포루

---

190) 파리 루아얄가(街)에 있는 레스토랑 겸 카페.

스 해협[191]을 따라 루멜리 히사르[192]를 향해 달렸다. 그리고 그곳을 한 바퀴 돌고는 시원한 밤공기를 마시며 되돌아와 잠자리에 들었다. 그 여자는 겉모습만큼이나 너무 무르익은 감이 있었지만 부드럽고 장미꽃잎 같고 시럽처럼 끈적끈적하고 반들반들한 배에 젖통이 크고 엉덩이에 베개를 벨 필요가 없었다. 아침 첫 햇살에 정말 망측한 모습으로 여자가 눈을 뜨기 전에 그는 그곳을 나와 버렸다. 그는 눈자위에 검은 멍이 든 채 페라팔리스 호텔에 나타났다. 한쪽 소매가 없었기 때문에 윗도리는 손에 들고 있었다.

같은 날 밤 그는 아나톨리아[193]를 향해 출발했다. 그 여행이 끝날 무렵 아편을 얻으려고 재배하는 양귀비 밭을 온종일 말을 타고 달렸던 일이 생각났다. 그러자 점차 이상한 느낌이 들더니 마침내 거리 감각이 엉망이 되고 말았다. 이곳은 적들이 새로 도착한 콘스탄틴의 장교들[194]과 합세하여 공격을 해 온 장소였다. 그 장교들은 전쟁에 대해서는 아무것도 모르는 그야말로 신참 병사였다. 포병대는 그 부대에 포격을 가하고 있었고, 영국의 관측 장교는 어린애처럼 고래고래 소리를 지르고 있었다.

그는 그날 흰 발레 스커트 같은 것을 입고 장식 술이 달린 장화를 신은 전사자들을 처음 보았다. 터키 군대가 쉴 새 없이 떼를 지어 왔고, 스커트 입은 병사들이 도망치자 장교들은 그들을 향해 권총을 쏘

---

191) 아시아와 유럽을 가르는 해협으로 낭만주의 시인들이 이 해협을 헤엄쳐 횡단하려 했던 것으로 유명하다.
192) 이스탄불의 요새.
193) 흑해와 지중해 사이의 평원 지대.
194) 콘스탄틴은 당시 그리스 왕의 이름으로, 그리스 장교들을 뜻한다.

아 대고 이어 장교들 자신도 도망치는 것이 보였다. 그도 관측 장교와 함께 도망을 쳤는데 마침내 숨이 차고 입안은 마치 동전을 씹은 것 같은 냄새로 가득 차는 듯했다. 그들이 바위 뒤에 숨어도 터키 병사들은 여전히 떼를 지어 쳐들어왔다. 그 뒤 그는 상상할 수도 없을 만큼 끔찍한 광경을 보았고, 좀 더 뒤에는 이보다 훨씬 끔찍한 광경을 보고 말았다. 그래서 파리에 돌아왔을 때 그런 이야기는 누구에게도 말하지 않았고, 누가 말하는 것을 듣는 것조차 참지 못했다. 그가 지나가는 길에 보니 카페에는 커피 잔을 앞에 놓고 감자 모양의 얼굴에 멍청한 표정을 짓고 있는 미국인 시인 한 사람이 있었다. 그는 이름이 트리스탄 차라[195]라고 하는 어떤 루마니아 사람과 다다이즘 운동에 관해 얘기하고 있었다. 언제나 외알 안경을 쓰고 있는 그 루마니아인은 늘 두통에 시달렸다. 그는 아내가 있는 아파트로 돌아갔다. 아내를 다시 사랑하기 시작했다. 싸움도 깨끗이 끝나고 미친 듯한 광기도 사라지고 이제는 안락한 가정에 있는 것이 좋았다. 그리고 사무소에서도 우편물을 아파트로 회송했다. 그런데 어느 날 아침 그가 편지를 보낸 그 여자한테서 온 답장이 쟁반에 놓여서 왔다. 필적을 본 그는 가슴이 철렁하여 서둘러 편지를 다른 편지 밑에 쑤셔 넣으려고 했다. 그러나 아내가 말했다. "여보, 그 편지 누구한테서 온 거예요?" 이 일로 새로운 생활의 시작은 끝장나고 말았다.

그는 모든 여자와 함께 지낸 즐거운 시절과 싸움을 했던 일도 회상했다. 그들은 언제나 싸움하기에 알맞은 장소를 택하곤 했다. 그런

---

195) 트리스탄 차라(Tristan Tzara, 1896~1963). 루마니아 출신의 시인으로 전위예술 운동인 다다이즘을 일으켰다.

데 기분이 제일 좋은 때 언제나 싸움이 벌어진 것은 도대체 무슨 까닭일까? 그 싸움에 관해서도 그는 아직 작품을 쓴 적이 없다. 첫째는 그 대상이 누구든지 남을 중상하기 싫어서였고, 다음으로는 그것 말고도 얼마든지 쓸 거리가 있을 것 같았기 때문이다. 그러나 언젠가는 꼭 쓸 때가 오리라고 생각했다. 작품으로 쓸 것은 참으로 많았다. 그는 이 세상이 변하는 모습을 보아 왔다. 그것은 단순한 사건이 아니었다. 사건도 많이 보고 사람들도 관찰해 왔지만, 그것보다는 세상의 미묘한 변화를 읽었던 것이다. 그는 시대의 변화에 따라 사람이 어떻게 달라지는지 기억할 수 있었다. 바로 그 현장에 있었고 그것을 관찰해 왔기 때문에 그것에 대해 쓰는 것은 그의 의무였다. 하지만 이제는 그것에 대해 영원히 쓰지 못할 것이다.

"기분은 좀 어때요?" 그녀가 물었다. 목욕을 마치고 텐트에서 나오는 참이었다.

"좋아."

"그럼 식사할까요?" 그녀 뒤에는 몰로가 접는 식탁을 들고 있었고, 다른 소년이 수프가 담긴 접시를 들고 서 있었다.

"글을 쓰고 싶군." 그가 말했다.

"수프라도 좀 들고 기운을 차려야 해요."

"난 오늘 밤 죽을 거야. 그러니 기운 차릴 필요는 없어." 그가 대꾸했다.

"해리, 제발 과장 좀 하지 마요."

"당신 코는 도대체 어디에 쓸 작정이야. 내 넓적다리는 이제 반쯤 썩어 문드러졌다고. 빌어먹을, 수프 따위를 뭣 때문에 먹어야 하지? 몰로, 위스키소다를 가져와."

"제발 수프를 들어요." 그녀가 상냥하게 말했다.

"그래, 먹지."

수프는 뜨거웠다. 먹기 좋을 만큼 식을 때까지 컵을 손에 들고 있어야 했다. 그러고 나서 그는 군소리 없이 수프를 삼켜넘겼다.

"당신은 훌륭한 여자야. 나한테 신경 쓰지 마." 그가 말했다.

그녀는 《스퍼》나 《타운 앤드 컨트리》[196] 같은 잡지에서 볼 수 있었던, 친근하고 호감을 주는 표정으로 그를 쳐다보았다. 과음과 지나친 잠자리 때문에 얼굴이 조금 상하기는 했지만, 《타운 앤드 컨트리》 같은 잡지에서도 그런 탐스러운 젖가슴이며, 쓸모 있는 넓적다리며, 등허리 부분을 부드럽게 애무하는 가벼운 손은 볼 수 없었다. 그녀를 바라보면서 그녀의 친근하고 아름다운 미소를 보는 순간 그는 다시 죽음이 다가오는 것을 느꼈다. 이번에는 갑자기 닥친 것이 아니었다. 촛불을 사르르 흔들어 불꽃을 가늘고 길게 피어나게 하는 바람처럼 불어왔다.

"나중에 아이들더러 모기장을 가져오라 해서 나뭇가지에 매달도록 하고 불을 피워 줘. 오늘 밤은 텐트에 들어가지 않겠어. 움직여 봤자 별수 없으니까. 오늘 밤은 날씨가 맑아. 그러니 비가 내릴 리도 없고."

이처럼 사람들은 귀에 잘 들리지 않는 속삭임 속에서 죽어

---

196) 20세기 중엽 상류사회 독자를 위한 고급 잡지.

가는 것이다. 그렇다, 이제는 더 이상 싸우지도 않을 것이다. 그것만은 약속할 수 있다. 이제까지 겪어 보지 못한 이 한 가지를 그는 엉망으로 만들고 싶지 않았다. 하지만 어쩌면 이것마저 엉망으로 만들어 버릴지도 모른다. 넌 모든 것을 엉망으로 만들어 버렸잖아. 하지만 어쩌면 그는 그렇게 엉망으로 만들어 버리지 않을지도 모른다.

"당신 받아쓰기는 못 하겠지?"

"한 번도 해 본 적 없어요." 그녀가 대답했다.

"그럼 좋아."

물론 망원경의 초점을 맞춰 넓은 시야를 압축하듯이, 올바로 다룰 수만 있다면 모든 것을 한 단락 속에 압축할 수 있을 것도 같았지만 이제는 그럴 만한 시간이 없었다.

호수 위 언덕에, 갈라진 틈을 흰 모르타르로 바른 통나무 오두막집이 한 채 있었다. 문 옆에 서 있는 장대에는 식사 시간을 알리는 종이 매달려 있었다. 집 뒤에는 들판이 있고 그 들판 뒤에는 숲이 있었다. 롬바르디아 종(種) 미루나무가 집에서부터 호숫가 선창에 이르기까지 한 줄로 죽 늘어서 있었다. 다른 미루나무들은 곶을 따라 늘어서 있었다. 한 줄기 길이 숲 가장자리를 따라 언덕 위로 뻗어 있고 그는 이 길을 따라 걸으며 블랙베리를 따곤 했다. 뒤에 그 통나무 오두막집은 불에 타 버렸고, 사슴 발로 만든 총걸이에 걸려 있던 난로 위의 총들도 타 버리고 말았다. 나중에 보니 탄창의 탄환은 녹아 내렸고 개머리판도 타서 총신이 잿더미 위에 나뒹굴고 있었다. 그 잿더미는 큼직한 세탁용 무쇠 솥에서 쓸 잿물을 만드는 데 사용되었다. 타다 남은 총신을 갖고 놀아도 괜찮으냐고 물으면 할아버지는 안 된다고 했다. 타 버리기는 했어도 역시 자기 총이라고 했고, 그 뒤로도 할아버지는 다시는 총을 사지 않았다. 이번에는 같은 장소에 판자로 다시 집을 짓고 하얗게 칠을 했다. 현관에서는 미루나무와 건너편 호수가 보였다. 그러나 이제 더 이상 총들은 없었다. 통나무 오두막집 벽 사슴 발 총걸이에 걸려 있던 총신은 지금은 잿더미 위에 구르고 있었지만 누구 하나 손대는 사람이 없었다.

전쟁 뒤 우리는 슈바르츠발트[197]에서 송어 낚시터를 빌린 적이 있는데 그곳에 가는 길은 두 가지였다. 그중 한 길은 트리베르크에서 골짜기로 내려가 하얀 도로 옆에 자라는 나무 그늘 골짜기 길을 돌아 언덕으로 뻗은 샛길로 올라가서 슈바르츠발트풍의 큰 집들이 있는 조그마한 농장을 몇 개 지나면 마침내 그 길이 개울을 가로질렀다. 그곳이 바로 우리가 낚시질을 시작하던 곳이다.

또 다른 길은 숲 변두리까지 험한 언덕길을 올라가 소나무 숲을 뚫고 언덕 꼭대기를 넘어서 초원 언저리로 나와 다시 이 초원을 가로질러 다리 쪽으로 내려가는 길이다. 그리 크지 않고 좁아서 물이 맑고 물살이 빠른 개울을 따라 자작나무가 자랐다. 자작나무 뿌리 밑, 물결에 파인 곳은 연못을 이루었다. 트리베르크의 호텔 주인에게는 경기가 좋은 계절이었다. 매우 쾌적한 곳이라 모두들 친구처럼 잘 지냈다. 그 이듬해 인플레이션이 닥쳤고, 지난해에 번 돈으로는 호텔을 여는 데 필요한 물자를 사들일 수가 없게 되자 주인은 목을 매 자살했다.

---

197) 독일 서남부의 삼림 지대로 흔히 '흑림'이라고 한다.

이 일은 받아쓰게 할 수 있지만 콩트르스카르프 광장에 대한 일은 받아쓰게 할 수 없을 것이다. 그곳에서는 꽃 장수들이 길에서 꽃에 물감을 들였고, 버스가 출발하는 부근의 포장도로 위에는 그 물감 물이 흘렀으며, 노인들과 여자들은 포도주와 싸구려 마르크[198]를 마시고 언제나 얼큰하게 취해 있었다. 또 아이들은 추워서 콧물을 질질 흘렸다. 카페 데 아마퇴르에서는 더러운 땀 냄새와 가난과 주정뱅이의 냄새가 풍겨 나왔고, 발뮈제트[199] 위층에는 창녀들이 살고 있었다. 문지기 여자는 프랑스 공화국 국회 경비 의장대의 병사를 자기 집에서 접대하고 있었고, 말총 깃을 꽂은 그의 헬멧이 의자 위에 놓여 있었다. 복도 맞은편 방에 세 들어 사는 여자는 남편이 경륜 선수인데, 그날 아침 우유 가게에서 《로토》를 펴들고 남편이 처음 출전한 파리와 투르 간의 경주에서 3등을 한 기사를 읽으면서 기쁜 표정을 짓고 있었다. 여자는 얼굴을 붉히고 낄낄 웃어 대며 노란색 스포츠 신문을 들고 뭐라고 떠들면서 2층으로 올라갔다. 발뮈제트 주인 여자의 남편은 택시 운전기사로, 해리가 일찍이 첫 비행기로 떠나야 했던 날 아침, 운전기사가 문을 흔들어 그를 깨워 준 적이 있다. 그들은 출발하기 전 술집의 함석 바에서 백포도주를 한 잔씩 마셨다. 그때 그는 부근에 살고 있는 이웃 사람들을 잘 알고 있었는데 그것은 그들이 모두 가난했기 때문이었다.

그 광장 주위에는 두 부류의 인간, 즉 주정뱅이와 스포츠 애호가가 살고 있었다. 주정뱅이는 술에 취해 자신들의 가난을 잊었고, 스포

---

198) 포도즙을 짜고 난 찌꺼기로 만든 값싼 술.
199) 대중적인 댄스홀.

츠 애호가는 운동에 정신이 팔려 자신들의 가난을 잊었다. 파리 코뮌 당원의 자손이었지만 그들이 정치적 문제를 이해하는 데는 전혀 어려움이 없었다. 그들은 자기들의 부모 형제 그리고 친척과 친구를 누가 사살했는지 잘 알고 있었다. 그때는 베르사유 군대가 쳐들어와 코뮌 정부의 뒤를 이어 파리를 점령한 뒤에 손이 거친 사람, 모자를 쓴 사람, 그 밖에 노동자라는 표시가 있는 사람이라면 닥치는 대로 잡아 처형해 버렸다. 그래서 그런 궁핍 속에서, 그리고 말고기 푸줏간과 포도주 협동조합 앞길 건너편 숙소에서 그는 자기가 쓰려던 모든 작품의 첫 부분을 썼다. 파리에서 그곳만큼 마음에 드는 곳도 없었다. 가지가 쭉 뻗은 나무들이며, 아래쪽은 갈색으로 칠하고 하얀 회반죽을 한 낡은 집들이며, 둥근 광장에 서 있는 초록빛의 긴 승합차들이며, 포장도로 위에 흐르는 자줏빛 꽃 물감이며, 카르디날 르무안 거리의 언덕에서 센강으로 가파르게 내려가는 비탈길이며, 무프타르 거리의 비좁고 혼잡한 곳을 통하는 또 다른 길 말이다. 팡테옹 쪽으로 올라가는 거리와 그가 늘 자전거로 다니던 또 다른 거리로, 그 구역에서는 단 하나밖에 없는 아스팔트 길에서 자전거 타이어가 매끄럽게 굴러갔다. 또 그곳에는 높고 좁은 집들이 늘어서 있고 폴 베를렌[200]이 숨을 거둔 곳이라는 싸구려 고층 호텔도 있다. 그들이 살던 아파트에는 방이 둘뿐이었고, 그는 맨 위층 방 하나를 월 60프랑에 세내어 그곳에서 글을 썼다. 그곳에서는 파리의 지붕과 굴뚝 위의 통풍관과 언덕이 모두 보였다.

---

200) Paul-Marie Verlaine(1844~1896). 19세기 후반에 활약한 프랑스의 상징주의 시인.

아파트에서 보이는 것은 장작과 석탄 가게뿐이었다. 그곳에서는 질이 나쁜 술을 팔았다. 말고기 푸줏간 바깥에는 황금빛 말 머리가 걸려 있었고, 열린 창문에는 누런빛을 띤 붉은 말고기가 걸려 있었다. 술맛도 좋고 값도 싼 포도주를 사던, 녹색 칠을 한 협동조합도 보였다. 그 나머지는 이웃집의 벽토를 칠한 벽과 창뿐이었다. 밤에 누군가가 술에 취해 길거리에 나자빠져 전형적인 프랑스식으로 술주정을 하며 신음 소리를 내고 끙끙거리면 이웃 사람들은 창문을 열고 뭐라고 지껄였다. 실제로는 그런 술주정이 존재하지 않는다고 귀가 따갑게 들어 왔던 것이다.

"경찰은 어디 있는 거야? 필요 없을 때는 잘도 나타나면서. 자식, 어느 문지기 여편네하고 자고 있겠지. 순경 불러와!" 그리고 마침내 누군가가 창을 열고 물 한 통을 퍼부으면, 그 신음 소리가 그친다. "이건 또 뭐야? 물이로군. 아, 이건 제법 똑똑한 방법인데." 그러고 나면 창문은 닫힌다. 그가 데리고 있던 가정부 마리는 하루 여덟 시간 노동제에 항의했다. "남편이 6시까지 일하게 되면 집으로 돌아오는 길에 간단히 한잔 걸칠 테니 돈도 과히 낭비되지 않을 거예요. 하지만 5시에 일이 끝나면 매일 밤 취하게 되니 돈이 남아나질 않아요. 노동 시간이 단축되어 골탕 먹는 건 노동자의 아내들뿐이라고요."

"수프 좀 더 들겠어요?" 그때 여자가 물었다.

"아니. 어쨌든 고마워. 맛이 참 좋았어."

"조금 더 들어 봐요."

"위스키소다를 마시겠어."

"그건 당신한테 좋지 않아요."

"그래. 내겐 좋지 않지. 콜 포터[201]가 그런 가사를 쓰고 작곡까지 했지. 당신이 나를 미친 듯 좋아할 거라는 걸 이렇게 알고 있었던 모양이야."

"알겠지만 나도 당신에게 술을 주고 싶어요."

"아, 물론 그럴 테지. 내 몸에 나쁘다는 게 문제지만."

이 여자가 가 버리면, 원하는 만큼 마음껏 마시리라, 하고 그는 생각했다. 원하는 만큼까지는 몰라도 적어도 여기 있는 술은 다 마셔 버려야지. 그런데 아, 그는 피곤했다. 무척이나 피곤했다. 그래서 잠을 좀 자려고 했다. 그는 가만히 누웠다. 죽음은 그곳에 없었다. 틀림없이 다른 거리로 돌아서 가 버린 모양이었다. 죽음은 쌍쌍으로 짝을 지어 나란히 자전거를 타고 포도(鋪道) 위를 정말로 소리 없이 달리고 있었다.

그렇다, 그는 아직 파리에 대해 한 번도 써 본 적이 없었다. 그가 그렇게도 좋아하는 파리에 대해서 말이다. 하지만 아직 한 번도 써 본 적 없는 다른 것들은 어떻게 할 것인가?

그 목장이며, 은회색 쑥이며, 관개용 도랑에서 빠르게 흐르던 맑은 물이며, 짙은 초록빛 자주개자리 등은 어떻게 할 것인가? 오솔길은 언덕 위쪽으로 넘어가고, 여름철 소들은 사슴처럼 수줍어했다. 가을이 되어 산에서 끌어 내릴 때면 큰 소리로 울부짖고, 끊임없이 시끄러운 소리를 내면서, 먼지를 일으키며 천천히 움직이던 소 떼. 그

---

201) Cole Albert Porter(1891~1964). 미국의 대중가요 작곡가 및 작사가.

리고 저녁 햇살에 산너머 봉우리가 뚜렷이 윤곽을 드러내던 일이며, 달빛에 비친 오솔길을 말 타고 내려올 때 건너편 골짜기까지 밝게 비치던 일. 어둠 속에서 앞이 보이지 않아 말 꼬리를 붙잡고 나무숲 사이를 내려오던 일, 그 밖에 그가 쓰려고 마음먹었던 모든 이야기가 떠올랐다.

그 무렵 아무도 건초를 가져가지 못하게 목장에 남아서 지키고 있던 얼뜨기 일꾼 소년, 그리고 사료를 조금 얻어 가려고 들른 포크 집 안의 심술궂은 늙은이도 말이다. 예전에 소년을 부릴 때 곧잘 두들겨 패던 늙은이였다. 소년이 안 된다고 거절하자 늙은이는 또 때리겠다고 위협했다. 소년은 부엌에서 엽총을 들고 나와 늙은이가 헛간에 들어가려고 할 때 쏘았다. 사람들이 목장으로 돌아왔을 때 늙은이는 이미 죽은 지 일주일이나 지난 뒤였고, 시체는 가축우리 속에서 꽁꽁 얼어붙어 있었는데, 일부는 개들한테 뜯어 먹힌 상태였다. 그러나 시체의 남은 부분을 담요에 싸서 썰매 위에 싣고 밧줄로 동여맨 뒤 소년이 거들어서 그것을 끌고 내려갔다. 이래서 그는 소년과 함께 스키를 타고 고개를 넘어 도로 위로 나와 100킬로미터 가까이 떨어진 마을로 내려와서는 소년을 경찰에 넘겼다. 소년은 자기가 체포되리라고는 생각도 못 하고 있었다. 자기는 의무를 다했을 뿐이며, 그를 자신의 친한 친구라고 굳게 믿고 있었으니 체포는커녕 무슨 보상이라도 받을 줄 알았던 것이다. 그는 노인의 시체를 운반하는 일을 도와주었다. 그러니 노인이 얼마나 나쁜 사람이었는지, 어떻게 자기 것도 아닌 사료를 훔치려고 했는지 다들 알고 있으리라고 생각했다. 그러므로 경찰관이 쇠고랑을 채울 때 소년은 그 사실을 믿을 수 없어 했다. 결국 소년은 엉엉 울기 시작했다. 이것은 그가 작품으로 쓰려고 남겨 둔 이야기 중 하나였다. 그 지방을 소재로 적어도 단편소설 스무 편쯤은 쓸 수 있다는 것을 그는 잘 알았다. 그러나 그는 이제껏 한 편도 쓴 일이 없었다. 무슨 까닭이었을까?

"무슨 까닭인지 좀 말해 줘." 그가 말했다.

"뭐가 무슨 까닭이라는 거죠?"

"아냐, 아무것도 아냐."

그를 손에 넣은 뒤부터 그녀는 술을 많이 마시지 않았다. 그러나 다행히 자신이 살아남는다 해도 이 여자에 대해서만은 작품을 쓰지 않으리라는 것을 그는 지금 잘 알았다. 다른 여자들에 대해서도 쓰지 않을 것이다. 돈 많은 사람들은 대개 재미가 없는 데다 술을 지나치게 많이 마시거나 주사위 노름만 지나치게 할 뿐이다. 그들은 단조롭고 반복적이어서 지루하다. 그는 가련한 줄리언[202]이 생각났다. 줄리언은 부자들에 대해 로맨틱한 경외심을 품고 있어서 언젠가 한번은 "아주 돈이 많은 부자들은 당신이나 나 같은 사람들과는 다르다."[203]라는 구절로 시작하는 소설을 쓴 적이 있었다. 그때 어떤 사람이 줄리언에게 "그래, 당연히 그들은 우리보다 돈이 많지."라고 말했다. 그러나 줄리언에게는 그 말이 유머로 들리지 않았다. 부자란 특수한 매력을 지닌 족속이라고 생각해 왔는데, 실제로는 그렇지 않다는 사실을 깨달았을 때 그는 다른 어떤 것 못지

---

202) F. 스콧 피츠제럴드(F. Scott Fitzgerald, 1896~1940)를 염두에 둔 인물로 이 작품을 처음 발표할 당시에는 '줄리언'이 아니라 '스콧'이라고 썼다.

203) F. 스콧 피츠제럴드의 단편소설 「부잣집 아이」(1926)의 앞부분.

않게 그 때문에 망가졌던 것이다.

그는 망가진 사람들을 경멸했다. 이해는 했지만 좋아하고 싶진 않았다. 그는 극복할 수 없는 일은 없다고 생각했다. 무슨 일이든 자기만 개의치 않으면 그것 때문에 고통받을 일은 없다고 믿었기 때문이다.

좋아! 이제 그는 죽음에 대해서도 걱정하지 않기로 했다. 언제나 두려워했던 것은 단 한 가지, 고통뿐이다. 고통이 너무 오래 계속되어 그를 나가떨어지게 하기 전까지는 누구 못지않게 고통을 이겨 낼 수 있을 것이다. 그런데 지금 이곳에서 무엇인가가 몹시 고통을 주고 있었고, 그것 때문에 자신이 무너지리라고 느낀 바로 그 순간 고통이 갑자기 멎어 버렸다.

오래전 척탄병 장교인 윌리엄슨이 철조망을 뚫고 가다가 독일군 순찰병이 던진 수류탄에 맞았던 어느 밤이 기억났다. 그는 비명을 지르면서 누구든 제발 자기를 죽여 달라고 애원했다. 약간 허풍 치는 버릇이 있었지만 그는 뚱뚱한 몸에 대단히 용감하고 훌륭한 장교였다. 그러나 그날 밤 철조망에 걸리자 그는 적의 탐조등에 비쳐졌고, 오장육부가 튀어나와 철조망에 걸렸다. 그래서 전우들이 목숨이 붙어 있는 그를 끌어당길 때는 칼로 오장을 잘라 내야만 했다. 나를 쏴 줘, 해리. 제발 부탁이야, 나를 쏴 줘. 언제가 한번은 주님이 우리에게 견딜 수 없는 고통을 주시지 않는다는 문제로 토론을 벌인 적이 있었다. 누군가가 적당한 시기가 오면 고통 때문에 인간은 자동으로 기절한다는 이론을 폈다. 그러나 그는 언제나 그날 밤 윌리엄슨 일을 잊을 수 없었다. 그가 자신이 사용하려고 간직해 둔 모르핀 정제를 윌리엄슨에게 모두 먹일 때까지 고통은 그에게서 좀처럼 사라지지 않았다. 사실 모르핀조차 금방 효과가 나타나지 않았던 것이다.

현재 그가 겪고 있는 이 정도의 고통은 아무것도 아니었다. 이런 상태가 계속되더라도 그 이상 악화되지만 않는다면 조금도 걱정할 필요가 없었다. 다만 더 좋은 상대와 같이 있고자 하는 마음 말고는 말이다.

그는 같이 있고 싶은 상대에 대해 잠시 생각해 보았다.

아냐, 온갖 일을 해 온 데다 너무 오래 끌었고 이미 때가 늦은 지금, 아직도 상대가 있으리라고 기대하는 건 무리야, 하고 그는 생각했다. 사람들은 이제 다 가 버렸어. 파티는 끝나고 남아 있는 사람은 너와 여주인뿐이거든.

다른 모든 게 귀찮은 것과 마찬가지로 죽음도 귀찮아지는군, 하고 그는 생각했다.

"귀찮은 일이야." 그가 소리 내어 크게 말했다.

"여보, 뭐가요?"

"무엇이든 너무 오래 하면 그렇다는 말이야."

그는 자신과 모닥불 사이에 있는 그녀의 얼굴을 쳐다보았다. 여자는 의자에 기대앉아 있었는데, 불빛이 보기 좋게 주름 잡힌 그녀의 얼굴을 비추고 있었다. 그녀가 졸린 얼굴을 하고 있는 것을 알 수 있었다. 모닥불이 닿는 범위 바로 밖에서 하이에나 우는 소리가 들렸다.

"소설을 쓰고 있었어. 하지만 따분해졌어." 그가 말했다.

"잠을 잘 수 있을 것 같아요?"

"물론이지. 당신은 왜 잠자리에 들지 않는 거야?"

"당신과 함께 여기 앉아서 자고 싶어요."

"좀 이상한 느낌이 들지 않아?" 그가 물었다.

"아뇨. 조금 졸릴 뿐이에요."

"이상야릇한 느낌이 드는군." 그가 말했다.

그는 죽음이 다시 가까이 접근해 오는 것을 느꼈다.

"지금까지 내가 한 번도 잃지 않았던 건 호기심뿐이야." 그가 그녀에게 말했다.

"당신은 아무것도 잃은 게 없어요. 내가 아는 한 가장 완벽한 사람인걸요."

"천만에. 여자란 어쩌면 그렇게도 모를까. 그게 뭐야? 당신의 직감인가?" 그가 물었다.

바로 그때 죽음이 다가와 침대 발치에 머리를 기대는 바람에 그는 죽음의 입김을 맡을 수 있었다.

"사신(死神)이 큰 낫과 해골바가지[204]를 갖고 있다고 믿지마. 자전거를 타고 오는 순경 두 사람이 될 수도 있고, 새가 될 수도 있어. 아니면 하이에나처럼 큼직한 주둥이가 있는 놈일 수도 있지." 그가 그녀에게 말했다.

바야흐로 죽음이 그에게로 다가오고 있었지만 이제 더 이상은 아무런 형체도 없었다. 다만 공간을 차지하고 있을 뿐이었다.

"놈더러 저리 가라고 해."

---

204) 서양에서 큰 낫과 해골바가지는 사신(死神)이나 죽음을 상징한다.

죽음은 물러가지 않고 조금 더 가까이 다가왔다.

"넌 입김이 지독하구나. 이 고약한 냄새를 피우는 후레자식 놈아." 그가 죽음에게 말했다.

그것은 여전히 그에게 좀 더 가까이 다가왔고, 이제는 그것에게 말을 걸 수도 없었다. 말을 못하는 것을 알자 죽음은 조금 더 가까이 다가왔다. 그는 이제 말도 하지 않고 그것을 물리치려고 했지만, 그것은 그에게로 바짝 조이며 다가와 몸무게로 그 가슴을 짓눌렀다. 그것이 그곳에 웅크리고 있어 그가 움직이지도 못하고 말하지도 못하는 동안 여자의 말소리가 들렸다. "브와나는 지금 잠드셨어. 그러니 침상을 아주 가만히 들어다 텐트 안으로 모셔라."

그는 그것을 쫓아 달라고 그녀에게 말할 수 없었고, 아까보다도 더 무겁게 웅크리고 있어 이제는 제대로 숨도 쉴 수 없었다. 바로 그때 소년들이 침대를 쳐들고 있는 동안 갑자기 상태가 정상으로 돌아오면서 가슴에서 중압감이 사라졌다.

* * *

아침이었다. 날이 밝고도 벌써 얼마의 시간이 지났고, 그는 비행기 소리를 들었다. 비행기는 처음에는 아주 조그맣게 보이더니 점점 널찍한 원을 그렸다. 소년들이 뛰어나가 등유로 불을 지르고 그 위에 마른 풀을 쌓아 올리자 평평한 들판 양쪽에서 큼직한 연기가 두 줄기 솟아 올랐다. 아침 산들바람에 연기는 캠프 쪽으로 불어왔다. 비행기는 이번에는 저공으로 두 번 더 원을 그리고 내려오더니 수평을 유지하면서 사뿐히 내려앉았다. 그를 향해 걸어오고 있는 사람은 옛 친구인 콤프턴이었다. 그는 느슨한 양복바지에 트위드 재킷을 입고 갈색 펠트 모자를 쓰고 있었다.

"이보게 친구, 어찌 된 일인가?" 콤프턴이 물었다.

"다리를 다쳤어." 그가 그에게 대답했다. "아침 먹을 텐가?"

"고맙네. 차나 좀 마시지. 자네도 알겠지만, 이 비행기는 퍼스 모스[205]야. 멤사힙은 모시고 갈 수 없네. 자리가 하나밖에 없거든. 자네 트럭이 지금 이곳으로 오고 있는 중이네."

헬렌은 콤프턴을 옆으로 불러내어 그에게 말을 하고 있었다. 콤프턴이 아까보다 밝은 표정으로 돌아왔다.

"지금 당장 비행기에 태우지. 멤사힙은 다시 와서 데리고 가겠네. 아루샤[206]에 들러 급유를 해야 할 것 같아. 그러니 어서 출발하는 게 좋겠어." 그가 말했다.

"차(茶)는 어떻게 하고?"

"차 같은 건 정말 생각 없네."

소년들은 침대를 메고 녹색 천막을 돌아 바위를 따라 내려가 평지로 나서 밝게 타고 있는 모닥불 옆을 지나(쌓인 건초는 모두 타 버리고 모닥불은 바람에 한창 타오르고 있었다.) 소형 비행기가 있는 곳에 이르렀다. 비행기에 타기는 어려웠지만 일단 안에 들어간 뒤 그는 가죽 좌석에 몸을 기대고 다리를 콤프턴의

---

205) 소형 경비행기 이름. '퍼스 모스'란 본디 유럽산 나방을 가리킨다.
206) 탄자니아의 도시로 탕가니카 북동부와 동아프리카 고원 지대에 위치한다.

좌석 한쪽 옆으로 쭉 폈다. 콤프턴이 올라타더니 시동을 걸었다. 그는 헬렌과 소년들에게 손을 흔들었다. 부릉부릉하는 소리가 귀에 익은 엔진 소리로 바뀌자 기체는 한 바퀴 빙 돌았고, 콤프턴은 멧돼지 구멍들이 없나 하고 두리번거렸다. 기체는 요란한 소리를 내며 흔들리더니 모닥불 두 개 사이의 평탄한 들판을 달리다 마지막으로 덜거덕하는 소리를 내며 공중으로 떠올랐다. 밑에 남아 있는 사람들이 손을 흔드는 모습이 보였고, 언덕 옆 캠프가 이제 납작하게 보였으며, 저쪽 멀리 펼쳐져 있는 평원이며 나무가 울창한 숲이며 덤불도 평평해 보였다. 한편 사냥 길이 메마른 물웅덩이까지 반들반들하게 통해 있었고, 지금까지 그가 한 번도 본 적 없는 개울 하나가 보였다. 이제 얼룩말은 등만 조그맣게 보였고, 긴 손가락처럼 벌판을 질주하는 작은 영양들의 큼직한 머리도 마치 점이 공중으로 솟아오르는 것처럼 보일 뿐이었다. 비행기의 그림자가 그들에게 접근하자 사방으로 흩어져 조그맣게 보이는 것이 달리는 것 같지도 않았다. 지금 밖으로 보이는 평원도 이제는 잿빛이 도는 누런색으로만 보였으며, 바로 눈앞에는 옛 친구 콤프턴의 트위드 재킷의 등과 갈색 펠트 모자가 보일 뿐이었다. 그러고 난 뒤 그들은 첫 번째 언덕 위를 지나갔는데, 작은 영양들도 그의 뒤를 따라 달렸다. 갑자기 짙은 녹색 숲이 솟아 있는 산 위를 넘고 대나무가 무성한 비탈진 산 위를 난 뒤 다시 산봉우리와 골짜기로 조각품처럼 굴곡진 울창한 산림을 지나가니 마침내 언덕이 비스듬히 낮아지면서 평원이 또 하나 나타났다. 이제 날씨는 덥고 평원은 보랏빛을 띤 갈색으로 보였으며 열기 때문에 비행기가 심하게 흔들렸다. 콤프턴은 해리가 잘 있는지 살피려고 뒤를 돌아보았다. 그때 거무스름한 다른 산맥이 눈앞에 나타났다.

그런 뒤 비행기는 아루샤를 향해 날지 않고 왼쪽으로 방향을 돌렸는데 그것으로 보아 콤프턴은 틀림없이 연료가 충분하다고 판단한 모양이었다. 아래쪽을 내려다보니 마치 체로 친 듯한 핑크 빛 엷은 구름이 땅에서 가까운 공중에 떠돌고 있었다. 그것은 어디서 왔는지 모르는 눈보라의 첫눈과도 같았는데, 남쪽에서 날아온 메뚜기 떼라는 것을 알 수 있었다. 비행기는 상승하기 시작했고 동쪽을 향해 날고 있는 것 같았다. 잠시 뒤 비행기의 주위가 어두워지더니 폭풍우 속으로 들어갔는데, 비가 굉장히 많이 쏟아져 마치 폭포 속을 뚫고 지나가는 것만 같았다. 마침내 그곳을 빠져나오자 콤프턴은 뒤를 돌아보면서 싱긋 웃고는 손가락으로 가리켰다. 앞쪽에 보이는 것은 전 세계처럼 폭이 넓은 데다 거대하고 높이 솟아 있으며 햇빛을 받아 믿을 수 없을 만큼 하얗게 반짝이는 킬리만자로의 네모난 꼭대기였다. 그 순간 그는 자신이 지금 가는 곳이 바로 그곳이라는 것을 깨달았다.

바로 그때 하이에나가 밤이면 내던 그 컹컹거리는 울음소리를 그치고 인간이 우는 듯한 이상야릇한 소리를 내기 시작했다. 그녀는 그 울음소리를 듣고 불안한 마음에 몸서리를 쳤다. 그녀는 잠에서 깨지 않았다. 꿈속에서 그녀는 롱아일랜드[207]

207) 뉴욕 시 맨해튼 동부에 있는 섬으로 부호들의 휴양지가 많다.

에 있는 자기 집에 가 있었다. 그녀의 딸이 사교계에 데뷔하기 전날 밤이었다. 어찌 된 셈인지 그녀의 아버지도 그곳에 나타나 몹시 거들먹거렸다. 바로 그때 하이에나가 너무 큰 소리를 내어 우는 바람에 그녀는 번쩍 눈을 떴고, 잠깐 동안 자신이 어디에 와 있는지 감을 잡지 못하고 몹시 두려워했다. 그래서 회중전등을 손에 들고 해리가 잠든 뒤에 들여놓은 또 다른 침대를 비춰 보았다. 모기장 아래 그의 몸뚱이를 볼 수 있었지만 어찌 된 셈인지 다리는 모기장 바깥으로 나와 침대 옆을 따라 아래쪽으로 축 늘어져 있었다. 붕대가 모두 풀려 있어 그녀는 차마 그것을 쳐다볼 수 없었다.

"몰로! 몰로! 몰로!" 여자가 큰 소리로 불렀다.

그러고 나서 그녀는 "해리! 해리!" 하고 불렀다. 이어서 그녀의 음성은 점차 높아졌다. "해리! 제발. 오, 해리!"

그러나 아무 대답도 없었고 숨을 쉬는 소리도 들리지 않았다.

텐트 밖에서는 하이에나가 그녀의 잠을 깨울 때와 똑같이 괴상한 소리를 내고 있었다. 그러나 가슴이 고동치는 소리 때문에 그녀의 귀에는 그 소리가 들리지 않았다.

도박사와 수녀와 라디오

그 사람들이 실려 온 것은 자정 무렵이었고, 그때부터는 밤새도록 그쪽 복도 양쪽에 있는 병실 사람들에게 러시아인이 뭐라고 지껄이는 소리가 들려왔다.

"그 사람 어디에 총을 맞았습니까?" 프레이저 씨가 야근하는 간호사에게 물었다.

"아마 넓적다리인가 봐요."

"또 한 사람은요?"

"아, 참 안됐어요. 그 사람은 지금 죽어 가고 있어요."

"도대체 어딜 맞았기에?"

"복부에 두 발 맞았어요. 그런데 총알을 한 발밖에 못 찾았어요."

그들은 둘 다 사탕무 밭에서 일하는 일꾼들로 한 사람은 멕시코인, 다른 사람은 러시아인이었다. 그런데 심야 영업을 하는 레스토랑에서 커피를 마시고 있을 때 누군가가 출입문으로 들어오더니 멕시코인을 겨냥해 총을 쏘아 대기 시작했다. 러시아인은 식탁 밑으로 기어 들어갔지만 결국 멕시코인을 향해 쏜 유탄에 맞고 말았다. 당시 멕시코인은 아랫배에 총알 두 발을 맞고 마룻바닥에 쓰러졌다. 이상이 신문에 보도된 내용이었다.

멕시코인은 경찰서에서 나온 수사관에게 누가 자신에게 총을 쏘았는지 전혀 짐작이 가지 않는다고 진술했다. 그는 우연한 사건이라고 믿고 있었다.

"당신을 겨냥해서 여덟 발 쏘고 두 발이나 맞혔는데도 우연한 사건이라고요?"

"시, 셰뇨르.[208]" 카예타노 루이스라는 그 멕시코인이 대답했다.

"카브론[209], 그 녀석 총알에 맞은 건 우연한 사건이었다고요." 그가 통역자에게 말했다.

"뭐라고 그러나요?" 경찰이 침대 건너편으로 통역자를 쳐다보면서 물었다.

"우연한 사고였답니다."

"지금 죽어 가고 있으니 진실을 말해 달라고 하시오." 수사관이 말했다.

---

208) "네, 그렇습니다."라는 뜻의 스페인어. 이어지는 외국어는 모두 스페인어이다.
209) "비열한 자식."

"나!210) 너무 메스꺼워서 별로 얘기하고 싶지 않다고 일러 주시오." 카예타노가 말했다.

　"자기는 사실대로 말하고 있답니다." 통역자가 말했다. 그러고 나서 확신에 찬 말투로 수사관에게 말했다. "누가 쐈는지 모른답니다. 뒤쪽에서 쐈기 때문이랍니다."

　"그래, 그건 나도 알아. 하지만 어째서 총알이 모조리 앞쪽에 박혀 있는 거지?" 수사관이 말했다.

　"팽이처럼 몸을 한 바퀴 빙 돌렸던 모양이죠." 통역자가 말했다.

　"내 말 좀 들어 보지." 수사관은 카예타노의 코앞에 손가락이 거의 닿을 만큼 흔들면서 말했다. 밀랍처럼 누런 그의 코는 시체 같은 얼굴 위에 솟았지만 눈만은 매처럼 생기 있었다. "누가 당신을 쐈는지는 내가 알 바 아니네. 하지만 이 사건을 종결해야 해. 자네를 쏜 놈을 처벌하는 게 싫은가? 그렇게 전해 주게." 수사관이 통역자에게 말했다.

　"누가 당신을 쐈는지 말하라는데요."

　"만달로 알 카라호!211)" 몹시 지친 카예타노가 내뱉었다.

　"누군지 전혀 못 봤답니다. 분명한 건 놈들이 그의 등 뒤에서 쏘았답니다."

　"러시아인을 쏜 건 누구였는지 물어봐 주게."

　"불쌍한 러시아인 같으니. 놈은 두 팔로 머리를 감싸고 마

---

210) "싫소!"
211) "지옥에나 떨어지라고 해요!"

롯바닥에 엎드려 있었어요. 총알을 쏴 대자 비명을 지르기 시작하더니 그 뒤로 줄곧 소리만 질러 댔죠. 불쌍한 러시아 녀석!" 카예타노가 말했다.

"모르는 놈이라는군요. 자기를 쏜 놈이 쐈을 거랍니다."

"여보게, 잠깐만." 수사관이 말했다. "여기는 시카고가 아니란 말이야. 자넨 갱단이 아니잖아. 영화 흉내는 그만 내게. 누가 쐈는지 말해야 하네. 어느 누구라도 자기를 쏜 놈에 대해 입을 열 거야. 당연히 그래야지. 그게 누군지 말하지 않고 있다가 그놈이 또 다른 사람을 쏘면 어쩔 텐가. 더구나 여자나 어린아이를 쏘면 어떻게 할 거냐고. 그런 놈을 그대로 도망치게 내버려 둘 순 없잖아. 선생님이 저 사내한테 그렇게 말해 주구려." 수사관이 이번에는 프레이저 씨에게 말했다. "저 빌어먹을 통역자를 통 믿을 수가 있어야지."

"난 아주 믿을 만한 사람이오." 통역자가 말했다. 그러자 카예타노가 프레이저 씨를 쳐다보았다.

"이봐요, 친구. 경찰서에서 온 분이 말하기를, 우린 지금 시카고에 있는 게 아니라 몬태나 주 헤일리[212]에 있다고 합니다. 당신은 갱단도 아니고, 이 사건은 영화하고는 아무런 관계가 없다고 말이오."

"나도 그의 말을 믿습니다. 야 로 크레오.[213]" 카예타노가 나지막하게 대꾸했다.

---

212) 실제로 헤일리는 몬태나 주가 아니라 아이다호 주 중서부에 있다.
213) "믿는다고요."

"피해자는 가해자를 당당히 고발할 수가 있어요. 이곳에선 누구나 그렇게 한다고 저 사람이 그러는군요. 가령 당신을 쏜 다음에 그 사내가 여자나 어린아이를 쏜다면 어떻게 되겠느냐고요."

"난 아직 결혼도 안 했는걸요." 카예타노가 말했다.

"저분은 어느 집 여자건, 어느 집 아이건 상관없이 하는 말이에요."

"그놈은 정신 나간 녀석이 아니었어요." 카예타노기 대답했다.

"저분 말은, 그 남자를 고발해야 한다는 겁니다." 프레이저 씨가 그렇게 말을 맺었다.

"고맙습니다. 당신은 훌륭한 통역자입니다. 나도 영어를 할 줄 알지만 아주 서툴러요. 알아듣기는 합니다만. 한데 어쩌다 다리가 부러지셨습니까?" 카예타노가 물었다.

"말에서 떨어졌어요."

"재수가 없었군요. 참 안됐습니다. 많이 아픈가요?"

"지금은 괜찮아요. 처음에는 아팠지만요."

"이봐요, 친구." 카예타노가 말하기 시작했다. "난 지금 몹시 피곤합니다. 이 정도로 실례했으면 하는데요. 게다가 지독하게 아프거든요. 정말로 아프다고요. 어쩌면 죽을지도 몰라요. 그러니 제발 경찰서에서 온 저 사람을 이곳에서 쫓아 주세요. 몹시 피곤하거든요." 그는 마치 몸을 한쪽으로 구르는 듯하더니 꼼짝도 하지 않았다.

"당신이 하라는 말을 하나도 빼놓지 않고 이 남자한테 했습니다. 이 남자는 정말로 누가 쐈는지 짐작할 수 없는 데다 지금 몹시 피곤하니 취조는 나중에 해 달라고 부탁하는군요." 프레이저 씨가 말했다.

"나중이라면 죽을지도 모르는데."

"그럴 수도 있겠죠."

"그래서 지금 그를 심문하고 싶은 겁니다."

"누가 등 뒤에서 그를 쐈어요. 내 말이 맞아요." 통역자가 말했다.

"아, 제발." 수사관은 이렇게 내뱉더니 메모장을 주머니에 집어넣었다.

바깥 복도에서 수사관은 통역자와 함께 프레이저 씨가 타고 있는 휠체어 옆에 서 있었다.

"선생님도 누군가가 등 뒤에서 그 사람을 쐈다고 생각하겠죠?"

"물론이죠. 누군가가 등 뒤에서 쐈습니다. 그런데 그게 어쨌다는 겁니까?" 프레이저 씨가 말했다.

"언짢게 생각하지 마십시오. 나도 스페인어를 지껄일 수 있다면 좋겠어요."

"그렇다면 배우시죠."

"그렇게 기분 나빠하실 필요는 없습니다. 뭐 스페인어로 질문하는 게 즐거운 건 아니니까요. 그저 내가 스페인어를 할 수 있었다면 사정이 좀 달라졌을 거란 말이죠."

"당신이 스페인어로 말할 필요까진 없다고 봐요. 난 믿을 만한 통역자니까요." 통역자가 말했다.

"아, 제발. 그럼 몸조심하십시오. 또 찾아와 만날 겁니다."
수사관이 말했다.

"고맙습니다. 난 언제나 병원에 있을 겁니다."

"이제 괜찮아질 겁니다. 정말 재수가 없었어요. 운이 몹시
나빴죠."

"접골 수술을 받은 뒤로 많이 나아지고 있습니다."

"그래요, 하지만 시간이 많이 걸릴 겁니다. 아주 시일이 많
이 걸린단 말이죠."

"당신도 등 뒤에서 총 맞지 않도록 조심하십시오."

"옳으신 말씀입니다. 당연히 조심해야죠. 자, 그럼 언짢지
않으셨다니 다행입니다." 그가 말했다.

"그럼 안녕히 가시오." 프레이저 씨가 말했다.

프레이저 씨는 그로부터 오랫동안 카예타노를 만나지 못했
지만 세실리아 수녀가 아침마다 그의 소식을 전해 주었다. 그
녀의 말에 따르면, 그 사람은 불평은 전혀 하지 않지만 아주
상태가 심각하다고 했다. 복막염을 일으켜 좀처럼 살아날 가
망이 없었다. 가엾은 카예타노, 하고 그녀는 말했다. 그런데
도 손이 매끈하고 얼굴이 갸름한 그 사람은 전혀 고통을 호소
하지 않아요. 지금은 살이 썩는 냄새가 정말로 끔찍해졌어요.
그 사람은 손가락으로 자기 코를 가리키면서 웃고는 고개를
흔들어요, 하고 그녀가 말했다. 그 사람은 그 악취 때문에 진
저리를 치고 있어요. 난처한 거죠, 하고 세실리아 수녀가 말했

다. 아, 정말 훌륭한 환자예요. 언제나 웃는 낯이라니까요. 신부님께 고해하러 가려고는 하지 않지만 기도는 하겠다고 약속했어요. 더구나 입원한 이래 멕시코인이 한 사람도 문병을 오지 않네요. 그 러시아인은 이번 주말에 퇴원할 겁니다. 그 러시아인에 대해선 아무런 감정도 안 느껴져요, 하고 세실리아 수녀가 말했다. 가엾은 사람, 그 사람도 고통을 많이 받았지요. 기름투성이인 불결한 총알을 맞아 상처에 염증이 생겼으니까요. 하지만 그렇게 시끄럽게 떠들어 대다니. 전 언제나 중환자가 좋은걸요. 카예타노, 그분은 중환자죠. 아, 틀림없는 중환자, 진짜 중환자예요. 그렇게 섬세한 몸으로는 아마 손으로 하는 노동 같은 건 하지 않을 거예요. 사탕무 밭의 일꾼은 아니에요. 분명히 그런 일꾼은 아니었을 거예요. 그분의 손은 매끄럽고 못 하나 박여 있지 않거든요. 그분은 위독한 중환자예요. 지금 그분을 위해 기도드리러 가는 길이에요. 가엾은 카예타노, 지금 몹시 고통을 겪고 있는데도 불평 한마디 하지 않거든요. 도대체 무엇 때문에 그 사람을 쏴야만 했을까요? 아, 가엾은 카예타노! 전 지금 그분을 위해 기도드리러 가는 중이에요.

수녀는 곧바로 기도를 하러 갔다.

그 병원에서는 날이 저물기 전까지는 라디오가 잘 들리지 않았다. 사람들 말로는, 그 지방 땅속에 광물이 너무 많이 매장되어 있어서, 혹은 산맥에 무슨 원인이 있어서 그런 것 같다고 했다. 어쨌든 밤이 어두워질 때까지 라디오는 제 구실을 하지 못했다. 그러나 밤에는 소리가 깨끗하게 들렸고, 한 방송국이 끝나면 좀 더 서부 쪽으로 돌려 다른 방송을 들을 수 있었다. 이곳 라디오에서 마지막으로 들을 수 있는 방송국은 워싱턴 주의 시애틀인데 시차 때문에 그곳에서 아침 4시를 알리면 병원에서는 5시가 되었다. 또 6시가 되면 미니애폴리스[214]에서 아침에 사람들이 음악을 연주하는 걸 들을 수 있었다. 그것도 시차 덕분이었는데, 프레이저 씨는 언제나 스튜디오에 도착하는 그 명랑한 패거리를 상상해 보거나, 그들이 악기를 끼고 아직 날이 밝기도 전에 전차에서 내리는 모습을 상상해 보는 게 즐거웠다. 실제로 그들은 악기를 연주하는 곳에 놓아두고 다녀 그가 잘못 생각하는 것일 수도 있었지만, 프레이저 씨는 그들이 언제나 악기를 들고 다니는 모습을 상상하곤 했다. 그는 미니애폴리스에는 한 번도 가 본 적이 없었고, 앞으로도 갈 생각이 없었지만 그곳의 이른 아침 풍경이 어떨지는 익히 알 수 있었다.

병원 창문 너머로 눈 위에 회전초(回轉草)가 고개를 내민 들판과 헐벗은 진흙 산 하나가 보였다. 어느 날 아침 의사가 프레이저 씨에게 눈 위에 나타난 꿩 두 마리를 보여 주려고 침대를 창가로 밀고 가다가 그만 독서 등이 철제 침대에서 미끄러져 내리는 바람에 프레이저 씨의 머리에 부딪치고 말았다. 지금 생각해 보면 별로 우스운 일도 아닌데 그때는 그 일이 무척이나 우스웠다. 사람들이 모두 창밖을 내다보고 있었고, 의사

---

214) 미네소타 주에서 가장 큰 도시로 주도인 세인트폴 옆에 위치해 있다.

가(꽤 훌륭한 의사였다.) 손가락으로 꿩을 가리키면서 창문 쪽으로 침대를 밀고 가던 중 마치 코미디의 한 장면처럼 프레이저 씨가 납으로 된 스탠드 받침에 머리를 맞고 나가떨어졌던 것이다. 이것은 치료라든지 그 밖에 병원에서 사람들이 기대하는 것과는 전혀 어긋나는 사건이었다. 그래서 모두들 프레이저 씨와 의사에 대해 농담을 하며 무척 재미있어했다. 병원에서는 농담을 포함하여 모든 일이 훨씬 단순해지는 법이다.

침대를 반대쪽으로 돌리자 다른 창문으로 가느다란 연기가 피어오르는 읍내와 겨울눈을 뒤집어쓰고 있어 진짜 산맥처럼 보이는 도슨 산맥[215]이 보였다. 바퀴 달린 의자를 사용하는 것이 아직 이르다고 판명된 이래 프레이저 씨가 줄곧 보아 왔던 두 경치였다. 입원 중에는 침대에 누워 있는 게 가장 좋은 방법이다. 온도를 조절할 수 있는 방에서 시간 여유를 충분히 가지고 바라보는 두 경치가 휠체어로 드나들며 사람을 기다리거나, 사람이 사라진 뒤의 후텁지근하고 텅 빈 방에서 몇 분 동안 바라보는 여러 경치보다 훨씬 나았기 때문이다. 한 방에 오래 머물다 보면 어떤 경치라도 큰 가치를 지니며 꽤나 소중하게 생각되기 때문에 심지어 조금 각도를 바꿔 보는 것조차 꺼리게 된다. 마치 라디오처럼 좋아하는 프로그램이 몇 가지 있어 그것만을 들을 뿐 새 프로그램이 싫어지는 것과 같다고나 할까. 이번 겨울 동안 가장 좋아한 프로그램은 「소박한 것을 노래하라」, 「노래하는 아가씨」 그리고 「선의의 작은 거짓

---

215) 몬태나 주 도슨 군에 위치한 산맥.

말」이었다. 다른 프로그램들은 그렇게 만족스럽다고 할 순 없지, 하고 프레이저 씨는 생각했다. 「여학생 베티」도 꽤 괜찮은 프로그램이었지만 프레이저 씨의 마음에 들어온 가사의 풍자가 어쩐지 자꾸만 외설스럽게 느껴지면서 마침내 듣는 사람이 없어지자 그도 어쩔 수 없이 축구로 채널을 바꿔 버렸다.

아침 9시쯤 되면 병원에서는 엑스레이 기계를 사용하기 시작했고, 그렇게 되면 헤일리 방송밖에 들리지 않는 라디오는 그때부터 아무런 쓸모가 없어졌다. 라디오가 있는 헤일리 사람들 중에는 아침의 수신을 망쳐 버리는 이 병원의 엑스레이 기계에 항의하는 사람도 많았지만 병원에서는 어떤 대책도 내놓지 않았다. 물론 사람들이 라디오를 듣지 않는 시간에 병원에서 기계를 사용할 수 없는 것을 아쉽게 생각하는 사람들이 많았다.

라디오를 꺼야 할 시간에 세실리아 수녀가 병실에 들어왔다.
"세실리아 수녀님, 카예타노는 좀 어떤가요?" 프레이저 씨가 물었다.
"아, 많이 안 좋아요."
"머리가 이상해졌나요?"
"아뇨. 하지만 아무래도 세상을 뜰 것 같아요."
"수녀님은 어떻습니까?"
"정말 많이 걱정돼요. 게다가 그분을 문병하러 오는 사람이 하나도 없다는 걸 아세요? 그 사람이 들개처럼 죽었다 해도 멕시코 사람들은 눈 하나 꿈쩍하지 않을 거예요. 정말 끔찍한 사람들이죠."

"오늘 오후에 시합 중계를 들으러 오지 않겠습니까?"

"아, 그건 안 돼요. 너무 흥분하게 될 거예요. 예배당에 가서 기도를 드리겠어요." 그녀가 대답했다.

"시합은 꽤 잘 들릴 텐데요." 프레이저 씨가 말했다. "태평양 기슭에서 하고 있어 시차가 있으니 아마 잘 들릴 겁니다."

"아, 안 돼요. 도저히 그럴 수 없을 것 같아요. 월드 시리즈[216]를 듣고 있자니 숨이 막힐 것 같던걸요. 애슬레틱스[217] 팀이 공격할 때는 큰 소리를 내어 기도했어요. '오, 주여, 그들의 공을 치는 눈을 인도하소서! 오, 주여, 공을 맞히게 해 주소서! 오, 주여, 무사히 안타를 치게 해 주소서!' 하고 말이에요. 그리고 셋째 시합에서 만루가 되었을 때는 정말 견딜 수가 없었어요. '오, 주여, 경기장 밖으로 공이 날아가게 해 주소서! 오, 주여, 울타리 밖으로 깨끗이 넘어가게 해 주소서!' 아시겠지만, 카디널스[218] 팀이 공격할 때는 정말 끔찍했어요. '오, 주여, 그들에게 공이 잘 보이지 않도록 해 주소서! 오, 주여, 조금도 보이지 않도록 해 주소서! 오, 주여, 그들을 삼진시켜 주소서!' 그런데 오늘 시합은 더 힘들 거예요. 오늘 나오는 팀은 노트르담[219]이잖아요. 성모님이라고요. 안 돼요, 전 예배당에 가 있겠습니다. 성모님을 위해서 말이죠. 선수들은 성모님을

---

216) 미국에서 메이저리그 베이스볼 우승 팀을 가리기 위해 해마다 치르는 경기.
217) 캘리포니아 주 오클랜드를 연고지로 하는 프로 야구 팀.
218) 미주리 주 세인트루이스를 연고지로 하는 프로 야구 팀.
219) 인디애나 주에 위치한 가톨릭 재단의 사립 대학교.

위해 시합을 하는 거예요. 선생님도 언젠가는 성모님을 위해서 글을 써 주셨으면 합니다. 충분히 쓰실 수 있을 거예요. 그렇고말고요, 프레이저 선생님."

"성모님에 관해서는 쓸 수 있는 게 아무것도 없습니다. 그 이야기는 많이 쓰지 않았나요." 프레이저 씨가 말했다. "수녀님은 내 글을 좋아하지 않을 거예요. 성모님 마음에도 들지 않을 거고요."

"언젠가는 꼭 쓰실 겁니다. 꼭 쓰실 거예요. 성모님에 관해 꼭 쓰셔야 해요." 수녀가 말했다.

"시합을 들으러 오는 게 좋을 텐데요."

"저는 도저히 견디지 못할 것 같아요. 안 돼요, 역시 예배당에서 제가 할 수 있는 일을 하겠어요."

그날 오후 야구 시합이 시작된 지 오 분이 되자 수습 간호사가 병실에 들어왔다. "세실리아 수녀님이 시합이 어떻게 돼 가는지 궁금하시답니다."

"노트르담이 벌써 한 번 터치다운으로 득점했다고 알려 드려요."

조금 뒤에 수습 간호사가 다시 들어왔다.

"상대방을 꼼짝하지 못하게 한 채 시합을 진행하고 있다고 전해 줘요." 프레이저 씨가 말했다.

잠시 뒤 그는 벨을 눌러 그의 병실 층을 담당하는 간호사를 불렀다. "미안하지만 예배당에 가던가 아니면 사람을 보내서 세실리아 수녀님께 전해 주시오. 노트르담은 시합 십오 분이 지난 지금 14 대 0으로 앞서 가고 있으니 기도는 그만둬도 좋겠다고 말입니다."

몇 분이 지난 뒤 세실리아 수녀가 병실로 들어왔다. 그녀는 몹시 흥분해 있었다. "14 대 0이라니 무슨 뜻인가요? 이 시합에 대해선 아무것도 아는 게 없거든요. 야구라면 안전권에서 리드하는 거겠지만요. 전 미식축구의 '미' 자도 몰라요. 대단한 의미가 아닌지도 모르겠네요. 이대로 곧장 다시 예배당에 가서 시합이 끝날 때까지 기도를 드려야겠어요."

"반드시 이길 겁니다. 약속합니다. 그러니 여기서 나하고 같이 라디오를 들읍시다." 프레이저 씨가 말했다.

"안 돼요, 안 돼요, 안 돼요, 안 돼요, 안 돼요, 안 돼요, 안 된다고요." 그녀가 말했다. "곧바로 예배당에 가서 기도를 드릴래요."

프레이저 씨는 노트르담이 득점할 때마다 소식을 전해 주었다. 그리고 날이 어두워지고도 한참 후에야 겨우 최종 결과가 나왔다.

"세실리아 수녀님은 어떻게 하고 있나요?"

"모두들 예배당에 계세요." 간호사가 말했다.

이튿날 아침 세실리아 수녀가 병실에 들어왔다. 그녀는 무척 만족스럽고 자신만만해 보였다.

"성모님을 이길 수는 없을 거라고 생각했어요. 당연한 일이죠." 그녀가 말했다. "카예타노도 점점 나아지고 있어요. 훨씬 경과가 좋아요. 문병객들이 오기로 되어 있답니다. 아직 면회는 할 수 없지만 그래도 문병이 예정되어 있는데, 그러고 나면 그분도 기운이 날 거고, 동포에게 잊히지 않았다는 걸 알게 되겠죠. 제가 경찰서에 가서 오브리언을 만나 멕시코 사람 몇 명을 가엾은 카예타노에게 보내 달라고 부탁했거든요. 오늘 오후에 몇 사람을 보내 주기로 했어요. 그러면 그 불쌍한 사람도 좀 기운이 날 테죠. 그를 문병하러 오는 사람이 하나도 없다니 너무 끔찍해요."

그날 오후 5시쯤 멕시코인 세 사람이 방으로 들어왔다.

"방해가 되지 않을까요?" 그중에서 가장 몸집이 크고 입술이 두텁고 꽤 뚱뚱한 사내가 말했다.

"별말씀을. 앉으십시오." 프레이저 씨가 말했다. "뭣 좀 마시겠습니까?"

"고맙습니다." 몸집이 가장 큰 사내가 말했다.

"고맙습니다." 피부가 제일 검고 키가 가장 작은 사내가 말했다.

"전 괜찮습니다." 몸이 마른 사내가 말했다. "머리가 아파서요." 그는 머리를 두드렸다.

간호사가 컵을 몇 개 가져왔다. "병째 드리세요." 프레이저 씨가 말했다 "레드로지²²⁰⁾ 제품입니다." 그가 설명했다.

"레드로지라면 최상품이죠." 몸집이 제일 큰 사내가 말했다. "빅팀버²²¹⁾ 제품보다 훨씬 좋습니다."

"그건 맞는 말이야." 키가 제일 작은 사내가 말했다. "게다가 값도 더 비싸고."

---

220) 몬태나 주 남부에 위치한 도시.
221) 몬태나 주 남중부에 위치한 도시.

"레드로지에선 이게 제일 비싸거든." 키가 큰 사내가 말했다.

"이 라디오에는 진공관이 몇 개나 달려 있습니까?" 술을 마시지 못하는 사내가 물었다.

"일곱 개 달려 있습니다."

"무척 멋지군요. 얼마 주셨나요?" 그가 물었다.

"모르겠는데요. 빌린 것이라서요." 프레이저 씨가 대답했다.

"카예타노의 친구 분들 되십니까?"

"아닙니다. 저희는 그 사람에게 상처를 입힌 남자의 친구들이에요." 몸집이 제일 큰 사내가 대답했다.

"경찰이 가 보라고 했죠." 키가 제일 작은 사내가 말했다.

"저희는 조그마한 집을 갖고 있어요." 뚱뚱한 사내가 술을 마시지 못하는 사내를 가리키며 말했다. "저 친구하고 제가요." 그러고 나서 키가 작고 피부가 검은 사내를 가리키면서 말을 이어 나갔다. "저 친구도 작은 집을 갖고 있어요. 경찰이 저희보고 가 봐야 한다고 해서 온 거죠."

"와 주셔서 기쁩니다."

"저희도 그래요." 몸집이 큰 사내가 말했다.

"한 잔 더 하시겠습니까?"

"그러죠." 몸집이 큰 사내가 대답했다.

"그럼 마시죠." 키가 가장 작은 사내가 말했다.

"전 됐어요. 골치가 아파서요." 몸이 마른 사내가 말했다.

"맛이 참 좋군요." 키가 가장 작은 사내가 말했다.

"조금만 마셔 보세요." 프레이저 씨가 몸이 마른 사내에게 권했다. "골치 좀 아프기로 어떻습니까."

"나중에 두통이 와서요." 몸이 마른 사내가 대답했다.

"카예타노의 친구들을 문병 오게 할 순 없을까요?" 프레이저 씨가 물었다.

"그 녀석한테는 친구가 없어요."

"친구 없는 사람이 어디 있어요."

"그 녀석한테는 없습니다."

"그 사람은 무슨 일을 하나요?"

"카드 도박을 하죠."

"솜씨가 좋은가요?"

"그런 것 같습니다."

"나한테서 180달러나 빼앗아 갔어요." 키가 가장 작은 사내가 말했다. "요즘 세상에 180달러란 흔치 않은 돈이죠."

"나한테선 211달러나 빼앗아 갔고요." 몸이 마른 사내가 말했다. "방심했다간 큰일 날 녀석입니다."

"난 그 사람하고는 한 번도 도박을 해 본 적이 없어요." 뚱뚱한 사내가 말했다.

"그럼 그는 돈이 꽤 많겠군요." 프레이저 씨가 슬쩍 떠보았다.

"우리보다도 가난해요. 가진 거라곤 몸에 걸친 셔츠밖에 없죠." 키 작은 멕시코인이 말했다.

"그 셔츠도 이젠 별 값어치도 없게 됐겠군요. 총알 구멍이 뚫려 버렸으니 말입니다." 프레이저 씨가 말했다.

"당연하죠."

"그 사람에게 부상을 입힌 사람도 도박사였나요?"

"아뇨. 사탕무 밭에서 일하는 일꾼이었습니다." 키가 가장 작은 사내가 대답했다. "녀석은 이 읍내를 떠나지 않을 수 없게 됐죠."

"제 말 좀 들어 보십시오. 녀석은 이 읍내에서 기타를 제일 잘 쳤죠. 연주를 가장 잘했어요." 키 작은 사내가 말했다.

"그거 참 안됐군요."

"나도 그렇게 생각합니다. 기타를 엄청나게 잘 쳤는데." 키 큰 사내가 맞장구쳤다.

"그 사람 말고는 기타를 잘 치는 사람이 없나요?"

"기타 연주자라고 할 만한 친구는 그림자도 찾아볼 수가 없어요."

"좀 들을 만한 아코디언 연주자는 있죠." 몸이 마른 사내가 말했다.

"이 악기 저 악기 만지는 친구는 좀 있습니다." 키 큰 사내가 말했다. "선생께선 음악을 좋아하시나요?"

"싫어할 까닭이 없죠."

"우리가 언제 와서 음악을 들려드릴까요? 수녀님이 허락해 줄지는 모르겠습니다만. 수녀님은 마음씨가 아주 좋아 보입니다."

"카예타노가 음악을 들을 수 있게 된다면 수녀님은 반드시 허락할 겁니다."

"수녀님은 머리가 좀 어떻게 된 게 아닌가요?" 몸이 마른 사내가 물었다.

"누가요?"

"수녀님 말이에요."

"아녜요. 그분은 아주 지적인 데다 동정심도 많은 훌륭한 여성입니다." 프레이저 씨가 말했다.

"신부들이건 수도사들이건 수녀들이건 난 아무도 믿지 않아요." 몸이 마른 사내가 말했다.

"저 친구는 어렸을 적에 고생을 많이 했어요." 키 작은 사내가 말했다.

"난 복사(服事)였습니다." 마른 사내가 자랑스럽게 말했다. "지금은 아무것도 믿지 않아요. 미사에도 참석하지 않고요."

"왜요? 머리가 아파서인가요?"

"아닙니다. 머리를 아프게 하는 건 알코올이죠. 종교란 가난뱅이들의 아편입니다."

"난 마리화나가 가난뱅이들의 아편인 줄 알았습니다만." 프레이저 씨가 대꾸했다.

"아편을 피워 본 적이 있습니까?" 몸집이 큰 사내가 물었다.

"아니요."

"저도 없어요. 꽤나 나쁜 것 같습니다. 한번 피우기 시작하면 끊을 수가 없으니 나쁜 습관이 되는 거죠."

"종교와 같지 뭔가." 몸이 마른 사내가 맞장구쳤다.

"이 친구는 말입니다. 종교에 대한 반감이 아주 커요." 키가 가장 작은 멕시코인이 말했다.

"뭔가에 대한 반감이 크다는 건 중요하죠." 프레이저 씨가 정중하게 말했다.

"무식하더라도 신념이 있는 사람을 나는 존경합니다." 몸이 마른 사내가 말했다.

"좋은 생각입니다." 프레이저 씨가 대꾸했다.

"뭐 우리가 가져다드릴 건 없나요?" 몸집이 큰 멕시코인이 물었다. "필요한 물건이 없습니까?"

"좋은 맥주가 있다면 맥주를 갖다 주시면 고맙겠습니다."

"그럼 맥주를 가져오죠."

"가시기 전에 또 한 코피타[222] 하는 게 어떻겠습니까?"

"그거 좋죠."

"우리가 선생을 약탈하다시피 하는군요."

"난 못 마셔요. 머리로 올라오거든요. 게다가 나중에는 두통이 심해지고 위도 메스꺼워져요."

"그럼 안녕히들 가십시오."

"안녕히 계십시오. 잘 마셨습니다."

그들이 가고 나자 저녁 식사 시간이 됐고 그는 그때부터 라디오를 틀었다. 될 수 있는 대로 작게, 그래도 들을 수 있을 정도로 볼륨을 맞춰 놓았다. 방송국은 덴버, 솔트레이크시티, 로스앤젤레스, 시애틀 순서로 끝이 났다. 프레이저 씨는 라디오만 들어서는 덴버의 풍경을 상상할 수가 없었다. 덴버의 풍경을 알게 된 것은 《덴버 포스트》라는 신문 덕분이었고, 또 《로키마운틴 뉴스》를 읽어 상상한 것을 수정할 수 있었다. 또 솔트레이크시티나 로스앤젤레스에 대해서도 그곳 방송을 듣는 것만으로는 어떤 구체적인 느낌도 얻을 수 없었다. 솔트레이크시티에 대한 느낌은 깨끗하기는 하지만 활기가 없는 도

---

222) '잔.'

시라는 것이었고, 로스앤젤레스는 그가 방문하기에는 호텔이 너무 많은 데다 댄스홀이 너무 많다는 느낌이 들었다. 그 댄스홀만으로는 그 도시의 모습을 느낄 수 없었다. 그러나 시애틀에 대해서는 자세히 알게 되었다. 차체가 큼직한 흰 택시들을(그 안에는 모두 라디오가 설치되어 있었다.) 소유한 택시 회사에 관해서도 알게 되어 매일 밤 그는 택시로 캐나다 쪽에 있는 도로변 술집에 가서 사람들이 전화로 방송국에 신청하는 곡에 따라 파티 코스를 더듬어 보았다. 그는 매일 새벽 2시부터 시애틀에 살고 있었으며, 여러 사람이 잇달아 신청하는 노래를 모두 들었다. 그래서 그 도시가 정말 미니애폴리스, 바로 그 명랑한 패거리가 아침마다 잠자리에서 일어나 스튜디오로 떠나는 그 미니애폴리스처럼 느껴졌다. 프레이저 씨는 점차 워싱턴 주 시애틀이 아주 마음에 들기 시작했다.

멕시코인들이 맥주를 가지고 찾아왔지만 그다지 좋은 맥주는 아니었다. 프레이저 씨는 그들과 만났지만 이야기를 나눌 기분이 아니었다. 그들이 돌아간 다음 그는 그들이 두 번 다시 찾아오지 않으리라고 생각했다. 그의 신경은 종잡을 수 없는 상태가 되었고, 그런 때는 사람들을 만나기가 싫었다. 다섯 주가 지날 무렵에는 신경이 더욱 악화되었다. 그렇게 오랫동안 신경 질환이 지속되어 기분이 좋으면서도 결과를 이미 알고 있는데 강제로 똑같은 실험을 해야 한다는 것에 화가 났다. 프레이저 씨는 전에도 줄곧 이런 상태를 되풀이했던 것이다. 그에게 새로운 것이라곤 오직 라디오뿐이었다. 그는 소리를 낮

게 하여 들릴락 말락하게 밤새 틀어 놓았으며, 아무 생각도 하지 않은 채 라디오 듣는 방법을 터득하는 중이었다.

그날 밤 10시쯤 세실리아 수녀가 우편물을 가지고 왔다. 수녀는 아주 아름다워서 프레이저 씨는 그녀의 모습을 바라보거나 그녀가 말하는 것을 듣는 게 좋았지만, 우편물은 다른 세계에서 온 것이어서 훨씬 더 중요했다. 그러나 흥미로운 우편물은 하나도 없었다.

"많이 좋아지신 것 같아요. 이제 곧 퇴원하실 거예요." 그녀가 말했다.

"네. 수녀님도 오늘 아침 무척 행복해 보이는군요."

"그래요. 오늘 아침엔 마치 성자(聖者)가 된 기분이거든요."

이 말을 듣고 프레이저 씨는 조금 놀랐다.

"그래요. 전 성자가 되고 싶어요. 어릴 적부터 성자가 되고 싶었죠. 어릴 적엔 세상을 버리고 수녀원에만 들어가면 성인이 되는 줄 알았습니다. 성자야말로 제가 되고 싶었던 것이고, 또 꼭 돼야 한다고 생각했어요. 성자가 될 수 있다고 기대했거든요. 그 점에 대해선 한 번도 의심한 적이 없었습니다. 아주 짧은 순간 성자가 됐다고 생각한 적도 있었지요. 전 무척 행복했고, 성자가 되는 게 아주 간단한 일이라고 생각했어요. 아침에 눈을 뜨면 오늘이야말로 성자가 되겠지 기대했죠. 하지만 그렇게 되지 않더군요. 아직껏 한 번도 성자가 돼본 적이 없어요. 성자가 되고 싶어 견딜 수가 없어요. 성자가 되는 것 말고는 다른 소망이 없어요. 지금껏 소망한 것이라곤 그 한 가지뿐이랍니다. 그런데 오늘 아침에는 마치 성자가 된 듯한 느낌이 들었어요. 아, 성자가 되면 얼마나 좋을까요."

"분명히 성자가 될 겁니다. 누구든지 바라는 걸 얻는 법이 거든요. 사람들은 늘 그렇게 말하더군요."

"지금에 와서는 모르겠어요. 어릴 적에는 정말 간단한 일 이라고 생각했는데 말이에요. 당연히 되리라고 생각했으니까 요. 갑자기 되는 게 아니라는 걸 알았을 때만 해도 시간이 좀 걸릴 뿐이라고 생각했어요. 하지만 지금은 거의 불가능하다 는 생각이 들어요."

"그럴 가능성이 충분해요."

"정말로 그렇게 생각하세요? 아녜요, 그저 격려로 하는 소 린 듣고 싶지 않습니다. 저를 위로하려 하지 마세요. 전 성자 가 되고 싶어요. 성자가 되고 싶다고요."

"물론 성자가 될 수 있을 겁니다." 프레이저 씨가 말했다.

"아녜요, 그렇게는 안 될 거예요. 하지만, 아, 성자가 된다면 얼마나 좋을까요! 그렇게만 된다면 얼마나 행복할까요!"

"수녀님이 성자가 될 가능성은 셋에 하나라고 할까요."

"아뇨. 위로는 하지 마세요. 하지만, 아, 성자가 될 수 있다 면 얼마나 좋을까요!"

"수녀님의 친구인 카예타노의 병세는 좀 어떤가요?"

"점점 호전되고 있어요. 하지만 신경이 마비됐어요. 총알 하나가 넓적다리 아래로 통하는 큰 신경에 맞아서 그쪽 다리 가 마비됐어요. 움직일 수 있을 만큼 몸이 회복된 후에야 그 사실을 알게 됐지요."

"어쩌면 신경이 돌아올지도 모르죠."

"그렇게 되도록 기도하고 있답니다." 세실리아 수녀가 말했다. "선생님께서 그분을 한번 만나 주셨으면 하는데요."

"전 아무도 만나기 싫습니다."

"만나고 싶으시면서 뭘 그러세요. 그분을 휠체어에 태워 이곳으로 데리고 올 수 있어요."

"그럼 좋습니다."

그 사람은 휠체어에 태워져 왔는데 몸은 비쩍 마르고 피부는 창백했으며 검은 머리카락은 손질이 필요할 만큼 길게 자라 있었다. 눈은 웃음을 머금고 있었지만 웃으면 고르지 못한 치열이 드러나 보였다.

"올라, 아미고! 케탈?[223]"

"보시는 대로지요." 프레이저 씨가 대답했다. "선생은 어떠신가요?"

"목숨은 건졌지만 한쪽 다리가 마비됐습니다."

"그거 안됐군요. 하지만 신경은 다시 살아날 수 있으니 전처럼 회복될 겁니다." 프레이저 씨가 말했다.

"모두들 그렇게 말하더군요."

"아픈 건 어떤가요?"

"지금은 아프지 않습니다. 얼마 동안은 배가 아파서 미칠 것 같았습니다. 아파서 그대로 죽는 줄 알았죠."

---

223) "아, 친구! 그래 어떻게 지내셨나요?"

세실리아 수녀는 행복한 듯이 두 사람을 바라보았다.

"수녀님 말로는, 당신은 앓는 소리 한번 내지 않는다고 하더군요." 프레이저 씨가 말했다.

"공동 병실에는 사람이 많으니까요." 멕시코인은 원망스러운 듯이 말했다. "선생께선 어디가 아프신가요?"

"굉장히 아픕니다. 물론 맥처럼 고통이 심하지는 않지만요. 간호사가 병실에서 나가면 한두 시간씩 소리 내어 울곤 합니다. 그러면 마음이 편해지거든요. 지금은 신경 상태가 좋지 않습니다."

"라디오를 갖고 있군요. 개인 병실에 라디오까지 있었다면 난 밤새도록 울부짖었을 겁니다."

"믿기지 않는데요."

"옴브레, 시!²²⁴⁾ 운다는 건 몸에 아주 좋은 거예요. 하지만 그렇게 많은 사람이 있어서야 도저히 울 수가 없죠."

"하긴 그래요." 프레이저 씨가 말했다. "두 손이 무사해서 다행입니다. 듣자 하니 맥은 그 손으로 먹고산다고 하더군요."

"손하고 머리로 살아가죠. 머리는 그렇게 값어치 있는 게 못 되지만요." 그가 이마를 톡톡 두드리면서 말했다.

"선생네 나라 사람 셋이 여기 왔었어요."

"경찰이 시켜서 온 문병이겠죠."

"맥주를 몇 병 가져왔더군요."

"아마 맛없는 맥주였을 겁니다."

---

224) "그래, 정말이라니까요!"

"그렇더군요."

"오늘 밤 경찰 부탁으로 나한테 세레나데를 들려주러 올 겁니다." 그는 웃고 나서 배를 톡톡 두들겼다 "아직은 웃을 수가 없어요. 음악을 하는 그들에게는 치명적이죠."

"선생을 쏜 사람도 그들의 동료인가요?"

"그 녀석은 또 다른 바보죠. 난 카드 게임에서 38달러를 땄어요. 죽을 정도의 액수는 아니죠."

"전에 왔던 세 사람 말로는, 당신이 많이 땄다고 하던데요."

"그런데도 알거지 신세예요."

"어째서 그런가요?"

"난 가난한 이상주의자입니다. 환상의 희생자죠." 그는 히죽 웃고 나서 배를 톡톡 두들겼다. "난 전문 도박사지만 그 일이 좋습니다. 진짜 도박 말이죠. 소규모 도박은 엉터리고요. 진짜 도박에는 운이 따라야 합니다. 한데 나한테는 통 운이 따르지 않아요."

"전혀요?"

"네, 전혀요. 정말로 운이 없어요. 나를 쏜 그 카브론을 한번 생각해 보세요. 놈이 어디 총을 쏠 줄이나 아나요? 모릅니다. 첫 번째 한 발은 아무것도 맞히지 못했고, 두 번째 한 발은 러시아인에게 박혔죠. 거기까지는 운이 따른 것 같아요. 하지만 다음엔 무슨 일이 일어났습니까? 놈은 내 배에 두 발이나 쐈어요. 운이 그 녀석 쪽에 따라붙은 거죠. 나한테는 운이 따르지 않았습니다. 그놈은 등자를 붙잡고 있어도 결코 말을 맞히지 못했을 겁니다. 다 운이 따르지 않은 거죠."

"당신이 먼저 맞고 러시아인이 나중에 맞은 줄 알았습니다."

"아니죠, 러시아인이 먼저고 내가 나중이었습니다. 신문 보도가 잘못된 거예요."

"왜 그 친구를 쏘지 않았나요?"

"권총을 갖고 다닌 적이 한 번도 없어요. 나같이 운 없는 사람이 무기를 휴대했다간 일 년에 열 번은 교살당할 겁니다. 난 삼류 도박사일 뿐입니다. 그뿐이라고요." 그는 말을 끊었다가 다시 이었다. "돈이 몇 푼 모이면 도박을 하다가 날려 버리죠. 주사위 노름으로 3000달러를 날렸고, 크랩 노름으로 6000달러를 날렸죠. 정식 주사위로 말이죠. 한 번만 그런 것도 아닙니다."

"왜 그만두지 않습니까?"

"오래 살다 보면 운도 바뀌겠죠. 지금 십오 년째 악운의 연속이에요. 혹시 행운이 돌아온다면 부자가 될지도 모르는 일 아닙니까?" 그가 히죽 웃었다. "난 솜씨 좋은 도박사거든요. 정말 부자가 되고 싶습니다."

"노름마다 운이 안 따르나요?"

"무슨 일이든 그래요. 여자 문제도 그렇고요." 그는 다시 한 번 치열이 고르지 않은 이를 드러내고 웃었다.

"그게 정말인가요?"

"그럼요."

"그럼 어떻게 해야 하나요?"

"계속하는 거죠. 서두르지 않고 말입니다. 그러면서 운이 돌아오기를 기다리는 겁니다."

"하지만 여자 문제는 어떻게 하죠?"

"어떤 도박사도 여자 운은 없는 법이죠. 도박에 집중해야
하니까요. 도박사는 밤에 일을 합니다. 한데 그 시간은 여자한
테 달라붙어 있어야 할 시간이거든요. 밤에 일하는 사내는 절
대 여자를 붙잡아 둘 수가 없어요. 조금이라도 값어치가 있는
여자라면 말이죠."

"선생은 철학자로군요."

"노, 옴브레!225) 작은 도시의 알량한 도박사죠. 작은 도시에
서 다른 작은 도시로, 그리고 또 다른 도시로, 그리고 큰 도시
로. 이렇게 계속 새로 시작하는 거죠."

"그다음엔 배에 총알을 맞고요."

"처음 당하는 일이에요. 이런 경험은 이번이 처음입니다."
그가 대꾸했다.

"말을 너무 시켜 피곤하지 않나요?" 프레이저 씨가 넌지시
물었다.

"아뇨. 오히려 내가 선생을 피곤하게 하는 것 같습니다."

"그래, 다리는 어떻게 할 생각입니까?"

"다리는 별로 쓸모가 없어요. 있건 없건 상관없어요. 도시
를 돌아다닐 순 있을 겁니다."

"당신에게 운이 돌아오기를 진심으로 바랍니다." 프레이저
씨가 말했다.

---

225) "천만의 말씀!"

"저도 마찬가지입니다. 통증도 멈추었으면 좋겠군요." 그가 말했다.

"오래 계속되진 않을 겁니다. 실제로 아픈 게 덜해졌어요. 심각하진 않습니다."

"아픈 게 어서 빨리 멈췄으면 좋겠습니다."

"나도 마찬가지입니다."

그날 밤 멕시코인들온 공동 병실에서 아코디언과 그 밖의 악기들을 연주했다. 아코디언의 붕붕거리는 소리며, 방울이나 여러 가지 타악기나 드럼 소리 등이 한데 어울려 복도까지 흥겹게 들려왔다. 그 병실에는 무덥고 먼지 이는 오후 수많은 관중이 지켜보는 가운데 낙하산에서 미드나이트 호수[226]로 추락한 로데오 경기 카우보이가 한 사람 있었다. 등뼈가 부러진 그는 회복되어 퇴원하면 가죽 세공이나 등나무 의자 만드는 기술을 배우려고 생각하고 있었다. 발판이 무너져서 아래로 떨어지는 바람에 양쪽 발목과 손목이 부러진 목수도 있었다. 고양이처럼 사뿐히 떨어졌지만 그에겐 고양이만큼의 탄성이 없었던 것이다. 다시 일할 수 있도록 고칠 수는 있겠지만 그렇게 되기까지는 시간이 꽤 걸릴 것 같았다. 농장에서 온 열여섯 살쯤 되는 소년도 있었는데, 전에 부러졌을 때 치료를 잘못한 다리가 다시 부러져서 치료를 받아야 했다. 그리고 다리가 마비된 시골 도박사 카예타노 루이스가 있었다. 복도 이쪽에서

---

226) 캘리포니아 주에 위치한 호수.

프레이저 씨는 경찰이 보낸 멕시코인들이 연주하는 음악을 들으며 웃고 즐거워하는 그들의 목소리를 들었다. 멕시코인들은 유쾌한 시간을 보냈다. 그들은 몹시 흥분한 모습으로 프레이저 씨를 만나러 와서는 특별히 듣고 싶은 곡이 있으면 말해 달라고 했다. 그리고 그 뒤 두 번씩이나 자발적으로 찾아와 세레나데를 연주해 주었다.

마지막 연주 때 프레이저 씨는 병실에 누운 채 문을 열어 놓고 시끄럽고 서툰 음악에 귀를 기울였지만 생각을 멈출 수는 없었다. 그들이 신청곡이 없느냐고 묻기에 그는 「라쿠카라차」를 부탁했다. 이 곡에는 사람들이 목숨을 바쳐 싸운 곡답게 불길한 경쾌함과 재치가 담겼다. 그런데 그들은 아무 감동도 없이 소란스럽게 곡을 연주했다. 프레이저 씨의 생각으로는 그런 종류의 다른 곡들보다 훨씬 좋았지만 효과는 모두 똑같았다.

이러한 감정이 들었지만 프레이저 씨는 생각을 계속했다. 여느 때 같았으면 집필할 때를 제외하고는 될 수 있는 대로 생각하는 걸 피해 왔지만, 지금은 저쪽에서 연주하고 있는 사람들이나 예의 작은 사내가 하던 말을 생각하고 있었다.

종교는 민중의 아편이다. 그는 그 말을 믿었고, 소화 불량에 걸리고 아편 소굴을 경영한다는 그 키 작은 사람의 말을 믿었다. 그렇다, 음악은 민중의 아편이다. 술을 마시면 머리 위로 올라온다는 그 사내는 그것에 대해서는 미처 생각하지 못했다. 이제는 경제학이 민중의 아편이다. 또한 이탈리아와 독일에서는 민중의 아편이 애국심과 함께한다. 섹스는 어떤가? 그것도 민중의 아편인가? 어떤 민중에게는 그러하다. 가장 훌륭한 민중 가운데 어떤 사람에게는 말이다. 하지만 음주야말로 최고의 아편, 아, 아주 훌륭한 아편이다. 어떤 사람은 라디오를 선호하지만 그것도 민중의 아편, 그가 최근 이용해 온 싸구려 아편이다. 이런 것들과 함께 도박도 역시 민중의 아편이다. 가령 옛날부터 존재했다면 가장 오래된 아편 중 하나다. 새로운 정치 형태에 신뢰를 두는 것과 마찬가지로 야심도 또 다른 민중의 아편이다. 우리가 바라는 것은 최소한의 지배, 언제나 작은 정부이다.[227] 우리가 믿는바, 자유는 지금에 와서는 맥패든[228]에서 내는 한낱 간행물의 이름에 지나지 않게 되었다. 사람들은 아직도 그것에 새로운 이름을 붙이지 않았지만 우리는 자유를 믿었다. 하지만 진정한 민중의 아편이란 과연 무엇일까? 도대체 무엇이 실제적이고 참다운 민중의 아편이란 말인가? 그는 그것을 잘 알고 있었다. 그것은 저녁 무렵 두서너 잔 들이켠 뒤 밝게 비치는 마음 한구석에서 모퉁이를 돌아 살짝 모습을 감춰 버렸다. 그는 녀석이 그곳에 있다는 것을 잘 알고 있었다.(물론 실제로 있지는 않았다.) 그게 무엇인가? 그는 아주 잘 알고 있었다. 그게 무엇이란 말인가? 당연히 빵이다. 빵이야말로 민중의 아편이었다. 그가 그 사실을 기억하고, 그 말이 어떤 경우에도 의미가 통할 수 있을까? 빵은 민중의 아

---

227) "가장 적게 지배하는 정부가 최선의 정부다."라는 말은 토머스 제퍼슨(Thomas Jefferson, 1743~1826)이 한 말로, 뒷날 헨리 데이비드 소로(Henry David Thoreau, 1817~1862)가 인용하면서 널리 알려졌다.
228) 버나드 맥패든(Bernard MacFadden, 1868~1955)이 설립한 미국의 잡지 출판 그룹.

편이다.

"이봐요, 미안하지만 저 몸이 마르고 키 작은 멕시코인을 여기 좀 데려다 주겠습니까?" 간호사가 병실에 들어오자 프레이저 씨가 그녀에게 부탁했다.

"저 곡은 어떻습니까?" 멕시코인이 입구 쪽에서 물었다.

"아주 좋았습니다."

"그건 역사적으로 유명한 곡입니다. 진짜 혁명 노래죠." 멕시코인이 말했다.

"이보십시오. 어째서 민중은 마취제 없이 수술을 받아야 하는 건가요?"

"무슨 말씀인지 잘 모르겠는데요."

"민중의 아편은 왜 하나같이 좋지 않나요? 당신이라면 민중에게 뭘 해 주고 싶습니까?"

"그들을 무지로부터 구해 내야죠."

"바보 같은 소리 하지 마시오. 교육은 민중의 아편이에요. 그걸 알아야만 합니다. 술 좀 마셨구려."

"교육을 믿지 않으십니까?"

"그래요. 하지만 지식은 믿죠." 프레이저 씨가 대답했다.

"무슨 말씀이신지 잘 모르겠는데요."

"나 스스로도 내가 하는 말을 모를 때가 많습니다."

"언제 한 번 더 「라쿠카라차」를 들으시겠습니까?" 멕시코인이 걱정되는 듯이 물었다.

"그러죠. 언제 다시 들려주세요. 라디오보다 낫습니다." 프레이저 씨가 대답했다.

혁명은 아편이 아니지, 하고 프레이저 씨는 생각했다. 혁명은 배설 행위야. 압제의 힘이 아니고는 오래 끌 수 없는 도취감에 불과하지. 아편이란 혁명의 앞과 그 뒤에 사용하는 것이거든. 지금 그는 생각이 잘 돌아가고 있었다. 너무 잘 돌아가고 있었던 것이다.

이제 잠시 뒤면 패거리들은 돌아가겠지. 그리고 「라쿠카라차」도 가져가겠지, 하고 그는 생각했다. 그렇게 되면 그는 술을 조금 따르고 라디오를 틀 것이다. 거의 소리가 들리지 않을 정도로 라디오를 틀 수 있을 것이다.

한 독자의 편지

그녀는 접힌 신문을 자기 앞에 펼쳐 놓고 침실 테이블에 앉아 편지 쓰기를 멈추고는 지붕에 떨어지자마자 곧 녹아 버리는 눈을 창 너머로 바라보았다. 지우거나 다시 쓸 필요도 없을 만큼 그녀는 차근차근 다음과 같이 편지를 써 내려갔다.

의사 선생님께

매우 중요한 충고를 청하고자 이렇게 글월을 올리는 것을 용서해 주세요. 저는 지금 결심을 내려야 하는데 도대체 누구를 가장 믿어야 할지 잘 모르겠습니다. 감히 부모님께 여쭤 볼 수도 없습니다. 그래서 선생님께 이렇게 도움을 청하기로 했습니다. 선생님을 직접 대면할 필요가 없으니 더더욱 솔직하게 털어놓을 수 있을 것 같네요. 사정은 이렇습니다. 저는 1929년 미국 군대에서 복무하던 한 남성과 결혼했습니다. 바로 그해에 남편은 중국의 상하이에 파견되어 삼 년 동안 근무하다가 귀국했습니다. 남편은 몇 달 전에 제대를 해 아칸소 주 헬레나[229]에 있는 어머니 집으로 갔습니다. 그리고 저더러 그곳으로 오라는 편지를 보내왔습니다. 제가 갔더니 남편은 주사를 계속 맞고 있었습니다. 그래서 당연히 제가 물어보자, 남편은 저로서는 어떻게 적는 줄도 잘 모르는 어떤 병에 대해 치료를 받는 중이라고 했습니다. 병의 이름은 '매덕'[230] 비슷하게 들리더군요. 제 말뜻을 아시겠어요? 제가 다시 남편과 같이 살아도 안전한지 가르쳐 주셨으면 합니다. 남편이 중국에서 돌아온 뒤로는 한 번도 가까이한 적이 없습니다. 남편은 지금 의사에게 치료를 받고 있으니 치료가 끝나면 괜찮을 것이라며 저를 안심시키고 있습니다. 의사 선생님께서도 그렇게 생각하시는지요? 일단 이 병에 걸린 사람은 차라리 죽는 게 낫다고 제 아버지께서 말씀하시는 것을 전에 들은 적이 있습니다. 물론 저는 아버지를 믿습니다만, 남편을 더 믿고 싶습니다. 부디 제가 어떻게 하면 좋을지 가르쳐 주세요. 남편이 중국에 있는 동안 태어난 딸아이가 하나 있습니다.

선생님께 감사드리며, 그리고 선생님의 충고를 전적으로 믿으며 이만 줄입니다.

1933년 2월 6일

버지니아 주 로어노크에서

---

229) 아칸소 주 동중부에 위치한 소도시.
230) 원문에는 매독을 뜻하는 syphilis 대신에 sifilus라고 표기되어 있어 '매독' 대신에 '매덕'으로 옮겼다.

그리고 여자는 자기 이름 뒤에 서명을 했다.

의사 선생님이라면 내가 어떻게 해야 되는지 가르쳐 주실지 몰라, 하고 그녀는 중얼거렸다. 가르쳐 주실 거야. 이 신문에 실린 사진으로 봐서는 잘 아시는 것 같거든. 정말로 지식이 많은 분처럼 보여. 그분은 날마다 사람들에게 어떻게 하는 게 좋을지 가르쳐 주시잖아. 그러니 당연히 아실 거야. 옳은 일이라면 뭐든지 하고 싶어. 하지만 상당히 오래 걸릴 수도 있어. 오랜 시간. 그리고 지금까지 오랜 시간이었어. 아, 정말 긴 시간이었지. 남편은 파견 근무를 명령받으면 어디든 갈 수밖에 없었지. 그건 나도 잘 알아. 하지만 왜 그런 병에 걸려야 했는지, 그건 잘 모르겠어. 아, 그런 병에 걸리지 않았더라면 얼마나 좋았을까. 어쩌다 그런 병에 걸렸는지는 상관없어. 하지만 그것에 걸리지 않았다면 얼마나 좋았을까. 병에 걸릴 필요까지는 없는 것 같은데. 어떻게 하면 좋을지 모르겠어. 남편이 아무 병에도 걸리지 않았다면 좋았을 텐데. 어째서 남편이 병에 걸렸는지 정말 모르겠어.

오늘은 금요일

로마 군인 세 명이 밤 11시에 어느 술집 안에 있다. 주위 벽을
빙 둘러 술통이 놓여 있다. 나무로 만든 카운터 뒤에 유대인
술집 주인이 있다. 로마 군인 셋은 거나하게 술에 취해 있다.

첫 번째 군인 포도주 마셔 봤나?
두 번째 군인 아니, 아직 못 마셔 봤어.
첫 번째 군인 좀 마셔 보는 게 좋을걸.
두 번째 군인 그러지, 조지. 우리 포도주를 한 순배 돌리세.
유대인 술집 주인 여기 있습니다, 장교님들. 마음에 드실 겁니다.
      (그는 술통 하나에서 술을 채운 토기 그릇을 내려놓는다.)
      맛있는 포도주입니다.
첫 번째 군인 한 모금 마셔 보게. (그는 술통에 얼굴을 기대고 있
      는 세 번째 병사에게 몸을 돌린다.) 왜 그러나?

세 번째 군인 배가 아파서 그래.

두 번째 군인 물을 그렇게 마시더라니.

첫 번째 군인 붉은 포도주를 좀 마셔 봐.

세 번째 군인 그 빌어먹을 걸 어떻게 마셔. 배가 아파 죽겠는데.

첫 번째 군인 자넨 이곳에 너무 오래 나와 있었어.

세 번째 군인 젠장, 누가 그걸 모르나?

첫 번째 군인 이봐, 조지, 이 신사의 복통을 낫게 할 만한 거 뭐
    없나?

유대인 술집 주인 바로 여기 있습니다.

(세 번째 군인은 술집 주인이 혼합해 준 음료를 맛본다.)

세 번째 군인 어이, 여기에 뭘 섞었지? 낙타 똥인가?

술집 주인 끝까지 마셔 봐요, 장교님. 전 복통에 뭐가 좋은지
    잘 알거든요.

세 번째 군인 이보다 더 아플 순 없을 것 같아.

첫 번째 군인 그래도 한번 마셔 봐. 며칠 전에 조지가 내 복통도
    고쳐 주었거든.

술집 주인 그때 장교님은 정말 고통스러워하셨죠. 전 복통에
    뭐가 좋은지 잘 알아요.

(세 번째 군인이 끝까지 마셔 버린다.)

세 번째 군인 제기랄! (얼굴을 찡그린다.)

두 번째 군인 엄살은!

첫 번째 군인 아, 난 잘 모르겠어. 그 사람 오늘 그곳에서 제법
잘해내더군.

두 번째 군인 어째서 그 사람은 십자가에서 내려오지 않았을까?

첫 번째 군인 십자가에서 내려오고 싶지 않았던 거지. 그건 그
의 역할이 아니었으니까.

두 번째 군인 십자가에서 내려오고 싶지 않은 작자가 있다면
데려와 봐.

첫 번째 군인 흥, 자네가 뭘 안다고. 저기 있는 조지에게 물어
봐. 그 사람은 과연 십자가에서 내려오고 싶었을까,
조지?

술집 주인 장교님들, 사실 전 그 자리에 없었습니다. 그런 일에
는 전혀 흥미가 없거든요.

두 번째 군인 이봐, 난 녀석들을 많이 봤어. 여기에서도, 또 다
른 곳에서도. 때가 되면 십자가에서 내려오고 싶지 않
은 작자를 데려와 보라고. 내 말은, 때가 되면 말이야.
그러면 내가 그자와 함께 십자가 위에 올라가지.

첫 번째 군인 그 사람 오늘 그곳에서 꽤 의젓했다는 생각이 들어.

세 번째 군인 잘해냈지.

두 번째 로마 군인 자네들은 아직도 말을 제대로 알아듣지 못하
는군. 그 사람이 좋다, 나쁘다를 말하는 게 아냐. 내 말
은, 때가 되면이라는 거지. 그 사람에게 처음 못질을
하기 시작했을 때 중지시킬 수 있었는데도 그러려는
사람이 하나도 없었어.

첫 번째 군인 조지, 자네는 이해하나?

술집 주인 아뇨, 전 그런 일에 전혀 관심 없어요, 장교님.

첫 번째 군인 난 그 사람이 하는 행동을 보고 놀랐는걸.

세 번째 군인 내가 질색하는 건, 그 사람들에게 못을 박는 일이야. 자네들도 알다시피, 틀림없이 끔찍하게 아플 거야.

첫 번째 군인 높이 매달아 올릴 때만큼이야 아프진 않겠지.(그는 두 손바닥으로 들어 올리는 시늉을 했다.) 몸의 무게가 걸릴 때. 그때가 진짜 아프지.

세 번째 군인 그중 몇 사람은 꽤 아프게 했지.

첫 번째 군인 내가 못 봤을까 봐? 많이 봤지. 정말이지 그 사람 오늘 꽤 의젓하게 굴었어.

(두 번째 로마 군인이 유대인 술집 주인에게 미소를 짓는다.)

두 번째 군인 자넨 진짜 예수쟁이지.

첫 번째 군인 아무렴. 계속 그를 놀려 보시지. 하지만 내가 뭐라고 할 땐 잠자코 들으란 말이야. 그 사람은 오늘 꽤 의젓하게 굴었다고.

두 번째 군인 포도주 더 할까?

(술집 주인은 기대에 차서 고개를 들어 쳐다본다. 세 번째 군인은 고개를 떨어뜨린 채 앉아 있다. 속이 편치 않은 표정을 짓고 있다.)

세 번째 군인 난 이제 됐어.

두 번째 군인 두 사람 것만 주게, 조지.

(술집 주인은 마지막 주전자보다 작은 주전자를 내놓는다. 그는 나무 카운터에 기대어 몸을 앞쪽으로 내민다.)

첫 번째 군인 그 사람의 여자를 보았나?

두 번째 군인 바로 그 옆에 서 있지 않았나?

첫 번째 군인 빈반히게 생겼더군

두 번째 군인 그 사람보다 내가 먼저 알고 있었는걸. (그는 주인에게 윙크한다.)

첫 번째 군인 읍내에서 자주 봤지.

두 번째 군인 옛날엔 가진 게 많은 여자였어. 한데 그 남자는 그녀에게 행운을 주지 못했지.

첫 번째 군인 아, 운이 없는 사람이지. 하지만 오늘 그곳에서는 꽤 의젓해 보이더군.

두 번째 군인 그 사람의 일당은 어떻게 됐는가?

첫 번째 군인 아, 어디론가 사라져 버렸지. 여자들만 그 사람 옆에 남아 있었어.

두 번째 군인 꽤 비겁한 놈들이야. 그 사람이 그곳으로 올라가자 더 이상 보고 싶지 않았던 거지.

첫 번째 군인 그래도 여자들은 남아 있었어.

두 번째 군인 아무렴, 그랬지.

첫 번째 로마 군인 자네 저 녀석이 낡은 창으로 그 사람을 찌르는 걸 봤지?

두 번째 군인 자넨 그 일 때문에 언젠가 곤란한 일을 당할 거야.

첫 번째 군인 그건 내가 할 수 있는 최소한의 일이었어. 정말이지 그 사람은 오늘 그곳에서 꽤 의젓했지.

유대인 술집 주인 장교님들, 이제 그만 가게 문을 닫아야 하는데요.

첫 번째 군인 한 잔씩만 더 돌리지.

두 번째 군인 그래 봐야 무슨 소용인가? 이놈의 술로는 아무 쓸모가 없어. 자, 그만 가세.

첫 번째 군인 딱 한 잔씩만 하세.

세 번째 군인 (술통에서 일어나며) 아냐, 이제 그만 가세. 우린 가네. 잘 있게, 조지. 장부에 달아 두게.

술집 주인 안녕히들 가십시오. (그는 조금 당황하는 표정을 짓는다.) 얼마 안 되는 액수인데 장부에 달아 두라고요, 장교님?

두 번째 로마 군인 젠장, 조지! 봉급날은 수요일이란 말이야.

술집 주인 알겠습니다, 장교님. 그럼 안녕히 가십시오, 장교님들.

(로마 군인 세 사람은 문에서 길거리로 나간다.)

(길거리에서)

두 번째 군인 조지는 나머지 사람들처럼 유대인이야.

첫 번째 군인 아, 조지는 좋은 친구야.

두 번째 군인 오늘 밤 자네에게는 좋지 않은 사람이 없지.

세 번째 로마 군인 자, 어서 막사로 올라가세. 오늘 밤은 기분이 엄청 더럽군.

두 번째 군인 자넨 이곳에 너무 오래 머물렀어.

세 번째 군인 아냐, 그것 때문만은 아냐. 기분이 워낙 언짢단 말
이야.

두 번째 군인 자넨 이곳에 너무 오래 머물러 있었다고.

(막이 내린다.)

작가 연보

1899년   7월 21일 미국 일리노이 주의 오크파크에서 의사인
         아버지 클래런스 헤밍웨이와 음악 교사 그레이스
         헤밍웨이의 여섯 자녀 중 둘째로 출생.

1913년   오크파크 고등학교(후에 오크파크 및 리버포리스트 고
         등학교로 개명) 입학. 재학 시절 저널리스트와 작가
         로서 재능을 보임.

1917년   고등학교 졸업. 10월 대학 입학을 포기하고《캔자
         스시티 스타》신문사의 수습기자로 취직. 이때 특유
         의 '하드보일드(강건체)' 문체를 익히기 시작.

1918년   4월 신문 기자를 그만두고 1차 세계대전에 참전하
         기 위해 미 육군에 자원하지만 권투 연습 중 다친
         시력 때문에 입대가 거부됨. 5월 23일 미 적십자 부
         대의 앰뷸런스 운전사로 지원해 이탈리아 전선에

투입됨. 7월 8일 이탈리아 북부 포살타 디 피아베에서 박격포 포탄 및 중기관총 사격을 당해 두 다리에 중상을 입음. 이탈리아 정부로부터 무공훈장을 받음. 밀라노 육군병원에서 치료를 받던 중 여섯 살 연상인 미국 간호장교 애그니스 본 쿠로스키와 사랑에 빠짐.

1919년   1차 세계대전 휴전 후 미국에 돌아오지만 나이가 어리다는 이유로 애그니스 본 쿠로스키로부터 결혼을 거절당함.

1920년   어린 시절부터 계속된 어머니와의 불화로 집을 나감. 캐나다의 온타리오 주 토론토로 이주해 《토론토 스타》지의 기자로 일함. 이해 말 시카고로 돌아와 주식 투자 잡지사에서 편집인으로 잠시 일함. 이 무렵 소설가 셔우드 앤더슨과 친교를 맺기 시작.

1921년   9월 3일 해들리 리처드슨과 결혼. 11월 《토론토 스타》 및 《스타 위클리》의 기자 겸 해외 특파원 자격으로 파리에 감. 이때 셔우드 앤더슨이 파리에 거주하는 미국 작가 거트루드 스타인에게 추천서를 써 줌. 파리에 머물면서 '국외 추방 작가'들과 교류하며 문학 수업을 받음.

1922년   《토론토 스타》 특파원 자격으로 그리스-터키 전쟁을 취재하기 위해 오늘날의 터키 이즈미르에 해당하는 스미르나를 여행함. 파리에서 에즈라 파운드와 거트루드 스타인에게서 소설 작법을 배움. 12월

해들리가 파리의 리옹 역에서 헤밍웨이의 미발표
원고 전부를 분실.

1923년 임신 중인 아내 해들리와 함께 스페인의 팜플로나
로 투우 구경을 감. 10월, 첫아들 존 해들리(범비)
출생. 그 때문에 잠시 토론토를 방문. 7월『세 편의
단편과 열 편의 시(Three Stories and Ten Poems)』를
한정판으로 파리에서 출간.

1924년 포드 매덕스 포드를 도와《트랜스아틀랜틱 리뷰》
지를 편집함. 1월 단편 소품집『우리 시대에(in our
time)』를 파리에서 출간. 아내와 존 더스패서스 등
과 함께 스페인의 팜플로나를 두 번째로 여행.

1925년 7월 아내와 어린 시절의 친구 빌 스미스 등과 함께
스페인의 팜플로나를 세 번째로 여행. 4월 파리의
'딩고 바'에서 세 살 위인 F. 스콧 피츠제럴드를 만
나 교류하게 됨. 10월 자전적인 인물인 닉 애덤스
를 주인공으로 하는 일련의 단편소설이 수록된『우
리 시대에(In Our Time)』를 미국의 보니 앤드 라이
브라이트 출판사에서 출간. 오스트리아 슈룬스에서
겨울을 보냄.

1926년 스콧 피츠제럴드의 소개로 미국의 유수 출판사 찰
스 스크리브너와 편집자 맥스웰 퍼킨스를 알게 됨.
5월 셔우드 앤더슨을 패러디한 중편소설『봄의 계
류(The Torrents of Spring)』를 찰스 스크리브너에서
출간. 그 후 헤밍웨이의 모든 작품은 이 출판사에서

출간됨. 6월 아내 해들리와 두 번째 아내가 될 폴린 파이퍼와 함께 스페인의 팜플로나를 여행. 10월『태양은 다시 떠오른다(The Sun Also Rises)』를 출간.

1927년   4월 해들리와 이혼하고 한 달 뒤 파리《보그》지에서 근무하던 부유한 패션 작가 폴린 파이퍼와 재혼. 10월 단편집『여자 없는 남자(Men Without Women)』를 출간.

1928년   프랑스 파리를 떠나 미국 플로리다 주 키웨스트로 이주. 1950년대까지 이곳에서 살면서 주요 작품을 집필. 6월 둘째 아들 패트릭 출생. 12월 아버지가 권총으로 자살.

1929년   9월『무기여 잘 있어라(A Farewell to Arms)』를 출간. 상업적으로 성공한 첫 작품으로 출간 4개월 만에 8만 부가 판매됨.

1931년   11월 셋째 아들 그레고리 핸콕 출생.

1932년   9월 투우에 관한 논픽션『오후의 죽음(Death in the Afternoon)』을 출간.

1933년   10월 단편집『승자에게는 아무것도 주지 마라 (Winner Take Nothing)』를 출간. 아프리카 케냐로 10주에 걸친 사파리 사냥을 감.

1935년   10월 아프리카 사파리를 다룬 논픽션『아프리카의 푸른 언덕(Green Hills of Africa)』을 출간.

1937년   북아메리카신문연맹(NANA)의 통신 특파원 자격으로 스페인 내전을 취재. 이때 공화정부파를 지원

해 저술과 강연 등을 통해서 모금 활동을 함. 10월
『유산자와 무산자(To Have and Have Not)』를 출간.

1938년   6월 선전 영화 대본인 『스페인의 땅(The Spanish
Earth)』을 출간. 10월 『제5열 및 최초의 49단편(The
Fifth Column and the First Forth-Nine Stories)』을 출
간. 「제5열」은 헤밍웨이의 유일한 희곡 작품.

1939년   11월 폴린 파이퍼와 별거하고 쿠바 아바나 교외에
저택을 구입해 '전망 좋은 농장'이라는 뜻의 '핑카
비히아'로 명명하고 그곳으로 이주.

1940년   11월 작가이자 신문 기자인 마사 겔혼과 세 번째
로 결혼. 6월 희곡 작품 『제5열』을 단행본으로 출
간. 10월 『누구를 위하여 종은 울리나(For Whom the
Bell Tolls)』를 출간.

1942년   2차 세계대전 중 미 해군에 자원해 자신의 보트 '필
라'호로 쿠바 해안에서 독일 잠수함을 수색하지만 한
척도 발견하지 못함. 10월 전쟁 이야기를 모은 『싸우
는 사람들(Men at War)』을 편집하고 서문을 씀.

1943년   신문 및 잡지 특파원으로 유럽 전쟁 취재 시작.

1944년   《콜리어》지의 전쟁 특파원으로 연합군의 노르망디
상륙작전과 독일 진격 등을 취재하고 파리 입성에
도 참가. 런던에서 신문 기자이자 특파원인 메리 웰
시를 만나 사귀기 시작.

1945년   12월 마사 겔혼에게 이혼당함.

1946년   3월 메리 웰시와 네 번째로 결혼한 뒤 쿠바와 미국

아이다호 주 케첨에서 살기 시작.

1947년 2차 세계대전 중 독일 잠수함 수색에 공헌한 점을 인정받아 미국 정부로부터 훈장을 받음.

1950년 9월 『강을 건너 숲속으로(Across the River and into the Trees)』를 출간.

1951년 6월 어머니 사망.

1952년 9월 『노인과 바다(The Old Man and the Sea)』를 《라이프》지에 발표한 후 단행본으로 출간.

1953년 『노인과 바다』로 퓰리처상 소설 부문 수상. 메리 웰시와 함께 동아프리카로 두 번째 사파리 사냥 여행을 떠남.

1954년 1월 아프리카에서 연이은 두 번의 비행기 사고와 들불로 중상을 입음. 한때 헤밍웨이가 사망했다는 풍문이 전 세계에 퍼짐. 12월 미국 작가로서는 다섯 번째로 노벨 문학상 수상.

1959년 스페인을 방문해 투우 관람. 이 무렵 건강이 계속 악화됨.

1960년 샌프란시스코에서 『시 선집(Collected Poems)』이 작가의 허가 없이 출간됨.

1961년 『킬리만자로의 눈 및 기타 단편소설(The Snow of Kilimanjaro and Other Stories)』을 출간. 쿠바를 영원히 떠남. 그동안 헤밍웨이와 친교를 맺어 온 피델 카스트로가 권좌에 오름. '핑카 비히아'를 정부에서 소유하다 뒷날 헤밍웨이 박물관으로 개조. 우울증,

알코올중독증, 기타 질병에 시달리다 7월 2일 캐첨의 자택에서 엽총으로 자살. 가톨릭 의식으로 장례식을 치른 뒤 아이다호 주 선밸리에 묻힘.

1964년   유작 『움직이는 축제일(A Moveable Feast)』이 출간됨.

1970년   유작 『해류 속의 섬들(Islands in the Stream)』이 출간됨.

1972년   유작 『닉 애덤스 이야기(The Nick Adams Stories)』가 출간됨.

1977년   유작 『88편의 시(88 Poems)』가 출간됨.

1985년   유작 『위험한 여름(The Dangerous Summer)』이 출간됨.

1986년   유작 『에덴동산(The Garden of Eden)』이 출간됨.

1987년   『어니스트 헤밍웨이 단편 전집(The Complete Short Stories of Ernest Hemingway)』이 출간됨.

1997년   『헤밍웨이 단편집(The Short Stories)』이 출간됨.

1999년   허구적 자서전 『여명의 진실(True at First Light)』을 아들 패트릭이 편집해서 출간함.

세계문학전집 312

헤밍웨이 단편선 1

1판 1쇄 펴냄 2013년 10월 18일
1판 13쇄 펴냄 2023년 8월 17일

지은이 어니스트 헤밍웨이
옮긴이 김욱동
발행인 박근섭, 박상준
펴낸곳 (주)민음사

출판등록 1966. 5. 19. (제 16-490호)
서울특별시 강남구 도산대로1길 62(신사동) 강남출판문화센터 5층 (우편번호 06027)
대표전화 02-515-2000 팩시밀리 02-515-2007
www.minumsa.com

© 김욱동, 2013. Printed in Seoul, Korea

ISBN 978-89-374-6312-9 04800
ISBN 978-89-374-6000-5 (세트)

세계문학전집 목록

세계문학전집은 계속 간행됩니다.